A bela senhora Seidenman

Andrzej Szczypiorski

A bela senhora Seidenman

Tradução
Henryk Siewierski

Estação Liberdade

Título original: *Początek*
© 1988, Diogenes Verlag AG, Zurique. Primeira edição em língua polonesa, em 1986, pelo Institut Littéraire S.A.R.L., Paris
© Editora Estação Liberdade, 2007, para esta tradução

Preparação	Antonio Carlos Soares
Revisão	Heitor Ferraz/Estação Liberdade
Composição	Johannes Christian Bergmann
Capa	Estação Liberdade
Imagem da capa	Crianças no carrossel, Polônia, julho de 1947; © PAP/CAF/Corbis/LatinStock
Editores	Angel Bojadsen e Edilberto Fernando Verza

CIP-BRASIL. CATALOGAÇÃO-NA-FONTE
Sindicato Nacional dos Editores de Livros, RJ.

S991b
    Szczypiorski, Andrzej, 1920-2000
        A bela senhora Seidenman / Andrzej Szczypiorski ; tradução Henryk Siewierski. – São Paulo : Estação Liberdade, 2007.
        240 p.

    Tradução de: Poczatek
    ISBN 978-85-7448-0128-9

    1. Romance polonês. I. Siewierski, Henryk, 1951-. II. Título.

07-2612.   CDD: 891.853
                                                    CDU: 821.162.1-3

Todos os direitos reservados à
Editora Estação Liberdade Ltda.
Rua Dona Elisa, 116 | 01155-030 | São Paulo-SP
Tel.: (11) 3661 2881 | Fax: (11) 3825 4239
editora@estacaoliberdade.com.br
www.estacaoliberdade.com.br

Nota do tradutor

■ Nos nomes poloneses foi mantida a ortografia original. As letras latinas modificadas por sinais diacríticos têm a seguinte pronúncia:
 ą – como *on* na palavra *onça*
 ę – como *en* na palavra *tenso*
 ó – como *u* na palavra *sul*
 ć – como *t* na palavra *sete* (pronúncia carioca)
 ń – como *n* na palavra *vinho*
 ś – como *s* na palavra *escuro* (pronúncia carioca)
 ź – como *g* na palavra *giro* (pronúncia carioca)
 ł – como *u* na palavra *água*
 w – como *v* na palavra *uva*
 ż – como *j* na palavra *já*

■ Na língua polonesa são usados grupos de duas letras para representar um único som:
 ch – como *h*
 sz – como *ch* na palavra *chave*
 rz – como *j* na palavra *já*
 cz – como *tch* na palavra *tcheco*
 dż (drz) – como *j* na palavra *John* em inglês
 dź – como na palavra *dia* (pronúncia carioca)

Henryk Siewierski

Nasceu em Wrocław (Polônia). No Brasil desde 1986, é professor da Universidade de Brasília (UnB). Traduziu para o português, entre outras, as obras de Bronisław Geremek, Bruno Schulz, Tomek Tryzna, Czesław Miłosz e Andrzej Szczypiorski.

I

O quarto estava na penumbra porque o juiz gostava da penumbra. Os seus pensamentos, quase sempre inconclusos e nebulosos, procuravam não cair na cilada da luz. Tudo neste mundo é obscuro e confuso, e como gostava de penetrar nos mistérios do mundo o juiz costumava sentar-se no canto de um enorme salão, na cadeira de balanço, com a cabeça apoiada para trás, para que os seus pensamentos pudessem balançar suavemente ao ritmo da cadeira, que ele movia com um leve toque de pé, direito e esquerdo, alternadamente. Estava de chinelos de feltro, altos até o tornozelo, afivelados com um fecho de metal. Os fechos brilhavam no carpete com uma luz azulada, iluminados pela lâmpada coberta do abajur.

O alfaiate Apolinary Kujawski olhava os fechos dos chinelos de feltro do juiz e calculava quanto ia perder caso comprasse dele o quadro de moldura dourada que estava na parede. O quadro representava um sujeito nu, de chifres, sentado num barril de vinho. O alfaiate Kujawski estava convencido de que era o diabo, um daqueles diabos alegres e sempre dispostos para um copo e brincadeiras com mulheres, diabos que os pintores do passado gostavam de retratar, freqüentemente sobre fundos escuros e pouco nítidos, de maneira que foi com dificuldade que conseguiu avistar um moinho de água ou as ruínas de um castelo antigo. Não eram, é verdade, quadros muito bonitos, mas tinham o seu preço, e o alfaiate investia seu dinheiro nas obras de arte porque era patriota e homem culto.

— Então, o meu caro amigo já está farto de toda essa guerra — disse o juiz Romnicki. — Chega de guerra! Pois é, a paz é que é natural aos homens. Todos nós desejamos a paz, como o senhor disse...

— Foi o que disse — respondeu o alfaiate, olhando o diabo sentado em cima do barril. Lembrou-se, de repente, que o diabo chamava-se Fauno e sentiu uma doce tranqüilidade invadindo-lhe o coração.

— Concordo plenamente. Que a guerra termine logo — disse o juiz. — Imediatamente. Já... É isso que meu caro amigo quer?

— Quem não quer, senhor juiz.

— Mas pense bem. Estou falando sério. A paz é mais importante, não é? Então vamos terminar essa guerra, já, sem demora. Mas veja bem, senhor Kujawski, onde estão os soviéticos? Suponhamos que na linha do rio Don. E os anglo-saxônicos? Na África do Norte. Muito bem. Então o nosso caro Adolf Hitler domina a Europa. E hoje mesmo nós acabamos com a guerra, porque, como o senhor teve a bondade de observar, a paz é o mais importante, não é isso, senhor Kujawski?

— Mas como, senhor juiz — exclamou Kujawski —, com os alemães às costas?

— Decida-se, caro amigo. Eles vão mudar a partir de amanhã. Vamos ter a paz, vamos ter a paz! Primeiro, as preliminares, é óbvio, depois a Conferência de Paz, algumas concessões de ambas as partes. Aos soviéticos isto, a Hitler aquilo, aos anglo-saxônicos alguma outra coisa qualquer, mas o senhor insiste que a paz é o mais importante, então eles têm de chegar a um acordo e é para isso que servem os diplomatas, os estadistas, várias chancelarias, oficiais e secretas, a troca dos documentos, as cartolas, as limusines, o champanhe, a paz aos homens de boa vontade, eis aí senhor Kujawski.

— Senhor juiz... — sussurrou o alfaiate.

— *Vous l'avez voulu, George Dandin!*[1] — gritou o juiz com uma voz firme e decidida. — Agora sem rodeios, por favor. Deixemos os rodeios para os outros. Vamos, meu caro amigo, levante a cabeça... Nós temos a paz! E como temos a paz, os invasores não podem continuar agindo de forma tão horrível. Sim, não somos livres. Mas, meu caro senhor Kujawski, nós já nos acostumamos. Quer queira quer não, nós dois não nascemos livres e nem morreremos livres. Pois não... É certo que, no início, eles vão nos explorar ao máximo. Quatorze horas de trabalho escravo por dia. Um prato de sopinha, chicotes, pancadas... Mas em pouco tempo isso vai mudar. Em tempo de paz, eles não têm como fazer novos escravos e precisam cuidar bem dos que já trabalham para eles. Levante a cabeça, caro Kujawski. Em poucos anos vamos trabalhar oito horas por dia, nos darão vales alimentícios, café, chá. E não pode ser diferente se estamos em paz e precisamos negociar uns com os outros... Será que os ingleses vão beber sozinhos todo o chá da Índia? Será que os soviéticos não nos fornecerão o petróleo, o trigo, as batatas e não sei que mais?! Vamos viver, caro senhor Kujawski, vamos viver sim, amordaçados pelos outros, isso temos que admitir, mas em compensação vamos viver em paz, porque a partir desta noite reinará a paz mundial, o bem mais precioso do homem e da humanidade, o bem pelo qual anseiam piedosamente as nossas almas atormentadas, tolas, desonradas pela servidão, habituadas com a submissão, com a humilhação, com o servilismo, o bem

---

1. Em português: "Você o quis, George Dandin." Fala reiterativa do personagem George Dandin, ao final do primeiro ato da comédia *George Dandin, ou le mari confondu*, de Molière, apresentada pela primeira vez em 1668.

pelo qual ansiamos, senhor Kujawski, mas hoje ainda não, é óbvio, só daqui a alguns anos, quando ganharmos nossas próprias escolas, em que todas as aulas, sem exceção, serão dadas em nossa língua materna, quando comermos o pão com toucinho e talvez até apareça, de vez em quando, uma garrafa de conhaque francês ou, quem sabe, um arenque sueco ou um charuto de Havana! Pense, caro amigo, quantas virtudes e atos dignos de louvor brilharão sob o sol da paz européia... Como serão felizes as nossas criancinhas, pequenos escravos, nossos meninos e meninas, ganhando até bombons, até brinquedos coloridos dos seus donos, pois eles cuidarão bem das crianças, distribuindo até Ovomaltine nas creches para que os nossos pequenos cresçam fortes e sadios, aptos para depois trabalharem bem por um salário modesto, mas adequado, assistência à saúde e férias, conforme o princípio "Kraft durch Freude", ou seja, a alegria dá força, portanto é preciso descansar, cuidar da saúde, obturar os dentes, alimentar-se de modo racional, observar os princípios da higiene, porque são essas as condições imprescindíveis de um trabalho disciplinado e eficiente, e como o senhor deve saber, meu caro Kujawski, "Arbeit macht frei", o trabalho liberta, e sob o sol da paz européia liberta como em nenhum outro lugar. Só uma coisa nos faltará. Só uma! O direito de dizer não. O direito de dizer em voz alta que queremos a Polônia livre e independente, que queremos escovar os dentes e descansar do nosso modo, e do nosso modo fazer filhos e trabalhar, do nosso modo pensar, viver e morrer. Só isso que nos faltará sob esse sol da paz européia, que o senhor, meu amigo, considera o bem mais precioso.

O alfaiate Kujawski passou a ponta da língua pelos lábios. Os fechos dos chinelos do juiz, que ainda há pouco lhe pareciam pequenas estrelas brilhantes, agora eram os olhos de uma fera.

— Não é bem assim, senhor juiz — resmungou. — Eu quero a paz, é óbvio, mas não nessas condições. Para começar teria de mandar para o inferno toda essa coisa de Hitler...

— Para que ele vá para o inferno é preciso uma longa guerra, senhor Kujawski — disse o juiz.

— Que seja longa, mas o diabo tem que vir buscá-lo!

— Então, decida-se, amigo! Já não lhe agrada a paz a partir desta noite? Já quer de novo fazer a guerra? Não chegam os horrores? Que carrasco sanguinário se esconde em seu corpo? Isso eu não esperava, senhor Kujawski! Não lhe bastam as vítimas, a destruição, o sangue polonês e não polonês já derramado?

O juiz deu uma gargalhada. Parou a cadeira de balanço. Os olhos da fera se apagaram.

— Tudo bem, amigo — disse. — Finalmente, senhor Kujawski, chegamos a um acordo! Devemos sempre zelar pela Polônia, pela polonidade, pela nossa liberdade. E não pela paz européia, esse blá-blá-blá dos idiotas! É a Polônia que nos interessa. Não tenho razão?

— O senhor juiz tem razão sim — respondeu Kujawski. — Mas eu nem chego aos pés dessas alturas e dessa sabedoria.

— Nunca diga isso em voz alta! As paredes têm ouvidos. Quem sabe se não se escondem por aí alguns demiurgos do lugar, que só esperam que as pessoas percam a confiança na sua própria razão e comecem a hesitar e se atormentar com a dúvida se, por acaso, a sua razão seja tão pequenina que nem chegue aos pés...

— Demiurgos? — repetiu o alfaiate. — Nunca ouvi falar. Tem a ver com os encanadores?

— São os especialistas de salvação da humanidade, meu caro senhor. Você nem se apercebe quando saem do buraco, um atrás do outro. E têm uma pedra filosofal no bolso. Cada um tem uma pedra diferente e atiram essas pedras uns nos outros, só que geralmente acabam acertando as cabeças das pessoas sérias, como o senhor ou eu... Eles querem nos aprontar um futuro do modo deles. E querem também moldar o nosso passado do jeito deles. O senhor ainda não os encontrou?

— Talvez tivesse encontrado — disse o alfaiate em tom conciliador, olhando de novo o Fauno na moldura dourada.

— Quanto aos encanadores — prosseguiu o juiz —, acho muito interessante a sua observação. Tomara que o senhor não seja profeta, caro Kujawski. Porque pode chegar o dia em que eles nos despejem todos no esgoto. Imagine como iríamos ficar.

— Voltando ao quadro, senhor juiz — o alfaiate retomou timidamente o tema —, eu levaria este Fauno ainda hoje. A moldura, o senhor juiz pode contabilizar à parte. Virá um rapaz com um carrinho para embrulhar o quadro com papel, passar um cordão e levá-lo com toda a segurança.

— Ele pode levá-lo, sim, mas gostaria de ouvir a sua proposta.

— O senhor juiz já tinha dito a Paweł que uma parte poderia ser paga em gêneros.

— Isso seria bom. Pensei sobretudo na banha e na carne.

Kujawski acenou ao juiz com o dedo, como que brincando, e disse:

— O senhor juiz é um intelectual, mas tem cabeça para negócios.

Pronunciou essas palavras num tom alegre, mas no fundo estava com medo porque não sabia se podia falar assim com o juiz. O alfaiate Kujawski levava no bolso mais dinheiro que o juiz vira ao longo de todo o ano, porém sentia-se embaraçado diante deste senhor de idade sentado na cadeira de balanço, não só porque o juiz tinha sido há tempos o seu benfeitor, mas também por um motivo bem banal, o de saber qual era o seu lugar no mundo. Ainda não haviam chegado os tempos em que o dinheiro e o poder podiam decidir sobre o status das pessoas. O alfaiate pertencia a uma época alicerçada numa determinada ordem espiritual, frágil como a porcelana, porém tão durável quanto um aqueduto romano. Reinava uma hierarquia das almas e todos sabiam que existia uma nobreza que não dependia de nascimento, mas que se originava no interior da pessoa humana. Por isso Kujawski ficou um pouco embaraçado e olhou para o juiz. Este deu uma risada afetuosa.

— Isso eu gostaria sim, meu caro senhor Kujawski, gostaria mesmo, não dá para esconder — disse sorrindo. Ele era sensível feito um sismógrafo, tinha aquela rara sensibilidade que os poetas chamam de inteligência dos sentimentos, por isso disse ainda:

— Mas o destino me ofereceu essa oportunidade de conhecê-lo, e o senhor tem uma cabeça que dá para nós dois. Eu confio em sua proposta.

E logo acrescentou, num tom decidido, para não magoar Kujawski e não comprometer o prazer de negociar:

— Mas, meu caro Kujawski, eu vou discutir o preço, vou discutir mesmo.

— Isso é obvio — respondeu o alfaiate. Estava disposto a pagar mais só para poder sentar-se de novo num sofá desbotado naquele salão, em que pairava um cheiro de objetos velhos e a poeira de inúmeros livros.

II

Pawełek Kryński abriu os olhos e observou as suas mãos. Ele sempre as observava logo ao acordar, verificando se já estavam roxas e mortas, com as unhas escuras, exalando veneno cadavérico, ou se ainda lhe pertenciam, vivas. Pawełek — porque assim chamavam-no desde criança — completaria em breve dezenove anos. Nessa idade, aconteciam coisas estranhas com os homens daqueles tempos. Ele já conhecia as diferenças entre os sexos e já estava perdendo a fé na imortalidade. Só mais tarde podia recuperá-la, mas os primeiros anos da virilidade o familiarizaram com a morte, assim como costuma acontecer na velhice. Pawełek Kryński entrava então numa idade em que o amor e a morte se tornam amigos inseparáveis do homem, acompanhando o seu pensamento a cada passo.

Poucos anos depois, um homem de dezoito anos que passasse por esse tipo de sofrimentos e medos seria apenas ridículo. Mas Pawełek pertencia à época em que os jovens queriam ser adultos. Usavam ternos desde os quinze anos de idade e exigiam deveres e responsabilidades. Estavam fugindo da infância que se prolongava demais. As crianças não têm honra, e eles ansiavam por tê-la a todo preço.

Abriu os olhos e observou as suas mãos. Ainda eram suas. Acalmou-se e ajeitou a cabeça no travesseiro. Esta noite recebeu a visita de Henio. Mas os traços de Henio eram tão nítidos e a sua voz tão fraquinha, que Pawełek não conseguiu entender o que ele dizia. Entendeu apenas um gesto. Como sempre no sonho, também desta vez Henio fez-lhe um sinal. Então Pawełek perguntou: "Onde você está, Henio?", mas não recebeu resposta. Ele não gostava deste sonho, que vinha se repetindo regularmente já havia um bom tempo; mas, quando acordava com a sensação de que Henio não tinha vindo à noite, ficava decepcionado. "Onde se meteu esse monstro?", pensava.

Abriu os olhos e examinou as mãos. Ocorreu-lhe que estava negligenciando os seus contatos com Deus. Não acreditava em Deus como tinha acreditado outrora e como iria acreditar mais tarde. O seu coração guardava o ceticismo, a revolta, o escárnio e a dúvida, mas temia a ira dos céus. Contava com a paciência, mas temia a ira.

Suas mãos eram bronzeadas e fortes. Aliviado, respirou fundo. Levantou-se da cama com pressa. Nesse dia tinha muitas coisas importantes para fazer, coisas que exigiam coragem e dignidade. À cabeceira da sua cama havia duas mulheres: a senhora Irma, dourada, azul-violeta e bela, com quem estava terminando o namoro, e Monika, prateada e sombria como os ícones russos, que começava a amar apaixonadamente.

A senhora Irma foi o primeiro amor de Pawełek. Nos tempos de antes da guerra ela morava no mesmo andar do prédio, no apartamento ao lado. Pawełek tinha treze anos quando se apaixonou por ela. Ela era esposa de um médico, o doutor Ignacy Seidenman, um cientista e radiologista. O médico gostava de Pawełek. Ao encontrá-lo na escada, perguntava-lhe sobre a escola, oferecia bombons e uma vez até tinha convidado o menino para o seu gabinete, onde estava o aparelho de raios X. A senhora Irma era uma bela mulher, esbelta, de cabelos dourados e olhos azuis. Já antes da guerra Pawełek sonhava com ela. Quando no meio da noite acordava assustado, não reconhecia o seu corpo, de tão quente, tenso e dolorido que estava. A senhora Irma parecia uma doença, só o fazia sofrer. Quando lhe oferecia balas ou chocolate, ele se sentia humilhado. Queria conquistar terras exóticas, saquear fortalezas, subjugar as hordas inimigas, tudo para ela. Mas não podiam se entender nem se encontrar. Ele ia em sua direção navegando numa embarcação, num galeão de cem canhões, numa canoa indígena, e ela o esperava com um bombom na mão. Depois já não remava numa canoa com um penacho na cabeça. A senhora Irma andava pelas ruas de Varsóvia. Uma viúva judia de rosto nórdico, destemida. Era tempo de guerra. Pawełek estudava em cursos clandestinos e tentava ganhar dinheiro para ajudar a mãe. O pai fora feito prisioneiro pelos alemães e encontrava-se por detrás do arame farpado num campo para oficiais. A relação de Pawełek com a senhora Irma era uma relação de quem procurava protegê-la, e por isso sofria ainda mais.

O doutor Seidenman morreu antes de a guerra começar, a senhora Irma morava sozinha, mudando constantemente de apartamento na parte ariana da cidade. Pawełek sempre tinha tempo para ela. Ela podia contar sempre com a sua ajuda. Tentava salvar o arquivo de pesquisa científica do marido para que, depois da guerra, a radiologia pudesse avançar graças às descobertas e às observações do doutor Ignacy Seidenman. Pawełek ajudava a senhora Irma. Cada dia ela ficava mais bonita. Ele temia por sua vida. O ciúme o atormentava. A senhora Irma tinha pouco mais de trinta anos, havia muitos homens à sua volta.

Pawełek concluiu o segundo grau numa escola clandestina. Ganhava alguma coisa comprando e vendendo obras de arte. Pessoas cultas e noutros tempos abastadas vendiam agora quadros, móveis, livros. Tinham de viver de alguma maneira.

Surgiam novas fortunas, às vezes enormes, cujas origens nem sempre eram limpas, pois provinham em parte da economia clandestina, sem a qual o país, impiedosamente explorado pela máquina de guerra da Alemanha nazista, não teria sobrevivido, e em parte do roubo dos bens dos judeus, porque, mesmo que a maior parte da presa ficasse com os alemães, algumas peças valiosas caíam também nas mãos dos poloneses. Pawełek atuava numa estranha zona de fronteira entre os colecionadores arruinados de antes da guerra, os nobres que vendiam seus móveis e objetos preciosos, os proprietários dos quadros, gravuras e pratarias outrora abastados, e um pequeno, mas perspicaz e ágil grupo de novos ricos, sempre famintos e insaciáveis, duros, frios e presunçosos, entre os quais apareciam às vezes conhecedores e amantes de coisas belas que, antes da guerra, talvez tivessem sido humilhados pela sorte, antigos freqüentadores dos atalhos, e que agora podiam entrar pela estrada principal e vingar-se dos seus outrora felizes rivais. Eram em suma negócios bem escusos, mas havia também pessoas como o alfaiate Kujawski, homem rico e colecionador, que muitas vezes surpreendia seus clientes com sua bondade e generosidade. Pawełek trabalhava para o alfaiate e o alfaiate gostava de Pawełek. Durante algum tempo eles constituíam uma dupla inseparável, mas depois a relação afrouxou um pouco, não porque tivesse havido algum desentendimento nos negócios, mas por causa das aulas de Pawełek na universidade clandestina e seus dramas de amor.

Ele conheceu Monika. Ela tinha dezoito anos, cabelos negros, pele prateada, perfil de um precioso camafeu e graça de uma fera preguiçosa. No fim do outono de 1942, Pawełek beijou Monika. A sua boca era fria, lábios cerrados, olhos inimigos.

— Nunca mais! — disse ela. — Nunca mais.

Mas, alguns dias depois, Pawełek deu novamente um beijo na boca de Monika. Ela retribuiu o beijo. Ele quase morreu.

Amava Monika. Ela era linda, inteligente, bondosa. Ao lado dela, ele não era ninguém. Uma pedra da rua. Uma folha de outono. Um fantasma maldito. Uma vez, quando andavam de riquixá, ele pôs a mão no joelho dela. Ela ficou gelada. Ele retirou a mão. Sentiu as asas da morte sobre a sua cabeça. Noutro dia, quando passeavam pela rua Marszałkowska, encontraram Kujawski. Ele tirou o chapéu cumprimentando-os. Era homem de grande delicadeza, cultivava as boas maneiras. Monika disse:

— Que homenzinho mais ridículo.

Pawełek concordou. Sim, Kujawski era mesmo um homenzinho ridículo.

— O senhor Pawełek é homem de sorte.

— Em que, senhor Kujawski?

— Aquela moça, que estava ao seu lado na rua Marszałkowska... É muito bela...

Hesitou por um instante e disse balançando a cabeça:

— Muito bela? É dizer pouco. Ela é infinitamente bela...

Pawełek constatou que Kujawski era um homem inteligente, conhecedor de arte, um verdadeiro especialista.

Ele amava Monika, mas amava também a senhora Irma. Eram amores diferentes. Com Monika ele queria passar a vida inteira, com a senhora Irma algumas horas. Com Monika queria envelhecer, com a senhora Irma, só amadurecer. Mas os tempos em que viveu eram cruéis. Seus desejos não se realizaram. Fez a primeira declaração de amor à senhora Irma quando ela já era uma mulher bem idosa, no terraço de um café na avenida Kléber, em Paris. Foi trinta anos depois da morte da bela Monika. Nenhuma destas mulheres marcou o lado emocional da personalidade de Pawełek. As mulheres que iriam marcar a sua vida ainda estavam por vir. Mas a senhora Irma e Monika familiarizaram Pawełek com a morte. Ele ficou grato a elas.

Mas observando agora as suas mãos e levantando-se da cama não sentia nenhuma gratidão. Estava bem disposto e decidido. Nesse dia, o seu amor pela senhora Irma ia terminar de uma vez por todas e todo o seu coração ia ser entregue a Monika. Acreditava ainda que era dono dos seus atos. Acreditava ainda na liberdade. É preciso perdoar-lhe. Ele ainda não tinha completado dezenove anos.

Lavou-se com água fria espirando, estava quase feliz. Quase, porque se lembrou novamente de Henio Fichtelbaum. Um colega de escola, de religião judaica, Henio Fichtelbaum. Era seu melhor amigo de infância, de juventude e dos primeiros anos da idade adulta. Henio Fichtelbaum, que o ajudava nos deveres de matemática. Caprichoso, bonito, moreno, concentrado.

Havia momentos em que se odiavam. Henio cerrava os lábios.

— Vá tomar banho, Pawełek! — dizia ele, e pequeno, antipático, de mochila nas costas, afastava-se em direção aos castanheiros do Ogród Saski.[2] Pawełek chutava com raiva castanhas caídas no chão. Eles se odiavam. Às vezes, Henio voltava cruel, de lábios cerrados, também ele chutando castanhas.

— Tudo bem — dizia ele —, podemos ir à rua Królewska.

Mas, às vezes, Pawełek corria atrás de Henio.

— Pare! Espere! Vou com você...

Brincavam de índios. Brincavam de abissínios. Henio punha uma manta quadriculada às costas e dizia a Pawełek:

— Eu sou o Hailé Selassié! Você é o chefe das minhas tropas.

Outras vezes foi Pawełek quem se cobria de manta e então era o imperador. Soltavam gritos de guerra. Henio disparava canhões, Pawełek dava tiros de pistolas. Apontavam flechas, atiravam lanças.

Henio Fichtelbaum gostava de doces. Pawełek gostava de filmes. Sempre discutiam. Henio queria comer chocolate,

---

2. Ogród Saski (Jardim da Saxônia) é um parque no centro de Varsóvia.

Pawełek queria ir ao cinema. Discutiam, e a separação foi insuportável. O chocolate era insípido, o filme, chato. Eram amigos como os adultos não sabem ser. Brincando morriam um pelo outro, mas estavam dispostos a morrer também de verdade, porque ainda não entendiam a morte e por isso não a temiam, não podiam imaginar o que seria morrer.

Mais tarde já podiam imaginar. Em 1940, Henio Fichtelbaum foi para o gueto. Dois anos depois fugiu e foi procurar Pawełek. Este lhe arranjou um excelente esconderijo na casa de um relojoeiro. Henio Fichtelbaum passou a morar no sótão. Pawełek levava-lhe os livros e as notícias. Henio ficava revoltado, cheio de manias. A memória do gueto ia se apagando. O sótão tornava-se insuportável.

— Isto é uma prisão! — dizia Henio Fichtelbaum.

— Pelo amor de Deus, Henio, onde você ficaria melhor? Você precisa ter paciência.

— Quero sair para a rua, Pawełek!

— Sem chance!

— Mas eu vou!

— Você é um cretino, um idiota, um retardado — gritava Pawełek.

Henio não saía. Mas chegou o dia em que não agüentou mais viver fechado. Pawełek ficou bravo.

— Você está vendo, está tudo bem — respondia Henio lentamente. — Fui à cidade e estou vivo. Nada aconteceu.

— Você não tem piedade! — gritava Pawełek.

Eles eram amigos. Henio acabou cedendo. Não por ter ficado com medo de morrer, mas pelo amor que tinha a Pawełek. Mas, dois meses depois, ele desapareceu sem deixar vestígios. Pawełek rezava fervorosamente. Passaram-se semanas sem qualquer notícia. Passou o inverno. Henio já não existia. Somente às altas horas da noite, no escuro, quando Pawełek ia dormir, aparecia Henio, e dava o sinal. É sinal de vida, pensava

Pawełek, e adormecia. De manhã, as mulheres o acordavam, a senhora Irma e Monika. Todos os três saíam dos sonhos de Pawełek. Henio Fichtelbaum não estava lá. Ele continuava ausente de uma forma assustadora. Morreu, pensava Pawełek de dia. Mas, à noite, Henio voltava e dava-lhe o sinal.

Passaram anos e ele não deixava de aparecer. Já não existia o mundo em que Henio havia vivido, mas ele aparecia à noite e dava o sinal. Pawełek achava então que era o sinal da morte, e não da vida. Não me chame, dizia à sombra de Henio Fichtelbaum, você não tem o direito de me chamar. E adormecia sem medo, sabendo que Henio Fichtelbaum não era enviado de Deus, mas apenas uma boa recordação. Talvez só isso, pensava às vezes.

Mas ele acreditava que Deus era também o amor.

Não há como negar que Paweł era um sortudo. Sobreviveu à guerra e soube o que era o amor. É algo espantoso. Um verdadeiro felizardo! Quando passou dos vinte anos parecia-lhe que tudo fora levado pelo fogo. Esta cidade era todo o mundo que ele tinha. Nem a cidade inteira, mas só o seu centro, algumas ruas entre o Belvedere e o Castelo, entre a margem do Vístula e o cemitério de Wola. O ar aqui era diferente, como também o céu e a terra. Os prédios demarcavam o horizonte. Quando criança palmilhou cada canto deste pedaço da terra até o horizonte. Não tinha outra pátria. No centro ficava o Ogród Saski com as ruas adjacentes, que de um lado eram bonitas, luminosas e elegantes, e do outro marcadas pela inquietação barulhenta, pela fealdade e pela pobreza. Não havia fronteira que separasse esses dois mundos. Na sombra dos castanheiros do Ogród Saski, as damas de traje de passeio, de chapéus com véu e sapatos de salto alto, os senhores de impermeável, de cartola e sobretudo com gola de pele esbarravam nos transeuntes escuros de sobretudos desbotados e botas de borracha, nas vendedoras aos gritos com perucas enfiadas na cabeça, nos jovens judeus de quipá e nos velhos pachorrentos caminhando apoiados na bengala, de jaquetas franjadas, boinas sobre os cabelos brancos e sapatos gastos de pobres operários. Nos bancos em volta da fonte sentavam os insurgentes de 1863, os revolucionários de 1905, os veteranos de 1914, os membros da Cavalaria Ligeira de 1920, as professoras míopes que em sua juventude tinham feito vênias diante de Eliza Orzeszkowa[3], conspiradores e deportados para a Sibéria, prisioneiros moabitas e da fortaleza de Olmütz, comerciantes de seda de Nowolipie e atacadistas de ferragens da rua Gęsia, antiquários da Świętokrzyska, jovens diplomatas do palácio de Brühlschen, cocotes e beatas, desempregados e ricos, judeus, alemães, ucranianos, preceptores franceses das antigas fazendas, desertores de Guarda Branca, moças na idade de casar, estudantes com cara de camponês e bolso vazio, ladrões e comadres. Foi aqui que Pawełek e o terrível Henio Fichtelbaum disputaram castanhas no jogo de atirar facas. Aqui derrotavam os bolcheviques, obrigavam os regimentos de elite do Duce à retirada e abatiam os aviões do general Franco, que ousavam bombardear os redutos da República Espanhola.

Bastava dar alguns passos para se encontrar no meio de palácios, edifícios do governo, limusines, cheiro de café e de perfumes. Podia-se também ir em direção oposta, seguindo as ruas Graniczna, Żabia, Rymarska, para se encontrar no centro da diáspora judaica, entre as pequenas lojas de ferragens, no meio da barulhenta multidão hassídica, os gigantescos carregadores do mercado com seus bonés de oleado e casacos de trabalho, a algazarra dos comerciantes, o relincho dos cavalos, as empoeiradas vitrines de pobres chapelarias com letreiros *Modes* ou *Dernier Cri*, frutarias, confeitarias, barbearias, sapatarias, malarias, e vendedores de calças de pano grosso e de biscoitos.

---

3. Eliza Orzeszkowa (1841-1910) era uma das maiores escritoras da época do positivismo na Polônia.

Podia-se também caminhar para o outro lado do mundo, rumo às torres das antigas igrejas, prédios úmidos e conventos, rumo à aflição proletária e sonhos rebeldes do povo. Ali mesmo o Castelo Real encostava-se à catedral, a catedral encostava-se à praça e a praça encostava-se ao Vístula e ao Jordão.

Era este o mundo de Paweł que se afundava em seus olhos, em sua estupefata e impotente presença. Afundava-se literalmente, desmoronava, enterrando em seus escombros as pessoas e uma concepção polonesa de ser.

Paweł sobreviveu à guerra. Poderia esperar que a sorte continuasse a lhe sorrir? E ainda viver um amor? É algo espantoso. Não há como negar que Pawełek era um felizardo.

III

A cela era uma gaiola bem apertada com uma cadeira em seu interior. Um muro de três lados. Do lado do corredor, havia apenas uma grade entre o teto e o chão de pedra. Do teto pendia uma lâmpada acesa sem quebra-luz.

Irma Seidenman sentou-se na cadeira obedecendo à ordem. O guarda fechou a grade e afastou-se com passos pesados.

Ela não estava só. Ouvia a respiração de outras pessoas fechadas nas gaiolas ao longo do corredor. Apenas a respiração.

Irma Seidenman baixou a cabeça colocando-a entre as mãos, apoiou os cotovelos nos joelhos e ficou imóvel, encurvada, concentrada e em silêncio. Havia nela uma curiosidade, um desejo de viver intensamente cada instante que passava, o silêncio e a concentração, a própria respiração e as batidas do coração.

Aconteceu então o que Irma Seidenman esperava. Nos dois últimos anos, quase todos os dias ela estava preparada para este desfecho. Tinha ouvido na cidade as histórias do corredor das gaiolas apertadas. Imaginava este corredor. Agora ele se apresentava um pouco diferente, menor, talvez um pouco mais acolhedor, não tão assustador como nas histórias que tinha ouvido com o coração apertado. Agora ela estava neste corredor.

Não precisava ter medo de ser levada para cá. Um muro, a grade, a lâmpada, as respirações abafadas por perto e a sua própria respiração estranhamente regular e suave. O seu próprio organismo estava se adaptando ao corredor, acostumando-se a ele. Este era agora todo o mundo de Irma Seidenman. Neste mundo ela tinha de viver.

Pensou, de repente, que a vida é apenas o que passou. Não há outra vida a não ser a recordação. O futuro não existe, não só aqui, atrás das grades, mas em qualquer lugar, também na rua, na floresta, no mar, nos braços do homem amado. A vida é o que foi cumprido, o que lembramos que aconteceu e passou para deixar uma recordação. A vida não pode ser o futuro, pensava Irma Seidenman, porque no futuro eu não existo, não sinto fome, nem sede, nem frio, nem o calor. O que acontecerá em algum tempo e em algum lugar ainda está fora de mim, escondido por detrás de um muro e de uma grade, fora do meu espaço e fora da minha compreensão, ainda nas estrelas longínquas, nos desígnios cósmicos. A minha vida é aqui, porque eu estou aqui, meu corpo e, acima de tudo, a minha memória. A minha vida é apenas o que já aconteceu — mais nada! Então pensar na vida é pensar no passado gravado na memória, e cada instante é passado, porque o fechar das grades é passado, o inclinar da cabeça e o segurá-la nos braços é passado. Foi isso o que já vivi, meu Deus! Não vivi mais nada do que me lembro ter vivido. Além da memória, nada existe.

Lembrou-se do marido, o doutor Ignacy Seidenman, homem alto e magro, que ela amava muito, apesar de não poderem ter tido filhos. Nos primeiros anos do casamento lamentavam-se, mas depois se conformaram, encontrando a felicidade a dois. O doutor Ignacy Seidenman morreu de câncer em 1938. Quando ele morreu, Irma Seidenman pensou que ia morrer também, o desespero parecia-lhe insuportável. Mas passou um tempo e ao colocar em ordem o espólio científico do marido, seus trabalhos de radiologia, ficou tão absorvida que a dor da perda tornava-se mais branda. Depois, de repente, constatou, surpreendida, que a radiologia a absorvia mais do que a memória do marido ausente. No início, sentia-se apenas obrigada a dar alguma ordem no caos do espólio científico do doutor, considerando isso um dever moral para com a memória dele. Mas, com o passar do tempo, descobriu lacunas comprometedoras nos apontamentos, fotografias, relatos clínicos e conclusões, e sentiu-se meio envergonhada pelo fato do marido, homem tão dedicado e sensato, não ter evitado uma certa desordem e desorganização. Ela não podia deixar as coisas desse jeito, não podia expor a herança de Ignacy Seidenman às críticas maliciosas. Viajou a Paris para procurar a ajuda do professor Lebrommell. Antes que tivesse conseguido colocar em ordem milhares de pastas e envelopes, estourou a guerra. Naquele tempo, Ignacy Seidenman ocupava na vida dela menos espaço do que o seu arquivo. Foi esse arquivo que a impedia de se mudar para o gueto. Era uma loura clara de olhos azuis, um nariz reto, delicado e perfeito, o desenho dos lábios um tanto irônico. Era uma mulher muito bonita, tinha 36 anos e possuía um capital razoável em jóias e em dólares de ouro. O arquivo do doutor Seidenman, ela deixou guardado na casa de amigos, uma espaçosa casa de madeira em Józefów, enquanto ela própria, depois de mudar três vezes de endereço e de documentos para confundir os rastos do seu passado, alugou enfim uma bonita quitinete em Mokotów, com o nome de Maria Magdalena Gostomska, viúva de um oficial. Não precisava preocupar-se com os meios de subsistência, as suas necessidades eram modestas, estava satisfeita com a vida de mulher solteira, que neste mundo louco dedicava-se ao trabalho de completar a obra do falecido doutor. Deslocava-se com certa regularidade a Józefów, fazia anotações nas margens dos manuscritos do seu marido, mantinha contatos com os médicos de Varsóvia, homens de confiança, que mesmo naquele mundo cruel sempre encontravam tempo para uma conversa com uma bela e inteligente mulher, tão absorvida com os problemas dos raios X e com os enigmas da radiologia, que parecia não se aperceber do inferno em que naquele tempo todos viviam.

Mas apercebia-se do inferno, sim. Ela dizia que até no inferno devemos seguir o caminho certo até onde for possível. Às vezes, tinha remorsos por ter ouvido com certa indiferença as notícias do outro lado do muro. Mas ela não tinha seus mortos no gueto. Não os tinha em lugar nenhum, porque o cemitério onde o doutor Ignacy Seidenman repousava foi nivelado, as lápides roubadas ou destinadas para a pavimentação das ruas. O corpo do doutor Seidenman não existia mais, mas Irma Seidenman estava convencida de que ele próprio continuava em algum lugar, talvez nas proximidades de Deus, talvez como energia espiritual no cosmos ou uma partícula de ar que ela respirava, uma partícula de água que ela bebia. Além disso, o doutor Ignacy Seidenman acabou sendo na sua vida uma recordação. Encontrava-o com freqüência, conversava com ele nos fins de tarde, ele a visitava nos sonhos, mas não foi como amante nem como marido, não sentia seus braços nem beijos, mas apenas a sua presença concentrada, silenciosa, talvez até um pouco caprichosa, uma vez que o doutor Seidenman tinha o direito de nutrir um pouco de ressentimento por causa das críticas dela e aquelas emendas que ela sentia-se obrigada a introduzir nos seus manuscritos. De vez em quando discutia com seu marido no sonho, mas sempre ciente de que estava discutindo consigo mesma, porque o marido não estava vivo e não havia como discutir com ele.

Assim passaram juntos todos esses anos, ela no mundo bem real, com muitos problemas grandes e pequenos, mas também com um medo enorme, pois sabia quem ela era, uma judia, mesmo que bem disfarçada graças às suas feições, aos seus documentos impecáveis e à simpatia da vizinhança, onde ninguém suspeitava de nada, e se alguém suspeitasse estaria sob a pressão de dois mil anos de civilização européia. Portanto, eles estavam juntos, só que o doutor Seidenman ficava um pouco do lado de fora, felizmente invisível e além do alcance dos perseguidores.

Irma Seidenman dizia a si mesma todo dia que, sem dúvida, ia sobreviver à guerra, completar e depois publicar a obra do marido, o que ela considerava não só uma prova de amor e da memória, mas também — não sem vergonha e com um pouco de vaidade — o seu próprio sucesso e contribuição para a área da radiologia, tanto maior que ela não tinha nenhuma formação em medicina, e tudo o que tinha conseguido foi graças à sua inteligência, trabalho e perseverança. Estava tão segura das suas idéias e observações, que pretendia no futuro empreender um esforço, não importava que fosse tardio, para estudar medicina, talvez até sob a orientação do professor Lebrommell, que fora também mestre do seu falecido marido.

Repetia então a si mesma que ia sobreviver à guerra, pensando ao mesmo tempo que era uma idéia absurda, porque com certeza seria descoberta e iria compartilhar o destino dos outros judeus. Aguardava esse dia com uma curiosidade amarga, decidida a morrer tranqüila, sem queixume, porque tinha conseguido realizar muito, e cada dia que passava estava mais perto da conclusão do trabalho com a obra do marido. Queria muito viver ainda por algum tempo para poder completar alguma coisa, corrigir, alterar, mas não entrava em pânico, porque sabia que mesmo que não conseguisse outros iriam conseguir, com certeza alguém iria conseguir, porque não faltam pessoas inteligentes e honestas neste mundo, capazes de levar adiante o seu trabalho e concluir a obra. E se porventura não existissem pessoas assim, a obra do doutor Seidenman não teria mais sentido.

Ela tinha esperança de que ia sobreviver e, ao mesmo tempo, estava convencida de que ia morrer, o que era um estado de espírito muito humano e natural, e que a surpreendia. E quando um dia, ao sair de uma casa, deu de cara, na rua Krucza, com Bronek Blutman, de quem ouviu falar que era um informante da polícia e denunciava judeus na expectativa de que assim salvaria a sua cabeça, a de um dançarino judeu das casas de dança dos tempos de antes da guerra, a sua primeira idéia foi resolver a questão de uma forma banal.

Bronek Blutman disse:

— Mas que encontro, prezada senhora Seidenman. Sempre tão elegante, hum, hum!

— Com o senhor não vou fingir — respondeu com calma.

— Podemos resolver isto de outra maneira.

— O que é que podemos resolver, minha linda? — perguntou Bronek Blutman.

— Quanto é que quer? O senhor é um jovem, um homem bonito, os homens como o senhor têm muitas despesas.

— Querida senhora Seidenman — respondeu Bronek Blutman —, nem grana nem maná vai resolver o meu problema. Eu tenho de entregar o meu contingente.

— Não quero parecer pior do que sou — disse ela —, mas o senhor pode ir buscar o seu contingente em outro lugar.

— Nada disso — disse Blutman. — Eu estou pescando a sério, e por isso agora vamos onde devemos ir.

— Está fazendo um mau negócio, senhor Bronek. Eu não sou nenhuma dona Seidenman. Chamo-me Gostomska. O meu marido era oficial de artilharia e morreu na guerra.

— Todos nós morremos nesta guerra — respondeu Bronek Blutman. — Vamos, vamos, minha querida!

— Eles não vão poder provar nada.

— Eu provarei!

Então Irma Seidenman encolheu os ombros como se fizesse pouco caso, apesar de ter sentido um frio terrível em volta do coração, e suas pernas vacilarem.

— Como é que eles podem acreditar num judeu qualquer se a viúva de um oficial o desmentir?

— Não seja ridícula, querida senhora Seidenman. Vamos embora!

Levou-a pelo braço com leveza e suavidade porque tinha sido um bom dançarino.

— Sou Gostomska — disse em voz alta. Um transeunte olhou franzindo as sobrancelhas.

— Me chamo Gostomska e não sou judia — repetiu ainda mais alto. Dois homens pararam.

— O que o senhor quer com essa senhora? — perguntou um deles.

— Não é do seu interesse — respondeu Bronek Blutman em tom áspero.

— Você que é judeu — disse o homem.

— Eu sei bem quem sou — gritou Bronek e puxou Irma Seidenman pelo braço.

Passou um riquixá[4] vazio. Ele mandou parar. Subiram. Havia dois homens estranhos na calçada, seus rostos espelhavam medo, desgosto e escárnio. Bronek Blutman pôs a mão no pescoço de Irma.

— A senhora sempre me atraía — disse rindo —, mas agora já é tarde.

— Tire a mão, se não vai levar uma bofetada! — gritou.
— Eu me chamo Gostomska, Maria Magdalena Gostomska.

---

4. Em polonês, a palavra *riksza* se refere a um triciclo que servia de táxi. O condutor ia atrás pedalando e levava dois passageiros. Foi muito usado na Polônia durante a Segunda Guerra.

— A grande pecadora — murmurou Bronek e deu uma gargalhada. Mas tirou a mão. Irma Seidenman dirigiu-se ao homem do riquixá, deu-lhe o seu endereço e lhe pediu que avisasse ao doutor Adam Korda, seu vizinho, que por engano fora detida como uma pessoa de origem judaica.

— É um escândalo! — disse zelosamente horrorizada. O homem do riquixá respondeu que ia avisar o doutor Korda.

O doutor Korda não sabia que Irma era judia. Era seu vizinho havia apenas alguns meses. Como professor de letras clássicas interessava-se pela questão judaica só na medida em que tivesse alguma relação com Tácito ou com a destruição de Jerusalém por Tito. De vez em quando levava uma geléia de rosas a Irma. Ao final da tarde, costumavam conversar um pouco sobre os tempos difíceis, tempos ruins. Irma deu o seu nome e endereço, porque ele era um homem justo, e era preciso que uma pessoa justa soubesse que em breve ela seria assassinada

Não pensou mais no doutor Korda. Nem em Bronek Blutman depois que ele saíra da sala de Stuckler. Stuckler estava sentado atrás da sua escrivaninha e ela numa cadeira à sua frente. Olhava para uma janela larga que dava o para céu azul.

Não confessava nada. Só repetia relutante: "Não conheço este homem. Não sou judia. Chamo-me Maria Magdalena Gostomska. Sou viúva de um oficial. O senhor tem meus documentos."

Ele tinha sua carteira de identidade, mas não só. Tinha também uma velha e gasta carteira do Círculo de Famílias Militares da cidade de Grodno, emitida em 1937. Tinha uma fotografia de um homem corpulento na casa dos quarenta, de uniforme militar com o distintivo de capitão. A fotografia também foi tirada em Grodno. Irma Seidenman tinha bons documentos. Stuckler abria e fechava uma cigarreira de prata com as letras I. S. em ouro. Ela recebeu essa cigarreira do seu marido, o doutor Ignacy Seidenman, pouco antes de ele ter morrido, e este foi o seu último presente, do qual ela nunca quis se separar. Bronek Blutman mostrou sorrindo esta cigarreira e disse a Stuckler:

— Veja Herr Sturmführer[5], esta é a melhor prova. I. S., Irma Seidenman, ou se o senhor preferir, Ignacy Seidenman. Também o conheci.

— Onde ele está? — perguntou Stuckler.

— Já não está vivo. Morreu antes da guerra — respondeu Bronek.

— Esta cigarreira não é minha — disse ela. — Encontrei-a algumas semanas atrás. Como o senhor pode ver, ela é de prata. E as letras são de ouro. Coisas como essa a gente não joga fora nos dias de hoje.

Repetia isso muitas vezes, até quando Bronek Blutman já não estava na sala. Stuckler abria e fechava lentamente a cigarreira. Quase uma hora depois mandou que levassem Irma.

Ela estava sentada numa gaiola, e o que tinha acontecido de manhã era agora sua vida de verdade.

A cigarreira, pensava ela. Sempre o indício está em algo insignificante. A cigarreira, sem a qual é possível viver muito bem e sequer saber que ela existe. O homem é apenas um objeto entre outros. A cigarreira. Irma tinha certeza de que, se não fosse essa maldita caixinha de metal, teria sido solta. A sua aparência e os documentos testemunhavam a seu favor. É verdade que num certo momento Stuckler se levantou e começou a examinar-lhe as orelhas, mas logo retornou à mesa. Ela ouviu falar sobre essa palhaçada com as orelhas das mulheres judias. Quanto aos homens, mandavam-lhes abrir a braguilha. Nas mulheres, procuravam algo no pavilhão da orelha. Eles próprios não sabiam o que estavam procurando, mas eram

---

5. *Sturmführer*: posto de oficial de três estrelas das SS e SA, correspondente a tenente.

escrupulosos e não queriam cometer nenhum erro. Alguém em Berlim tinha descoberto que o pavilhão da orelha da mulher judia revelava a raça. Mas tais características raciais não existiam. Então mexiam dentro das orelhas com seus dedos, olhavam-nas — e continuavam sem provas. Stuckler voltou à mesa decepcionado. Mas tinha a cigarreira. Se não a tivesse, iria soltar Irma Seidenman. Ela tinha certeza.

Morrer por causa de algo tão insignificante, pensava ela, era realmente injusto. Ela não se sentia judia e a sensação que tinha era de que não ia morrer como judia. Também de modo algum considerava o judaísmo um defeito. Estava convencida de que ia morrer por causa da cigarreira, e esta convicção lhe pareceu ridícula, estúpida, má e odiosa.

IV

No fundo do pátio da rua Brzeska encontrava-se uma latrina com uma placa esmaltada na porta que dizia "Chave com o porteiro". A informação não estava correta. Já no final dos anos vinte, a fechadura estava roída pela ferrugem e a porta fechava-se com um gancho. Durante todo o dia havia aqui muito movimento. A latrina era usada pelas vendedoras do mercado próximo e também por um onanista de óculos e de chapéu. Mas ao fim do dia, depois do mercado fechar, ninguém mais vinha por aqui porque os inquilinos do prédio tinham dois banheiros por andar, e para os moradores do porão o proprietário construíra, ainda antes da guerra, num gesto de extraordinária generosidade, um banheiro com um vaso sanitário de porcelana, bem ao lado do portão que dava do pátio para a rua.

Henryk Fichtelbaum estava sentado na latrina e pensava em Deus. Foi à rua Brzeska, ao pôr do sol, atraído pelo cheiro dos vegetais, cujos restos estavam espalhados pelo chão. Ainda não tinha conseguido pegar nada, quando deu com o olhar vigilante do homem do boné de oleado. Assustado, correu em direção ao portão mais próximo e entrou num pátio pavimentado de pedras polidas por milhares de pés humanos e de patas de cavalos e, ao procurar desesperadamente um esconderijo, parou dentro da latrina. A porta fechava-se por dentro com uma tranca. Não dava para uma pessoa sentar-se lá dentro, porque a latrina era ainda dos tempos do Império da Rússia, onde a guarda do czar Alexandre III defecava. Henryk Fichtelbaum ouviu dizer que o czar era muito alto e forte, e que russificava os poloneses com muita ferocidade e gozava de prestígio em toda a Europa. A latrina estava concebida de forma que a pessoa pudesse aliviar-se de pé ou de cócoras, porque nos tempos do Império as pessoas exageravam na aplicação dos progressos da higiene. Mas agora os tempos eram outros, e Henryk Fichtelbaum sentou-se num degrau de metal, encostou o braço na parede, inspirou o cheiro de excrementos e disse baixinho:

— Senhor Deus, se eu tiver que morrer, me deixe antes matar a fome e me aquecer, porque já não estou agüentando...

Havia três dias que não comia, sentia uma pressão no estômago e uma vertigem. Estava congelado até os ossos. De manhã e à noite costumava fazer muito frio.

— Senhor Deus, tenha piedade de mim! Por que você me persegue?

Henryk era muito exigente em relação a Deus, como todos os que não acreditam muito em Deus e se dirigem a ele só em situações especiais, como em última instância, porém sem confiar muito. Henryk cresceu numa família religiosamente indiferente, numa fronteira dos mundos, numa terra-de-ninguém, porque o seu pai, o advogado Jerzy Fichtelbaum, embora oriundo de uma família de judeus piedosos e ortodoxos, havia se formado em direito, abandonado o seu meio social antigo e se afastado da religião judaica. A sua família era da Galícia, pobre e provinciana, embora o pai do advogado fosse um homem culto para a época e circulava no meio dos rabis. O advogado era homem moderno, não acreditava em Deus, simpatizava com o comunismo, como muitos outros intelectuais judeus da época que viam no comunismo um remédio para todos os preconceitos raciais, esquecendo ingenuamente que o comunismo tinha se desenvolvido na Rússia.

Henryk Fichtelbaum cresceu num ambiente bem leigo e no meio de livres-pensadores, um meio bastante ridículo, pois o advogado Jerzy Fichtelbaum quis ser mais europeu e libertino do que os maiores europeus e libertinos de Paris, o que é compreensível se pensarmos que ele era natural de um lugar do interior da Galícia. Desse modo, Henryk teve contato com a religião somente na escola, onde a maioria dos seus colegas era de religião católica e o seu maior amigo, Pawełek Kryński, era considerado um menino muito religioso, o que era um exagero, porque Pawełek também tinha problemas com o Senhor Deus. Assim crescera Henryk Fichtelbaum, tornando-se um adolescente ateu interessado pelas ciências exatas, sobretudo pela matemática, física e química, portanto pelos mistérios do mundo material. Nenhum choque, como a mudança de um bonito apartamento da rua Królewska para uma habitação miserável no gueto, tinha levado o jovem a profundas meditações metafísicas.

No início, não lhe faltava nada, mas logo começou a faltar tudo e, passado um ano, a família do advogado percebeu que estava condenada ao extermínio. Pouco tempo depois morreu a mãe de Henryk. Ele ficou com o pai e com a irmãzinha Joasia, que amava muito. Mas ele era jovem, ainda robusto, e não tinha perdido a esperança. Decidiu mudar-se para o lado ariano para sobreviver. Despediu-se do pai e da irmãzinha, e fugiu do gueto.

Foi naquele dia que, pela primeira vez em sua vida, pensou seriamente em Deus. Estava no escuro, deitado numa calçada úmida perto do muro do gueto, completamente só. O homem não deve estar só no momento da provação. Ele precisa de outros homens e, quando não os tem por perto, descobre de repente a presença de Deus. Geralmente é uma presença fugaz, quase imperceptível, como se Deus passasse ao lado, muito apressado, e desaparecesse logo depois da esquina. Antes de subir no muro, Henryk Fichtelbaum murmurou: "Meu Deus, ajude-me!" Depois pulou do muro e nada aconteceu. Assim esqueceu-se de Deus.

Durante os primeiros meses conseguiu se manter graças aos escassos recursos financeiros que tinha e à assistência zelosa de Pawełek. Mas um dia o excesso de autoconfiança o levou a cometer um erro, porque ele só tinha dezoito anos e os sucessos subiram-lhe a cabeça. Esquecendo-se das suas feições, foi a uma confeitaria na rua Marszałkowska. Henryk Fichtelbaum desculpava-se depois consigo mesmo, pois nunca examinava o seu rosto sob o ponto de vista das características raciais, e ninguém em sua vida lhe dissera que as feições judaicas eram um detalhe digno de exame. Se antes da guerra ele tivesse se destacado na escola, seria por causa da sua predileção pelas ciências exatas, e não pela forma do seu nariz ou dos seus lábios. Na confeitaria ele despertou primeiro uma discreta curiosidade, depois pânico e, finalmente, uma reação violenta de um homem, que gritou: "Um judeu está comendo um doce!" — como se um judeu comendo um doce numa confeitaria da rua Marszałkowska fosse algo parecido com um dinossauro, com uma grã-duquesa russa sem brincos de diamantes ou mesmo com um judeu comendo um doce numa confeitaria da rua Marszałkowska no ano de 1942. Algumas pessoas deixaram apressadamente a confeitaria e um garçom exclamou: "Oh Jesus! Agora vão nos matar todos!", e só um senhor de idade manteve a calma, fazendo um discurso curto, mas substancial, dirigido ao teto:

— De qualquer forma eles vão matar os judeus primeiro, e depois nós. Não há razões para pânico, deixem o jovem comer o doce, eu posso pagar, não fiquem agitados nem percam a cabeça, não podemos perder a dignidade, vivemos uma guerra, estamos condenados, a menos que Adolf Hitler morra inesperadamente, o que desejo de todo coração. Então, mantenham a calma, não aconteceu nada, aqui é a Polônia, por enquanto ainda é a Polônia e, por favor, não me tirem esta esperança. É tudo o que tenho a dizer a respeito do incidente.

Mas um outro senhor bradou tremendo, todo pálido:

— Como se não bastasse serem assassinados, ainda vagueiam pela cidade colocando em risco os outros totalmente inocentes! Eu não vi este judeu, eu não vi...

O senhor de idade encolheu os ombros e disse num tom amargo:

— Viu sim, caro senhor!

Mas ninguém mais o viu, porque Henryk Fichtelbaum saiu correndo da confeitaria, assustado como nunca, até mais do que naquela noite em que tinha pulado o muro do gueto, porque naquela hora não havia mais ninguém, só Deus passava rápido por perto, e agora estava no meio da multidão, sentia os olhares dos transeuntes, olhares compadecidos, espantados, assustados, pouco amigáveis e talvez até hostis, expressando uma decisão irrevogável já tomada. Por isso ele corria quase sem fôlego para ficar o mais longe possível daquele lugar. Só parou na rua Puławska, desceu o barranco em direção ao Vístula e, de repente, tomou a decisão meio absurda de fugir da cidade. E foi assim que fez.

Passou o inverno no campo, ajudado por um camponês, que lhe fez um esconderijo na floresta, que lhe dava comida e bebida e que xingava a origem judaica do menino, que tantos problemas criava para as pessoas, tantos aborrecimentos e preocupações. Mas não passou muito tempo e apareceram os alemães na região à procura de guerrilheiros ou de aguardente ou mesmo de judeus, e Henryk teve de ir embora. O camponês lhe deu pão, toucinho, um velho gorro azul-escuro e cinqüenta złoty. Este camponês sobreviveu à guerra, e depois da morte foi com certeza para o céu, embora as pessoas do lugar achassem, tendenciosamente que ele iria parar no inferno por ter entrado no Partido Comunista.

No fim do inverno, Henryk Fichtelbaum voltou a Varsóvia. Pernoitava em sótãos e nas escadarias, atrás dos portões e nas lixeiras. Ele comia o que as pessoas bondosas lhe davam quando andava a pedir. Já sabia que não tinha chance nenhuma e que ia morrer em breve. Foi o que o aproximou novamente de Deus, pois se a morte o esperava só lhe restava a escolha entre Deus e o nada.

Ele tinha uma paixão pelas ciências exatas, e só por esse caminho procurava Deus. Quando estava na latrina apresentava várias exigências a Deus, como se estivesse se considerando igual ao seu Criador, mas ao mesmo tempo procurava uma prova exata de Sua existência.

Nada se perde na natureza, pensava ele, na natureza tudo dura eternamente. Mas os elementos isolados da natureza não são nada eternos, do que nos convencemos observando os produtos do metabolismo, que são um componente da vida e têm vida própria, porque são constituídos por inúmeras células que morrem aos milhões e nascem aos milhões para que a vida possa perdurar. A natureza perdura, mas a vida tem seu fim, a vida particular tem seu fim, enquanto o processo da vida como tal é interminável, eterno. O que quer dizer isso? Se eu tivesse que admitir que a matéria é eterna e imperecível, que se transforma, mas que permanece, então poderia também admitir que nela resida uma força, uma energia imperecível, ou seja, algo inalcançável e incalculável que a matéria tem, e que lhe confere o ritmo e garante a durabilidade. Este Algo existe, sem dúvida, e certas pessoas o chamam de Deus. Pois bem! E uma folha não seria também parte d'Ele? Provavelmente sim. Mas ela não sabe disso. Eu sou matéria organizada num nível bem mais elevado e por isso sei que sou superior, mas nada mais do que isso. Se Deus ainda quisesse fazer com que eu não sentisse tanto frio, poderia avançar ainda mais em meu raciocínio e tratar da minha consciência e das minhas normas morais.

Neste exato momento alguém passou no pátio e os pensamentos de Henryk entraram em pânico. A pessoa não só se aproximava como tinha a clara intenção de usar a latrina, porque de repente parou, e uma mão empurrou a porta fechada por dentro com uma tranca.

— Que droga! — disse uma voz rouca. — Tem alguém aí?

Henryk Fichtelbaum não hesitou nem um momento porque sabia que nenhum fantasma seria capaz de fechar a latrina por dentro, e disse baixinho:

— Já estou saindo! Só um momento.

— Eu espero — respondeu a voz do outro lado da porta.

Por algum tempo ninguém disse nada. Mas Deus é misericordioso com aqueles que o procuram, mesmo se o procuram em circunstâncias tão estranhas como esta, no meio da sujeira e das ofensas do mundo.

A voz do outro lado da porta fez-se ouvir de novo:

— E então, como é? Eu não agüento!

— Um momento — disse Henryk.

Mas o homem lá fora não agüentou. Henryk ouviu um barulho, depois sons de defecação e, finalmente, uma tosse, os passos se afastando e a voz do homem:

— Está tudo em ordem, pode continuar!

Ouviu-se uma porta batendo ao longe, e depois tudo ficou em silêncio.

"Como pude não acreditar em Ti, Deus, que és tão bom!", sussurrou Henryk Fichtelbaum, e logo adormeceu esgotado pelo medo, fome e todo o sofrimento do mundo que tinha se acumulado ao seu redor naquela latrina.

Foi acordado pelo raio do sol que entrou no espaço escuro por uma fenda. Fazia frio. Amanhecia na rua Brzeska. Henryk levantou-se, abriu a porta com cuidado e saiu para o pátio.

Não havia ninguém. O pavimento úmido brilhava. O céu estava pálido e tinha mais cinza do que azul. Um vento tocou levemente os cabelos de Henryk, trazendo o cheiro da primavera. Ainda estou vivo, pensou. Respirou fundo e sentiu agulhas finas de frio atravessando-lhe a garganta. Estremeceu. Mas o sono o tinha revigorado a ponto de não sentir tanta fome como na noite anterior. Só mais tarde voltaria a senti-la.

Olhou à sua volta. O pátio, fechado por todos os lados pelas construções, era um retângulo irregular entalado entre os fundos dos prédios. Uma casa bastante arruinada, úmida e suja, separava-o da rua. As janelas empoeiradas, algumas enfeitadas com cortinas, vasos de gerânios ou pobres cactos, que aos olhos dos moradores daqui pareciam um belo enfeite, porque exótico, davam para as janelas dos fundos do outro lado do pátio, igualmente enfeitadas com cortinas, gerânios e cactos. O terceiro lado do pátio era fechado por um muro falso. Aqui estavam encostados os alpendres meio arruinados em que estavam instaladas as estrebarias e nos próximos anos iam prosperar oficinas clandestinas de fabricação de pentes, pregos, parafusos, caixilhos para janelas, oficinas aparentemente pobres, povoadas de espertalhões de mãos de ouro e rostos de raposa, que faziam tudo para se manter à superfície dessa cidade arruinada, conseguindo essa façanha até que a mão de ferro do sistema, ao varrer os resquícios da engenhosidade da Polônia, de Varsóvia, da rua Brzeska, os estrangulou num terrível aperto. Em frente do falso muro e dos alpendres decaídos levantava-se uma cerca, que antes talvez demarcasse os limites do terreno, cercado por árvores, das quais só restavam os troncos ainda não extirpados e os arbustos secos das acácias, onde, contrariando todo mundo, brotavam novos rebentos.

Estou cercado, pensou Henryk. Estou preso, pensou. Mas, no fundo, sabia que também fora desse pátio seria cercado e preso. Este espaço estreito não lhe parecia mais ameaçador do que a floresta onde tinha se escondido durante o inverno, nem do que as ruas do gueto, separadas do resto do mundo pelos muros. Henryk Fichtelbaum novamente respirou fundo o ar frio da manhã, sorvendo o cheiro da palha úmida, de detritos e urina de cavalo. Não se sentia mal nesse pátio, porque não via pessoas, rostos, olhares e, ao mesmo tempo, sentia que estavam perto. Tinha medo das pessoas porque qualquer transeunte representava uma ameaça, mas ao mesmo tempo esta proximidade dava-lhe certa esperança.

Sabia que a sua vida não ia durar muito, porque era um jovem inteligente e não tinha ilusões. Sabia que ia morrer pela mão do outro, porque seria assassinado. Mas o rosto do outro homem, a sua voz, o olhar não o assustavam. O mais difícil é morrer sozinho, na escuridão e no silêncio. A morte entre os outros, no meio da gritaria, dos olhares e gestos apertados, parece menos cruel. Henryk Fichtelbaum pensava que a morte de um soldado durante um ataque com baionetas deve ser menos terrível do que a agonia solitária de um condenado, mesmo se fosse condenado a uma morte na cama.

Mas por que eu tenho de morrer, pensou de repente, se ainda nem tenho dezenove anos? Será justo? Será minha culpa ter nascido judeu, ter antepassados judeus, sair de ventre judeu? Com que direito me fizeram judeu para em seguida ser condenado à morte por ser judeu?

Henryk Fichtelbaum não estava sendo muito original enquanto ficava assim encostado à parede áspera, à sombra da latrina de onde tinha acabado de sair para o pátio. Não estava sendo muito original ao fazer essas perguntas, às quais inutilmente buscava uma resposta. Enfim, podia até acontecer que, naquele mesmo momento da primavera de 1943, a metade da humanidade fizesse junto com Henryk Fichtelbaum esta pergunta e também não encontrasse nenhuma resposta. Mais tarde, quando os ossos de Henryk ficassem brancos no fogo do gueto em chamas, quando depois escurecessem na chuva misturados às cinzas de Varsóvia, quando finalmente fossem parar dentro das fundações das novas casas, erigidas sobre as ruínas da guerra, portanto, mais tarde, várias pessoas iriam também perguntar: qual seria a razão para a história da humanidade ter chamado esse povo escolhido à vida, Deus ter falado com esse povo e lhe transmitido as Suas leis para, quase simultaneamente, desde o início da Aliança, submeter o Seu povo predileto às experiências mais difíceis e aos mais duros golpes do destino? Será que foi eleito justamente para sofrer mais do que os outros povos e, dessa forma, dar um testemunho muito especial?

Muita gente se debruçava sobre esse dilema, mas foi em vão, uma vez que logo ficou comprovado que os planos de Deus não eram nada previsíveis e muito menos convincentes. Contudo, mais tarde, o mundo ia perseguir outros, deixando os judeus em paz, como se estivesse esgotado a medida dos seus sofrimentos e a medida do sofrimento dos outros ainda ficasse em aberto. Ficou mesmo evidente que essa estranha ligação que, aos olhos de Henryk Fichtelbaum e de uma grande parte da humanidade, existia entre os judeus e os alemães, ou seja, entre Heine e Goethe, Mendelssohn e Schubert, Marx e Bismarck, Einstein e Heisenberg, que essa estranha ligação, portanto, não era única em seu gênero nem insuperável em sua problemática loucura, porque no Vietnã as pessoas morriam como moscas sob o efeito de um gás que em sua perfeição superava de longe o Zyklon B[6], na Indonésia os rios ficaram literalmente vermelhos com sangue humano, em Biafra as pessoas ficaram tão secas pela fome que, comparados com elas, os cadáveres da rua Nalewki pareciam corpos de glutões, enquanto no Camboja faziam-se pirâmides com

---

6. Zyklon B era a marca de um pesticida utilizado pelos alemães como veneno no assassinato em massa por sufocamento nas câmaras de gás.

crânios humanos, que deixaram para atrás os crematórios e as câmaras de gás.

As pessoas que anos depois vieram morar sobre os ossos de Henryk Fichtelbaum raramente pensavam nele, e quando pensavam era com orgulho e vaidade, como se fossem os maiores mártires debaixo do sol. Enganavam-se duplamente. Primeiro porque o martírio não é nobreza que se possa herdar como o brasão ou as propriedades. Os que foram morar sobre os ossos de Henryk Fichtelbaum não tinham nada a ver com os mártires, quando muito aproveitavam-se do martírio dos outros, o que é sempre indigno e insensato. Em segundo lugar, não notavam que o mundo tinha avançado e que toda a história da guerra com Adolf Hitler ficou para trás.

Henryk Fichtelbaum não sabia de tudo isso, mas mesmo se Deus o tivesse brindado com uma visão profética, não seria nenhum consolo, porque naquele tempo da primavera de 1943 ele próprio, Henryk, ia morrer e ele já sabia que estava condenado. Ele procurava uma resposta, perguntando por que o mundo era tão injusto e vil, mas o seu pensamento indagador permanecia estéril, assim como o pensamento de milhões de outras pessoas que mais tarde, depois da morte de Henryk, iam se encontrar na mesma senda e seguir para onde ele foi.

Ele dirigiu-se ao portão porque estava clareando, o céu ficou azul, as janelas dos fundos dos prédios começaram a se abrir, nas cavalariças resfolegavam os cavalos, e uma mulher veio correndo para o pátio, uma jovem bonita, de cabelo escuro, de saia e uma combinação cor-de-rosa, de braços nus, com os pés nus em chinelos cambados, com um balde na mão, tremendo do frio da manhã, vinha então correndo uma mulher, vinha buscar água no poço, uma jovem prostituta da rua Brzeska, de corpo firme, lisa, meio nua, entrou no pátio, os saltos dos chinelos batendo nas pedras do chão, o balde ressoou quando ela o colocou na borda do poço, a bomba de tirar água chiava à medida que a mulher a movimentava para cima e para baixo, para cima e para baixo, a água jorrou prateada para o balde, o peito da mulher, grande e claro, sobressaiu porque a alça da combinação tinha caído, a água jorrou de novo, a mulher levantou a cabeça, tinha um sorriso alegre, travesso, um sorriso de cocote, seguro de si, enganador, vulgar e bonito, a água jorrou novamente para dentro do balde e salpicou o chão em volta, a mulher levantou levemente seu formoso pé para não molhar o chinelo, e foi nesse exato momento que os seus grandes olhos escuros, lavados pelo sono tranquilo no sofá de um quarto no térreo, onde debaixo da imagem de um santo ela recebia os seus clientes, onde durante todo o dia ressoavam os gemidos dos diferentes homens que amassavam o colo, a barriga, os peitos desta jovem, e à noite só se ouvia a sua respiração calma, regular e inocente — foi justamente neste momento, quando a mulher levantou o pé para não molhar o chinelo, que os seus olhos encontraram os olhos de Henryk Fichtelbaum.

E, sem nenhuma razão, num ato de pura loucura, talvez levado apenas pelo desejo de estar com alguém ou, mais provavelmente, pelo desejo de ter uma mulher que nunca tivera ainda, embora a tivesse desejado há muito, desejado muitas vezes, mesmo quando estava na floresta coberta de neve, onde se escondia feito um animal selvagem, nos monturos, onde tinha vivido no meio dos seus irmãos vermes, irmãos micróbios e irmãos detritos, levado, portanto, pelo desejo de uma mulher que o afastasse ou protegesse da morte, Henryk Fichtelbaum, contrariando o bom senso e todas as experiências vividas nos meses anteriores, ficou parado. E não só ficou parado, mas voltou-se. Não só voltou-se, como se aproximou da mulher, pegou na asa do balde e o retirou da borda do poço. A mulher olhou Henryk nos olhos, depois olhou para baixo, para o seu braço, e novamente para os seus olhos. Acenou lentamente com a cabeça, virou-se e foi em direção ao edifício, e ele foi atrás, levando um balde cheio de água fresca.

Subiram as escadas escuras, pisando alguns degraus que rangiam. Ela abriu a porta. Logo que entraram, ela trancou a porta. Era um pequeno corredor, cheio de trastes. Do teto pendia uma lâmpada acesa sem quebra-luz. Encostada à parede estava uma mesa coberta de um oleado azul e, ao lado, uma cadeira. Havia também um banquinho com uma bacia em cima.

— Aqui — disse ela, indicando um lugar junto ao banquinho onde Henryk deveria colocar o balde de água fresca. Ao lado tinha outro balde cheio de lixo. Uma porta baixinha com um postigo velado por uma cortina de percal levava a um pequeno quarto. Ali havia um sofá, a imagem de um santo, um armário e uma janela que dava para um muro escuro e arruinado. Não dava para ver o céu. Nem dava para ver o poço por essa janela. Somente o muro e as pedras do chão.

Acenando com a cabeça, a mulher indicou-lhe uma cadeira. Sentou-se. Ela voltou para o corredor. Ele ouviu o riscar de um fósforo e o sopro da chama do fogão. Depois o som metálico de uma panela, a respiração da mulher, o barulho da água despejada num vaso. Sentiu o cheiro de pão. Fechou os olhos. Eu amo o mundo, pensou, e seus olhos encheram-se de lágrimas.

Nada estava acontecendo. Somente uma sombra se deslocava no muro, juntamente com o sol, que passava por cima das casas. Nada estava acontecendo, Henryk Fichtelbaum comia pão com uma fina fatia de toucinho e bebia café de cevada com sacarina. O café queimava-lhe os lábios, mas ele bebia sem parar, e quando o copo ficou vazio a mulher encheu-o de novo em silêncio. Assim passava o tempo, a sombra deslocava-se no muro em frente da janela, Henryk Fichtelbaum comia, a mulher ficava calada, observava-o sem dizer nada, como se não conhecesse palavras, como se não falasse nenhuma língua, quase imóvel, sentada no sofá, seminua, bela, de combinação com a alça caída, de chinelos que não quis molhar quando foi buscar a água no poço. Quando ele ficou saciado, a mulher levantou-se do sofá e, com um aceno de cabeça, ordenou-lhe que se deitasse. Ele obedeceu. Cobriu-o com uma manta de lã e pendurou o sobretudo dele num gancho no fundo do armário. Agora ela se sentou na cadeira junto à janela, por detrás da qual passava uma sombra. Henryk adormeceu. A mulher olhava o seu rosto adormecido e pensava na sua aldeia às margens do rio Liwiec, no areal onde tinha visto os corpos dos judeus fuzilados, velhos e jovens, homens, mulheres e crianças. Ela ergueu os olhos para a imagem santa e começou rezar em voz baixa para a Mãe de Deus, pela salvação deste jovem judeu e pelo seu futuro de mulher casada e bem de vida, mãe de crianças bonitas, respeitada por todos e sem medo dos anos que viriam.

Henryk Fichtelbaum dormiu até o fim da tarde, e quando abriu os olhos avistou uma janela escurecida e um muro escurecido por detrás dela, um armário meio aberto e o perfil da mulher, que estava cochilando sentada numa cadeira. Pensou que tinha acontecido o que tinha de acontecer, que tinha morrido e que agora estava no céu. Mas sabia que estava vivo, porque novamente sentiu fome e também sentiu desejo, o que depois de morrer não deveria ser possível.

A mulher acordou. Olharam-se nos olhos. Ela disse:

— Quando você fugiu do gueto?

Tinha uma voz rouca.

— Há muito tempo — respondeu. — Ainda no outono.

— Hum, hum — disse ela. —Você ainda deve estar com fome, não está?

Ele ficou calado.

Ela levantou-se e foi acender o gás. Henryk ouviu novamente o som metálico das panelas.

Levantou-se do sofá, esticou as pernas, espreguiçou-se como costumava fazer antes, quando era um menino saudável, bem alimentado e feliz, quando acordava em seu quarto na rua Królewska. Sentiu-se revigorado e cheio de energia. Parou na soleira. A chama de gás zunia alegremente. A mulher de saia e de combinação, de costas nuas, cabelos escuros caindo nos ombros, de braços delgados e fortes, barrigas das pernas finas e rijas, estava debruçada sobre a bacia e lavava o copo com a água da chaleira.

Aqui se encontrava o centro da Terra, aqui passava o eixo do Universo. Não só porque aqui tinha parado um louco e desenfreado carro do destino, em que Henryk Fichtelbaum dirigia-se rumo à morte, não só porque ele estava aqui com a sua esperança renascida. Aqui se encontrava o centro da Terra, o eixo do Universo, porque o próprio Deus havia colocado aqui o cerne da criação, porque aqui pusera há séculos o Seu dedo indicador traçando com ele o círculo do sentido das vidas humanas. Aqui, onde se ouvia o soprar da chama azul de gás de cozinha, latejava outrora uma fonte onde um mercenário tártaro abeberava os seus cavalos, aqui corria a estrada por onde tinham passado os boiardos de corda ao pescoço quando foram levados à servidão polonesa, e dos dois lados dessa estrada o judeu e o alemão montavam as suas barracas de mercadoria. Foi aqui, e em nenhum outro lugar na Terra, que a luz insípida e amarelada das velas do dia de Sabá refletia-se na bainha da espada russa e as mãos polonesas partiam a hóstia à sombra de árvore de Natal prussiana. Aqui, e em nenhum outro lugar do Universo, um poeta alemão dava nomes bonitos às ruas polonesas, o príncipe moscovita incitava os soldados poloneses para que atirassem com precisão sobre a guarda do imperador, aqui os judeus acometidos pela febre da tuberculose, oficiais russos levados pelo espírito de liberdade e os poloneses deportados, algemados, conspiravam juntos contra a tirania. Aqui se encontrava o centro da Terra, o eixo do Universo, onde o trivial se entrelaçava com o sublime, a mais vil traição com a mais pura abnegação. Neste único lugar, a Ásia, com a sua cara selvagem, morena e manhosa, fitava de perto, desde os tempos imemoriais, a cara da Europa, gorda, arrogante e estúpida; aqui, e em nenhum outro lugar, os olhos pensativos e sensíveis da Ásia espreitavam os olhos sensatos da Europa. Aqui se encontrava o centro da Terra, o eixo do Universo, onde o Ocidente abraçava o Oriente e o Norte estendia a mão para o Sul. Por aqui passavam os livros de Erasmo de Rotterdam, carregados nos dorsos dos cavalos galopantes das estepes. As carroças de judeus, quebrando varais nos buracos da rua, espalhavam aqui as sementes voltairianas. Numa diligência prussiana viajou por aqui Hegel para São Petersburgo, para voltar depois com Tchernyschewski, numa *troika* russa, embrulhado num casaco de carneiro. Aqui era o Oriente e o Ocidente, o Norte e o Sul. Nesta rua, o tártaro prosternava-se virado para Meca, o judeu lia a Torá, o alemão lia Lutero e o polonês acendia as velas aos pés dos altares da Nossa Senhora em Częstochowa e em Vilna. Aqui era o centro da Terra, o eixo do Universo, o acúmulo da fraternidade e do ódio, da proximidade e da estranheza, porque aqui se cumpriam os destinos comuns dos povos mais distantes, nestas mós das margens do Vístula. Deus fazia a farinha polonesa para os esfomeados, a farinha polonesa, o maná celestial de Moisés e de Cristo, da Velha e da Nova Aliança, para todos os mártires e canalhas, santos e patifes desta terra.

    Henryk Fichtelbaum comia pão com fatia fina de toucinho e tomava o café, a Ásia e a Europa, o seu passado, a sua sorte e o seu destino. A chama de gás sibilava, a mulher observava Henryk comendo, o rosto dela estava sereno e sorridente, talvez um pouco sarcástico, porque a mulher temia as conseqüências da sua bondade e honestidade; no mundo em que vivia não dava para ser bom e honesto, porque assim ia se perder, então o seu sorriso era sarcástico, mas Henryk Fichtelbaum só percebia a ternura e tomou o leve traço de sarcasmo por um desafio, encorajamento, tentação, por isso quando acabou de comer e beber aconchegou-se à mulher e colocou a mão direita em seu seio.

— Que é isso? — disse, insegura. — O que você está fazendo?

Mas não resistia, porque ele era jovem e bonito, forte e moreno como ela, e também porque ainda não tinha tido um judeu e queria ter tudo o que pertencia ao mundo dela.

Apagou o gás e depois também a luz do corredor. Lá fora já estava escuro. Deitaram-se no sofá debaixo da santa imagem. A mulher ajudou Henryk, porque ele ainda não tinha feito amor e ela já fizera muitas vezes. Depois ela disse:

— E aí, homem?

E ele disse no escuro com uma profunda convicção:

— Agora já posso morrer.

— Você não vai morrer — disse ela. — Vai ter uma saída.

— Não — disse Henryk Fichtelbaum. — Não há o que fazer. Eu só não quero morrer sozinho. Você entende?

Ela disse que sim com a cabeça. Entendia muito bem.

— Por que morrer sozinho e submisso? — perguntou, olhando pela janela escura o muro que já se podia ver. — Nessa hora eu quero gritar de ódio e de desprezo para que todo o mundo ouça. Você entende?

Ela de novo acenou que sim. Entendia muito bem. Mas como mulher tinha ainda mais senso comum e perspicácia do que ele podia imaginar. Chegou a conhecer bem as pessoas. Não acreditava que o mundo inteiro ouvisse o grito de Henryk na hora da morte. Os que morrem são ouvidos apenas pelos que morrem juntos. Ela não acreditava na força nem na repercussão desse grito. Muitos anos depois, quando já era viúva e caixa num açougue, mulher corpulenta, forte, morena, de rosto pouco amigável e voz alta, mãe de um chefe de armazém sempre bêbado, um espertalhão pálido que puxou ao pai, mãe de um pequeno alcoólatra da época da tevê colorida e dos móveis conseguidos com a propina, dos carros estragados e sujos, das costeletas de porco racionadas, do tempo da hipocrisia, do palavreado, das cacetadas policiais, dos mísseis SS-20 e dos Pershings; portanto, muitos anos depois, ela arrastava os pés em sapatos de salto rasos, de casaco de lã, com uma bolsa de couro no braço, cansada e aborrecida, grande, gorda, mas ainda de corpo firme capaz de atrair os olhares dos homens sempre com fome de mulher neste mundo de ruas cavadas, de casas novas e descuidadas, dos jovens esbeltos de calça jeans, cujos olhos ardiam de revolta, ela arrastava os pés neste mundo estranho, repugnante, porém maravilhoso porque único, para se aproximar do monumento aos judeus, numa praça varrida pelos ventos, e olhar os rostos dos judeus enormes esculpidos em pedra, cravados no muro, com os pés como que fundidos no solo desta cidade, judeus de pedra e calados, cujas vozes já ninguém ouvia. No rosto de um jovem ela procurava as feições de Henryk Fichtelbaum, mas não se lembrava delas, ela o tinha visto por muito pouco tempo à luz da lâmpada, depois no sofá ambos estavam no escuro, não podia lembrar os traços do judeu que ela tinha amado com todo o seu corpo e com toda a sua alma numa tarde do tempo da guerra, mas, para dizer a verdade, não quis lembrar-se dele, porque ele não teve nenhum papel em sua vida, apareceu junto à bomba de água para desaparecer pouco depois na esquina da rua Ząbkowska, portanto, ela não podia e não quis lembrar-se dele, assim como quase todos os moradores desta cidade, sempre muito absorvidos pelos seus negócios, seu dia-a-dia, sem saber que tinham ficado aleijados, porque sem os judeus já não eram os mesmos poloneses que antes e que deveriam ser sempre.

— Durma — disse a Henryk Fichtelbaum. — Talvez amanhã as coisas mudem.

Mas ele não quis dormir. De repente, tomou uma decisão que se relacionava — e não foi por acaso — com o corpo dessa mulher. De repente, deixou de ser menino, tornando-se homem e encarando o seu destino de forma diferente, com coragem e determinação. Esta mulher o condenava a uma morte que ele próprio iria escolher conscientemente. Henryk Fichtelbaum vai voltar para o gueto, não vai mais fugir, esconder-se nas tocas, nas latrinas e nos monturos, vai voltar ao gueto para aceitar o seu destino com a cabeça erguida. Não sou mais criança, pensava ele, já não sou menino. Vou deixar de fugir. Agora vou ao encontro do que foi escrito nos Livros. Ele pôs a mão no seio descoberto da mulher e sentiu os batimentos do seu coração. Eles o encorajavam e o fortaleciam na decisão que tinha tomado.

— A sua mão está fria — disse a mulher. — Isso faz cócegas.

Ela riu. Henryk riu também e tirou a mão. Agora estava forte e tranqüilo.

Do outro lado do muro apitou uma locomotiva e logo se ouviu um trem passar. Talvez nesse trem seguissem a caminho da morte poloneses, talvez judeus, alemães ou russos?

V

— Senhor Pawełek — disse Kujawski —, o senhor tem muito dinheiro vivo?

Eles estavam conversando na esquina da rua Podwale com a rua Kapitulna. O lampião a gás espalhava uma luz violeta bem tímida. Uma leve aragem enfunou a saia de uma prostituta que atravessava a rua. Era corpulenta, de rosto largo e bonitos olhos castanhos. Pawełek lembrava-se dela ainda dos tempos de antes da guerra. Foi ela quem pela primeira vez na sua vida disse, num final de tarde, há anos:

— Por quem o jovem está esperando? Por uma menina?

Ficou atrapalhado porque não entendeu nada, mas deu uma resposta bem educada:

— Vou à casa de um amigo, senhora.

— O seu amigo não vai fugir — respondeu a mulher corpulenta. Ela segurava na mão um molho de chaves. Quando mexia a mão as chaves tilintavam. Do outro lado da rua um homem deu uma risada e gritou:

— Fela, deixa o jovem em paz. Ele precisa de uma menina mais bonita...

Foi então que Pawełek percebeu que a mulher era prostituta. Já tinha ouvido dos amigos as histórias de prostitutas.

Tinha medo delas. Ficou envergonhado e fugiu da mulher corpulenta. Mas depois, sempre que a encontrava na rua, tirava o boné colegial para cumprimentá-la. A prostituta acenava com a cabeça, sorrindo compreensiva. Nunca mais voltou a incomodá-lo. Após a eclosão da guerra em setembro de 1939, ela sumiu por um tempo, mas depois apareceu de novo ainda mais imponente, enorme, com uma saia longa até os tornozelos, com um molho de chaves na mão, que tilintavam igualmente como na Polônia de outros tempos. Costumava passear pelas ruas Piekarska e Podwale. Era sua área, o seu lugar na Terra, aqui só ela era a rainha do amor.

Quando Pawełek a viu atravessando a rua, cumprimentou-a gentilmente:

— Boa noite, senhora!

— Boa nada — respondeu irritada. — Eu já nem sinto as pernas...

E virou a esquina com um andar pesado. Está envelhecendo, pensou ele.

— O senhor Pawełek conhece a Fela? — perguntou Kujawski. — Nunca iria pensar.

— Não vejo por quê — respondeu ele. — Conheço toda a gente daqui... Há tantos anos que passo por aqui.

— Não exageremos — disse o alfaiate Kujawski. — O senhor ainda era moleque quando eu já passava a ferro os uniformes do seu pai. Conheço este bairro bem melhor. Fela é uma mulherzinha boa. E o nosso dinheiro vivo? Já ficou rico, senhor Pawełek?

— Senhor Apolinary, comigo é melhor ir logo ao assunto. O que o senhor está procurando agora?

— Sempre o mesmo. Sabe muito bem o quê, senhor Pawełek. Mas não dar alô ao velho Kujawski por um mês inteiro, nem passar na sua casa, isso eu não entendo. Tem certeza que não quer ganhar mais?

— Estava ocupado — respondeu Pawełek. — Tenho muita coisa para fazer.

— E ainda vai ter mais.

Um soldado alemão em uniforme de aviação passou ao lado. Era louro, de bochechas redondas, nariz arrebitado e olhos azul-violeta. Suas botas ferradas faziam barulho, andava batendo os tacões contra as lajes da calçada, porque estava escurecendo e ele sentia-se inseguro. A baioneta ao cinto batia ritmicamente contra a coxa. Ao passar ao lado dos homens que estavam conversando debaixo do lampião a gás, o soldado tossiu e perdeu o ritmo da marcha. Mudou o passo e tossiu novamente. Parou num quiosque próximo para comprar cigarros. Lá dentro tremulava a luz da lâmpada de querosene Os rostos do soldado e do vendedor inclinaram-se um para o outro. O vendedor tinha feições de ave, as formas do nariz e dos lábios lembravam uma ave de rapina, talvez um gavião. O seu cabelo sobre a fronte era ruivo. Os dedos nodosos seguravam um maço de cigarros na luz da lâmpada de querosene. O soldado pegou os cigarros, pagou e foi-se embora. A cabeça do vendedor sumiu dentro do quiosque. Deve ter voltado ao seu romance selvagem, comovente, que estava escrevendo. O romance sairá vinte anos depois, e Paweł será um dos responsáveis por essa publicação. E as cinzas do autor serão espalhadas pelo vento do levante.

— Um conhecido meu está disposto a se desfazer de duas miniaturas. Meados do século XVIII. Muito bonitas. Mas é herança de família, senhor Apolinary.

— Agora todos só têm herança de família, até da Idade Média — suspirou o alfaiate. — Quando é que podemos ver?

— Pode ser logo amanhã, se quiser — disse Pawełek. — Posso telefonar a este senhor.

— Quanto? — perguntou Kujawski inclinando-se para ajustar o cadarço do seu sapato amarelo de camurça.

— Primeiro o senhor examina as peças, e depois falamos.

— Não são falsas? — indagou o alfaiate — Há um vigarista em Częstochowa que vende miniaturas às dúzias.

— Mas, francamente, ninguém consegue enganar uma pessoa como o senhor — retorquiu Pawełek. — O senhor sabe mais do que os velhos colecionadores.

— É óbvio — disse Kujawski. — Os velhos colecionadores tratavam com gente honesta. Eram tempos de antes da guerra. Agora os costumes são outros. Tudo bem! Mas amanhã não posso, tenho um encontro marcado com um cliente importante. O senhor pode combinar para depois de amanhã.

— Vai fazer outra compra amanhã, senhor Apolinary? — perguntou Pawełek.

Kujawski deu uma risada.

— Que nada! Vou tirar medidas de um alemão para uma calça de montar.

Fela estava de volta. Era quase noite. Ela inspirou o fumo e a ponta incandescente do cigarro iluminou por um instante seu rosto. Já tinha passado por eles, quando se lembrou de uma coisa.

— Senhor Kujawski — disse. — Lembra-se daquele porteiro do número sete?

— O velho Kubuś? — perguntou o alfaiate.

— O velho não — respondeu. — Não estou falando do velho. Aquele zarolho que me chamava de Peituda. Fela Peituda, ele dizia. Foi morto anteontem num tiroteio, na rua Zielna.

— Não me diga! — exclamou Kujawski, embora não fizesse idéia de quem Fela estava falando. — Morreu logo?

— Um tiro no coração — disse Fela e sacudiu o braço. As chaves tilintaram.

— Deve ter havido alguma ação — concluiu Pawełek.

— Que ação, que ação — exaltou-se Fela. — Bebeu demais e atacou um alemão. Um outro alemão disparou e o matou. Bem no coração.

— Que desgraça — disse Kujawski. — Que pena.

— Morrem melhores que ele — disse Fela, e depois virou-se e foi caminhando no escuro, com passos pesados. Ainda disse para si mesma:

— Fela Peituda, era só o que faltava!

O alfaiate Kujawski disse baixinho:

— O morto tinha razão quanto à peituda. Não conheci o rapaz. Mas é pena. O que esses alemães estão fazendo, o que estão fazendo...

E assim se separaram. O alfaiate foi em direção à rua Miodowa, Pawełek seguiu rumo à Cidade Velha. O alfaiate pensava nas miniaturas do século XVIII, Pawełek no homem morto. Teria sentido dor quando a bala atingiu seu coração? Como é que se morre? O que se vê nessa hora? Será que Deus? Será que Ele aparece para tornar mais leves os nossos últimos momentos, para nos livrar do medo? Certamente Ele aparece no último instante, no último raio de luz que alcança a menina do olho, mas nunca antes, porque o homem poderia sobreviver, ficar bom e contar aos outros o que vira. Deus aparece então só no momento em que já tem certeza absoluta que é a morte...

Parou pasmado e envergonhado. Como você é estúpido — disse a si mesmo. Deus não precisa esperar a hora certa, Ele a conhece muito bem, Ele próprio a determina. Então quando é que Ele aparece aos que estão morrendo?

Seguiu andando. Ainda pensou em Deus por algum tempo, pensou que agora Ele deve estar aparecendo toda hora a várias pessoas na cidade, sem parar, em centenas de ruas simultaneamente, sobretudo no gueto. Depois deixou de pensar no rosto de Deus. Sentiu um vazio por alguns minutos. Na praça soprava um vento morno. Os prédios estavam no escuro. Aqui e acolá as luzes finas e fracas perpassavam a escuridão. As pessoas apressavam o passo. Aproximava-se o toque de recolher. Pawełek começou a correr. Pensou em Henryk Fichtelbaum e ficou com medo. Mais tarde, todo suado de tanto correr, olhando para o relógio a cada instante, pensava nas miniaturas para Kujawski e calculava a sua modesta comissão.

VI

Ela era uma mulher alta, de cabelos louros e lisos, de mãos pequenas e grandes pés másculos. Tinha um nariz saliente, sobrancelhas grossas, olhos bonitos, talvez severos demais, e dentes saudáveis. Só quando sorria, apareciam ao mundo dois dentes de ouro de que se orgulhava. Talvez por isso ela sorria mais do que as suas amigas recolhidas, que diziam que ela era de uma natureza travessa.

Aos sete anos tivera uma visão. Era uma tarde de inverno, a neve rangia sob os grandes pés da menina, crescida demais para a sua idade. Voltava da escola sozinha, porque só ela morava longe, do outro lado do rio. As estrelas já brilhavam no céu escuro, já não se podia ver a fumaça saindo das chaminés das casas, mas só as luzes fracas das lâmpadas de querosene nas janelas. Ela ia virar à direita, para passar a ponte de madeira, quando teve a visão. Apareceu-lhe Senhor Jesus, muito radiante e bonito, segurando nos braços um cordeiro branco. Ela caiu de joelhos na neve funda. Não sentiu frio, só sentiu o seu corpo desfalecendo de alegria e de entrega. O Senhor Jesus disse-lhe algumas palavras. Falou baixinho, quase sussurrava, e ela percebeu que não deveria passar pela ponte, mas descer pela margem do rio e atravessá-lo sobre o gelo. Antes de desaparecer, o Senhor Jesus ordenou que a menina voltasse no dia seguinte, porque Ele apareceria de novo no mesmo lugar. Ela fez o que lhe foi ordenado. Caminhava devagar, o seu coração estava repleto de alegria, entregue plenamente a Ele. Atravessou o rio sobre o gelo duro e forte. Na mesma noite a ponte desabou, e dois camponeses ateus encontraram a morte na correnteza do rio.

No fim da tarde do dia seguinte, ela aguardava Senhor Jesus no lugar combinado. Quando Ele apareceu com um cordeiro branco nos braços ordenou que a menina dedicasse a sua vida à conversão dos negros. Depois ela não voltou a ter visões.

Ela contou ao pároco o que lhe tinha acontecido, mas ele era homem insensível, duro aos seus paroquianos, tinha uma criação de porcos que lhe dava bons lucros, trocava idéias com um notário livre-pensador da cidade vizinha, e tratava os habitantes da aldeia com uma complacente superioridade. O pároco ordenou à menina que não falasse a ninguém sobre a sua experiência religiosa.

No dia seguinte, conversando com o notário, ele disse:

— A ignorância das minhas ovelhas chegou ao cume. Esta pequena acredita piamente que Deus não tem mais nada a fazer do que procurar missionários para a África na minha paróquia. Como se Deus não tivesse lugares bem mais próximos à África para procurar.

Mas o pároco não era homem perspicaz e não entendia que os caminhos da Graça Divina são insondáveis. A menina cresceu e tornou-se uma jovem piedosa, bem ciente da missão para a qual fora chamada. Aos dezessete anos entrou numa ordem religiosa. No princípio, pensou em ir para a África, para converter os negros, mas passado um tempo percebeu que não devia tomar ao pé da letra as palavras que tinha ouvido junto à ponte caída, mas antes no seu sentido simbólico, e dedicou-se à propagação da fé entre as crianças, ensinando-lhes o catecismo. A sua dedicação era total, ela era exemplo de abnegação, perseverança e tenacidade. As crianças gostavam dela porque era um tanto brincalhona ou simplesmente percebia que não era preciso falar de Deus de uma forma solene e severa como falava o profeta Elias, mas com alegria, como se falasse de alguém que cuida dos enxames de abelhas, que ajuda a malhar cevada e que conduz uma carroça cheia de feno puxada por dois lindos cavalos baios. Quanto a isso ela tinha razão, embora o seu pároco de outros tempos, talvez mais antiquado do que parecia ser, considerasse um pecado essa familiaridade e simplicidade no tratamento das coisas divinas.

Chamava-se irmã Weronika, embora o sonho dela fosse outrora chamar-se irmã Joana, em memória daquela outra jovem de aldeia que comandava os regimentos da cavalaria medieval francesa e depois morreu na fogueira. A irmã Weronika levava uma vida muito ativa. Não se poupava. O seu objetivo era simples. Quis levar todas as crianças da Terra até Deus, as que estavam por perto e as de terras longínquas, brancas, negras, amarelas e até as mais exóticas. Se houvesse secura no seu coração, seria só com as crianças judias, porque uma coisa era não conhecer, e outra conhecer e depois pisar em cima. Os rostos pretinhos das crianças negras eram para a irmã Weronika inocentes, porque ainda não tinham sido tocados pelo dedo da verdade. Os rostos morenos das crianças judias tinham a marca daquela religião e do ódio com que foi recebido o Salvador pelo povo de Israel. Foram aqueles que rejeitaram o próprio Deus, que não acreditaram na palavra do Seu Filho. Um alto muro de desconfiança separava a irmã Weronika das crianças judias. Elas irradiavam estranheza. Quando caminhava pela rua, alta, forte, pondo os seus enormes pés másculos na calçada, as crianças judias fugiam com medo. A sua touca branca flutuava feito uma vela enfunada de navio por entre os botes escuros e tímidos dos judeus. Eles nunca se achegavam a bordo do navio, e o navio nunca entrava em seus portos barulhentos.

Mas a irmã Weronika tinha um sólido bom senso campesino e sabia que o mundo era mais complicado e misterioso do que tinha pensado quando era criança, e que os mistérios de Deus são impenetráveis pela razão humana. Havia muitos caminhos oferecidos ao homem, mas também muitos desvios. Weronika sabia que só um caminho levava ao fim, mas que o novelo dos destinos, costumes, incertezas, sonhos e tristezas era bem enredado. Essa multiplicidade também era obra de Deus, Criador dos Céus e da Terra. Rezava então fervorosamente pelas almas perdidas dos seus semelhantes e também para que fosse curado da secura o seu próprio coração.

Quando estourou a guerra, na vida da irmã Weronika muita coisa mudou. No início, sentiu-se desamparada e como que atordoada. A cidade era bombardeada, as casas desabavam em ruínas, havia incêndios por todo lado. Morriam pessoas na sua frente e ela não podia ajudá-las. Mas a sua natureza rústica, a falta de medo diante do sofrimento físico — porque em criança ela já tinha visto vacas inchadas, cavalos coxos, matança de porco e de ovelha, feridas feitas por machados e foices, doenças sangrentas e dolorosas, e também a morte sofrida de pessoas piedosas —, a têmpera campesina de Weronika, fez com que ela organizasse outras freiras durante o bloqueio da cidade, e as ensinasse a tratar dos feridos, a cuidar dos doentes, a velar os que estavam morrendo. No seu coração havia cada vez mais compaixão. Pensava então que era preferível consolar a catequizar, porque os que sofrem precisam mais de Deus.

Quando as tropas alemãs entraram na cidade, ela não ficou com medo nem dos policiais nas ruas nem da terrível Gestapo. Estava preparada para aceitar tudo o que Deus lhe reservasse. A sua touca atravessando as ruas já não parecia uma vela de navio, mas um estandarte da fé e da esperança. Tomava conta dos órfãos, das crianças perdidas nos caminhos da guerra. Cuidava dos doentes e abandonados, dos desamparados e infelizes. Percorria as ruas desde a madrugada até a noite; era uma mulher forte de pés grandes, jeito simples e olhos meigos. Quando sorria, brilhavam os dentes de ouro. Aprofundavam-se as rugas no seu rosto ainda jovem. O seu modo de falar era rude e desembaraçado. Somente às crianças falava num tom suave e meigo. Com os adultos era muitas vezes grosseira, porque não tinha recebido uma boa educação e porque tinha pouco tempo, um objetivo muito elevado e a convicção de que se deve ter Deus no coração e não na boca.

Às vezes, antes de adormecer, depois de ter rezado, pensava que só agora, muitos anos depois, estava se cumprindo o seu destino, concretizavam-se as palavras de Deus proferidas junto à ponte sobre o rio. É verdade que nunca tinha visto uma criança negra, mas já tinha levado muita gente às portas da igreja. E a quantas pessoas ela tinha levado consolo e as palavras do amor eterno! Se não houvesse tanta infelicidade à sua volta, ela realmente poderia sentir-se feliz. Aos seus olhos amadureciam as sementinhas da fé, semeadas por sua mão. Teria alguma vez pensado que tudo isso ia acontecer?

Foi então naquela altura de sua vida que apareceram crianças judias. Vinham dos cemitérios, onde ficavam seus esconderijos. Notara com surpresa que nem todas as irmãs conseguiram superar a indiferença. Mesmo naqueles momentos estavam separadas pelo muro. Ela, no entanto, encontrou em si novas forças, ouvindo um mandamento poderosíssimo a que ninguém pode dizer não. Foi Deus que fez com que viessem procurá-la crianças judias abandonadas e fracas em busca da salvação. E era ela que devia salvá-las. Salvá-las do extermínio e da condenação eterna. Foi uma grande dádiva para ela e para as crianças. Unia-se a ela por uma espécie de comunhão na angústia humana e na esperança mística. No silêncio do refeitório, cujas janelas davam para o quintal, na luz do sol, que deixava um rasto luminoso no chão, ou à luz das velas que cheiravam a cera de abelha, ela ensinava as crianças judias a fazer o sinal da cruz.

— Levante a mão direita — dizia. — Assim mesmo. E agora toque com a mão na testa. Em nome do Pai... E agora toque aqui no peito... Diga: e Filho... muito bem, muito bonito. Agora preste atenção. Passe a mão...

Os rostos das crianças estavam concentrados e tristes. Custava-lhes a entender esses sinais. Às vezes ouvia-se no refeitório um choro baixinho. Então, a irmã Weronika as consolava:

— Há uma alegria à tua espera — dizia. — Não chora, não, você vai ter uma alegria...

Mas nem todas as crianças sabiam o que era alegria.

Era um trabalho difícil, mas bonito.

A irmã Weronika não ficava também indiferente à voz da sua natureza rústica. Noutros tempos ela teve aquela visão, mas logo depois foi para casa, a casa de campo paterna, onde tinha de secar as meias e os sapatos da irmã mais velha, descascar batatas, tratar dos porcos no chiqueiro. Ela tinha visto a imagem viva do Senhor Jesus, mas suas mãos tinham de se ocupar com trabalho até a noite. Então ela estava na terra do mal, terra hostil e rebelada contra Deus.

Ensinava o sinal da cruz às crianças, mas também as ensinava seus novos nomes e sobrenomes, e todo um passado, breve e complicado, que era de mentira. Através dessa mentira, as crianças iriam conquistar, às duras penas, uma nova verdade na vida. Diante da imagem do Salvador, na presença de Deus, ela as treinava numa grande fraude, acostumando-as à grande mentira. Os pimpolhos de três anos, que não sabiam nada de si a não ser que tinham fome, que tremiam de frio e que tinham medo de chicote, aceitavam resignadamente a nova identidade. O instinto ordenava-lhes a decorar os novos nomes, sinais e endereços. Eles eram bastante espertos, o que lhes permitia esquecer da angústia do ser.

— Como você se chama? — perguntava a irmã Weronika.

— Januszek — respondia um menino moreno, de cabelos encaracolados e um sorriso daqueles velhos atacadistas de peles.

— E o sobrenome?

— Wiśniewski.

— Diga a oração.

O menino dizia a oração, juntando as mãos em sinal de devoção. Nos seus olhos havia arrependimento, submissão e refletia-se o crime, que só esperava ele se enganar.

Mas as crianças mais velhas carregavam pesos maiores. Artur, de sete anos, menino de boa aparência, mas de um olhar maldoso, que denunciava um sentimento oculto da raça maldita, rejeitava a nova identidade.

— Qual é o teu nome? — perguntava a irmã Weronika.

— Artur.

— Não diga isso. O teu nome é Władzio. Repita!

— Artur!

— Por que você é tão teimoso, Władzio? O teu pai era carpinteiro, chamava-se Gruszka. Você sabe muito bem, Władzio...

— Não, era dentista. Chamava-se doutor Mieczysław Hirschfeld. A irmã sabe muito bem.

— Eu sei. Não nego. Mas você tem que esquecer isso. Você se chama Władzio Gruszka. O seu pai era carpinteiro.

— Podemos combinar que ele era carpinteiro. Sei do que se trata. Mas não se esqueça disso, irmã. Está bem?

— Não vou esquecer. Então como você se chama?

— Władzio Gruszka, filho do carpinteiro.

Encolheu os ombros e um sorriso sarcástico apareceu no seu rosto. O seu olhar era desafiador. Por um momento a irmã Weronika o odiava. Ele lhe escapava. Mas isso durou pouco. Ela pensou: "Não vou deixá-lo sair até a guerra acabar. Se deixar, ele vai morrer só para contrariar..."

Mas ele não chegou a contrariá-la neste sentido. Sobreviveu à guerra. Tornou-se um homem baixo, míope. Chamava-se Władysław Gruszecki. A sua biografia foi composta de uma forma refinada e elegante, mas não muito convincente. Era daqueles homens que não conheciam a moderação. Talvez na infância ele tivesse aprendido demais a viver várias vidas ao mesmo tempo e tivesse tomado gosto nisso. Já não sabia mais separar-se dos seus vários eus. O pai de Władysław Gruszecki tinha sido tanto dentista quanto carpinteiro. Um odontologista que se ocupava de carpintaria por *hobby* — é como ele definia seu pai anos depois. A árvore genealógica de Władysław Gruszecki apresentava muitas lacunas bem estranhas e muitas ramificações enredadas. Era de origem nobre, que remontava aos tempos de antes da partilha da Polônia.[7] Os seus antepassados tinham sido cavaleiros, juízes e alferes, porque na juventude Władysław Gruszecki havia lido muitas vezes a *Trilogia*, de Henryk Sienkiewicz, e adorado aqueles personagens.[8]

Era um polonês para valer. Tinha grandes bigodes e costumava usar, como se de passagem e com toda a naturalidade, expressões cobertas pela pátina do tempo. Dizia "Vossa mercê" ou "pois é, entrementes, deveras". Às vezes dizia até "Oxalá", o que já era demais mesmo para os mais compreensivos ouvintes.

Ele não só não contrariou a irmã Weronika, como também tomou tanto gosto pelos seus ensinamentos que chegou a superar a sua mentora em fervor católico. Ela não se prostrava nas igrejas. Ele fazia isso com freqüência. Era muito firme, sério e exemplar nas suas opiniões. Tinha um complexo antialemão

---

7. Referência à partilha da Polônia entre as três potências vizinhas, Rússia, Prússia e Áustria, que ocorreu no final do século XVIII.
8. O escritor polonês Henryk Sienkiewicz (1846-1916) recebeu o Prêmio Nobel de Literatura em 1905. *Trilogia* é uma obra composta de três romances históricos, baseada nos acontecimentos do século XVII.

e anti-semita e optava pela amizade com a União Soviética, porque considerava a amizade com o povo russo o alicerce de um futuro melhor para sua pátria amada. Nesse ponto não sintonizava com a irmã Weronika, para quem o comunismo só podia ser a obra do diabo, uma guerra terrível contra Deus. Quanto aos russos, a irmã Weronika tinha uma antipatia e uma compaixão moderada. Da sua infância lembrava-se das patrulhas dos cossacos nas estradas lamacentas do Reino da Polônia, bem como do alistamento no exército czarista. Não gostava dos padres ortodoxos nem dos cânticos da igreja ortodoxa. A capital de sua alma imortal era Roma, assim como a capital de sua alma polonesa era Varsóvia. Władysław Gruszecki, porém, tratava a igreja ortodoxa com a superioridade bondosa de um católico fervoroso e o comunismo com o medo e desconfiança de um amigo da velha Rússia. Mas acima de tudo ele amava a polonidade, seu nobre passado e o futuro brilhante da família eslava. Os alemães, ele chamava de "suábios", e os judeus, de "pencudos". Considerando a sua origem, fazia diagnósticos um tanto surpreendentes, como: "os pencudos vão arruinar o nosso país." Tratava com reserva as novidades do pós-Vaticano II na igreja romana. É preciso dizer que nesse ponto ele encontrava na irmã Weronika uma aliada, mas só no início. Ela também observava com um certo medo e perplexidade todas essas inovações que, desde o pontificado do bom papa João, instalaram-se no seio do catolicismo. Mas a irmã Weronika era humilde em sua fé e não demorou muito a aceitar as mudanças. Dizia que os mais sábios que ela decidem sobre a nova face da igreja, e ordenava a obediência à sua própria alma. Mas um tempo depois ela encontrou na nova liturgia a beleza, a sabedoria, como também uma proximidade de Deus tão intensa como nunca antes tinha experimentado. Ela era uma mulher simples, da aldeia, e só agora percebia o significado e o sentido do sacrifício. O latim a introduzia num mundo misterioso e hierático, que a intimidava. Era como se fosse um brinquedo débil nas mãos de Deus. Agora ela encontrava a si mesma, seus pensamentos, seus desejos, suas decisões. Do mundo dos conjuros ela passou para o mundo das orações. Da sua alma evaporou o encantamento dos mistérios insondáveis e abriu-se o reino do grande segredo do amor. A fé da irmã Weronika fazia com que, em sua idade avançada, ela ficasse cada vez mais perto do Senhor Jesus, que numa tarde de inverno viera ao encontro de uma menina. Ela já não tinha certeza de tê-Lo realmente encontrado naquela tarde. Mas Ele não precisava mais lhe aparecer numa visão tão extraordinária. Ela sentia a presença d'Ele constantemente, embora os seus olhos ficassem velados e ela só visse as coisas comuns. Na sua idade avançada, ela amava muito a Deus e aos homens.

Portanto, ela não podia se conformar com a fé tão agressiva e intolerante de Władysław Gruszecki. Ele era um cristão guerreiro, a sua arma era o sarcasmo, o que a irmã Weronika nunca aprovava.

— Um pouco mais de amor, Władzio — dizia ela com a voz fraca, senil, quando ele vinha de visita, trazendo doces da confeitaria Blikle, o cheiro de água-de-colônia e um olhar míope, escarnecedor. Os seus olhos escuros, de judeu, chispavam fagulhas frias e desagradáveis sempre que falava de judeus. Devia ter sofrido muito. E não foi só em sua postura nacionalista polonesa que lhe faltava autenticidade. Vestia-se com uma elegância rebuscada, cuidava do corte dos seus *blazers* azul-escuros com botões dourados e suas calças cinzentas de flanela, que transformavam este descendente da nobreza polonesa em um freqüentador de *yacht-clubs* ingleses. Fumava cachimbo. Não bebia álcool. Não comia peixe à moda judaica. Nunca faltava à missa de domingo. Colecionava gravuras. Usava camisas feitas sob medida. Não casou. Era um funcionário de alto escalão do Ministério da Agricultura. Formou-se em agronomia. Fazia questão de passar por um intelectual. Lia Proust, Hemingway e Camus. No original, assegurava. Lia também romances policiais, mas isso não comentava. Sobre Dostoiévski dizia: "O sacerdote de todos nós!" E sobre Tolstói: "Este velho e sábio conde..."

— O velho e sábio conde dizia que...

— O sacerdote de todos nós escreveu uma vez que...

O seu escritor predileto era Sienkiewicz, do que não se envergonhava. Só nisso era autêntico.

No verão de 1968 manifestou sua alegria pelo fato da Polônia se livrar finalmente dos judeus.

— Nós temos que ser uma nação unida, do mesmo sangue! — disse.

Naquele momento a irmã Weronika afastou o prato com doce, juntou as mãos no peito e disse com ira:

— Władzio! Não quero que você me visite.

— Por que está dizendo isso, irmã?

— Você tem apenas trinta e poucos anos e fala como um velho esclerosado!

Ficou embaraçado. Na presença da irmã Weronika ele nunca se dava bem como nobre conservador e nacionalista convicto. Desde então aparecia de terno cinza, sem anel e sem cachimbo, e era mais discreto. Essas visitas o incomodavam, mas ele amava a irmã Weronika à sua maneira. Ela era a sua ponte. Uma ponte para chegar àquela margem esquecida do passado. Talvez fosse por isso que a visitava. No pequeno locutório onde ficavam sentados, conversando sobre o trabalho dele e os problemas cotidianos dela com jovens indisciplinados, ele deve ter sentido a presença do passado. No canto escuro da sala estava o pequeno Artur Hirschfeld, que era filho de um dentista, e que não queria chamar-se Władzio. Talvez ele até visse os rostos do seu pai, da sua mãe e dos seus irmãos mais velhos, cujos espíritos há muito o abandonaram, deixando obedientemente o lugar para os espíritos dos hussardos, dos chefes dos cossacos e dos defensores de Jasna Góra.[9] Talvez ao lado da irmã Weronika ele estivesse descansando depois de toda a fadiga do nacionalismo sarmata[10] e do catolicismo anti-semita, que afinal não tinham sido inventados por ele, mas que ele apenas imitava impregnado de muito medo, fobias ocultas e sonhos interrompidos.

No entanto, mesmo no locutório, sucumbia, às vezes, às tentações da sua ambígua identidade, como se do lado de uma testemunha de sua infância também não conseguisse livrar-se dos fantasmas.

A irmã Weronika já estava muito velha e adoentada quando pela primeira vez usou a arma dele, a do sarcasmo. Władysław Gruszecki aproximava-se dos cinqüenta, continuava a trazer doces da Blikle, visitava a velhinha regularmente, mas já não conseguia falar de outra coisa que não fosse a agricultura, a semeadura, a colheita, a alternação de culturas, os adubos químicos, as máquinas ceifadoras-debulhadoras da marca Bizon, as ceifeiras-atadeiras e o atraso das propriedades privadas. Władysław Gruszecki era um bom profissional, porque se formou em agronomia com distinção e durante muitos anos ocupava-se da economia agrária. Mesmo assim, não havia dúvida, pelo menos para a irmã Weronika, de que ele era filho de um dentista judeu da grande cidade, e que nunca tinha trabalhado no campo nem tinha contato com a vida da aldeia para que pudesse entender o modo de vida e o estilo de pensar dos camponeses. A irmã Weronika, embora tivesse vivido mais de meio século vestida de hábito, continuava camponesa, reagia ao mundo como camponesa, com aquele realismo invencível e

---

9. Jasna Góra (Monte Claro) é um mosteiro e santuário, onde se encontra a célebre imagem da Virgem Negra, venerada como Rainha e Padroeira da Polônia.
10. Sarmatismo é uma corrente nacionalista na cultura polonesa da época do barroco.

teimoso próprio dos camponeses, com uma precisão camponesa nos acertos de contas que nenhum computador conseguiria superar. Então, quando ele lamentava a miopia dos agricultores, quando criticava a falta da imaginação econômica e apresentava à irmã Weronika o seu programa de saneamento da agricultura, seguindo, em parte, o modelo do *kolkhoz*[11] e, em parte, o de fazenda, como se a Polônia fosse um cruzamento do Nebraska e da Ucrânia Oriental, quando ele se agitava ironizando, insultando e lamentando, ela o interrompeu repentinamente com um gesto da sua mão branca e enrugada. E quando ele se calou, ela disse com um sorriso quase imperceptível:

— Vou te dizer uma coisa, Władzio. A agricultura não é ocupação para os que se regem pelo Velho Testamento...

E nesse mesmo momento assustou-se com as suas palavras, porque percebeu que era um golpe direto no coração. Não só no coração dele. Ela própria ficou magoada com essa demonstração de escárnio, que — como pensava durante anos — tinha superado havia muito tempo. No entanto, continuava cravado em sua alma um espinho de soberba camponesa em relação àqueles homens escuros, onipresentes, que entravam no território alheio sem serem convidados.

— Sou estúpida, uma velha camponesa! — gritou ela. — Me perdoe, Władzio...

— Não precisa pedir perdão — respondeu com frieza, arreganhando os lábios. — A irmã tem toda razão!

Era novamente um sarmata assumido, firme na sua sela, olhando de cima os arrendatários que se movimentavam ao seu redor. Mas a irmã Weronika, levada pelo turbilhão dos sentimentos contraditórios, vergonha e ira, teimosia camponesa e doçura de arrependimento, amor para com esse

---

11. *Kolkhoz*: fazenda coletiva na URSS, em que a terra e os meios de produção eram propriedades do Estado.

coroa desgraçado e saudade de um menino desobediente que não quis ceder e trair a si próprio mesmo em face de uma morte certa, exclamou com uma voz sofrida:

— Władzio, pare de provocar, pare de fingir na minha frente, eu não sou toda a Polônia, eu sou a velha Weronika que queria te amar como quando você tinha sete anos! Não me faça sofrer, Władzio. Já não tenho muito tempo...

Gruszecki chorou. Ela também. Segurava o rosto dele, todo molhado, em suas mãos pálidas, fracas, e engolia as lágrimas amargas.

Por alguns minutos o mundo deixou que voltassem à própria pele.

Mas isso ia acontecer quase quarenta anos depois. Agora a irmã Weronika vestia o pequeno Artur Hirschfeld de uma pele estranha. Agora eles eram inimigos e olhavam-se nos olhos desafiando um ao outro. A irmã Weronika dizia cerrando os lábios:

— Repita! Como você se chama?

— Władzio Gruszka — respondeu, cerrando também os lábios.

— Muito bem, Władzio — disse ela. Virou-se e fechou os olhos. Pensou que Deus devia perdoar-lhe a insolência. Ela criava as biografias humanas à revelia d'Ele. Baixou a cabeça e rezou em silêncio pela força de resistência para si e para essas crianças. As crianças olharam curiosas.

Władzio Gruszka mostrou-lhe a língua pelas costas. Eu sou Artur Hirschfeld, pensou vingativo, e nunca serei um Gruszka, o que quer que seja isso.

VII

O juiz sofria de insônia. Ouvia o lento bater das horas do relógio que marcava todos os quartos de hora da noite. Geralmente o sono chegava às três da madrugada. No inverno, o juiz encarava a insônia com tranqüilidade, mas no verão ela o atormentava. Os pássaros já começavam a tagarelar nos galhos das árvores, o céu clareava no oriente, e só nessa hora o juiz mergulhava no sono que ia lhe tirar aquela parte do mundo a que ainda tinha direito. Dormia sem sonhar, superficialmente, consciente de estar dormindo, atento às vozes do nascer do dia, aos sons da rua acordada, ao barulho dos pratos do outro lado da parede, aos gritos dos carroceiros, às vozes das crianças que iam apressadas para a escola, ao tilintar dos bondes, à respiração dos amantes adormecidos, ao latido dos cães. No inverno isso era suportável, porque quando ele acordava somente as luzes pálidas da madrugada batiam levemente na janela. Mas no verão ele abria os olhos numa torrente de luz, sentindo o cheiro maduro e pleno da natureza e com a sensação de que foi roubado de momentos preciosos da vida, que — como pensava — já estava perto do fim. Porém, valorizava as noites em claro, noites em que dominava o silêncio e a solidão e ele podia conversar consigo mesmo à vontade, filosofar a seu modo, até rezar à sua maneira, ou seja, chamar Deus para que julgue e seja julgado. Assim, ficava deitado numa cama larga; do lado esquerdo tinha uma parede forrada de papel com um delicado desenho azul-cinza, um desenho de flores e dragões exóticos como nos biombos chineses dos tempos da sua juventude; do lado direito havia um criado-mudo, um candeeiro com quebra-luz em cima, alguns livros, um cinzeiro com restos de charuto, um pires, uma faca e uma maçã. O quarto era espaçoso, cheio de coisas, desarrumado, com um armário sempre aberto, um sofá de forro gasto, as cadeiras com trançado de bambu, um tapete desbotado e um candeeiro de teto em forma de cesto. O juiz gostava desse quarto. Em nenhum outro lugar ele sentia-se tão bem como aqui, porque cada objeto desse quarto tinha a marca da sua solidão. À noite, depois que fechava a porta do quarto para nele ficar até a madrugada, encontrava a si próprio. Sobretudo nos anos de ocupação esse quarto era a sua fortaleza, como se dentro dele o mal não pudesse alcançá-lo. Despia-se devagar, espalhando a roupa pelas cadeiras, como sempre fazia desde que se libertara de um preceptor severo, que até doze anos de idade o tinha treinado de manhã até a noite na ordem, no rigor e nas boas maneiras. Era na Podolia, no mundo há muito desaparecido, de onde o juiz saíra ainda jovem para sozinho enfrentar o destino. Despia-se, então, devagar, encontrando a alegria na bagunça. Depois, vestia uma camisa comprida de noite, sentava-se sobre a cama macia e fumava metade de um charuto. Por fim, deitava-se confortavelmente sobre os lençóis, cruzava as mãos em cima do edredom, olhava o teto e meditava. O relógio da parede batia os quartos de hora da noite. Às vezes, Deus sentava ao lado da cama do juiz e os dois conversavam. Às vezes, vinha o diabo. Mas o diabo não se sentia muito à vontade e sentava-se no sofá. Então o juiz virava o corpo em sua direção, apoiava a cabeça no braço dobrado e, olhando o diabo nos olhos, o desafiava com coragem. O candeeiro do criado-mudo ficava aceso. O juiz detestava a escuridão.

Naquela noite ele estava completamente só. Estava sentado na cama e cheirava o fumo do charuto, que se apagava lentamente no cinzeiro. Nos tempos difíceis da guerra os charutos custavam uma fortuna, mas ele não sabia renunciar a eles. "Aos charutos e à dignidade, nunca renunciarei!", dizia aos amigos. Estava então sentado, deleitando-se com o fumo do charuto, quando do outro lado da parede tocou o telefone. Eram onze da noite, uma noite de primavera, janela velada, uma vela acesa em cima do criado-mudo, porque faltou luz como era comum nos tempos da ocupação. O telefone tocava plangente. O juiz levantou-se da cama. O medo invadiu-lhe o coração. Foi até a porta, abriu-a e entrou no corredor escuro que separava o quarto do resto da casa. Quando levantava o auscultador, o telefone tocou de novo. A mão do juiz tremia levemente. Pela porta entreaberta passava para o corredor a luz tremeluzente da vela. Uma sombra enorme moveu-se na parede.

— Alô — disse o juiz. — Estou ouvindo.

— Juiz Romnicki? — fez-se ouvir uma voz distante, sussurrante, como se soprada ao vento. — Juiz Romnicki?

— Sim, sou eu. Quem fala? — respondeu o juiz em voz alta.

— Fichtelbaum, advogado Fichtelbaum, o senhor se lembra?

— Meu Deus! — disse o juiz. — Meu Deus!

A voz do outro lado da linha era sussurrante, nítida, mas muito distante, como se viesse do outro mundo, e, na verdade, assim vinha. Telefonava o advogado Jerzy Fichtelbaum, um velho conhecido do juiz. Tratava-se da filha do advogado, Joasia. O pai queria salvá-la da morte.

— Dirijo-me ao senhor, senhor juiz, no fim da minha vida — disse o advogado Fichtelbaum, e o juiz exclamou:

— Não diga isso, o senhor não pode falar assim! Vamos ao assunto, ao assunto, senhor advogado...

Acertavam os detalhes. A sombra do juiz mexia-se na parede, chegava até o teto, descia rapidamente até o chão e subia de novo.

— Os meus vizinhos são *volksdeutsch*[12] — disse o juiz mais baixo, como que com medo de que alguém do outro lado da parede pudesse ouvir. — Mas vamos achar uma solução, senhor advogado. Aqui em casa é impossível. Esses alemães do lado... E o zelador é um homem indigno! Mas vamos achar uma solução.

O advogado Fichtelbaum insistia com uma voz sussurrante.

— Talvez eu nunca mais possa ligar, senhor juiz. Tenho um homem de confiança que vai levá-la. Passe-me um endereço, eu imploro, eu imploro! Será preciso arranjar os documentos...

— Eu entendo — disse o juiz. — Não se preocupe com isso, por favor. O endereço? Deixe-me pensar, peço um pouco de paciência, preciso me concentrar...

Fez-se um silêncio total. A sombra do juiz na parede dobrou-se sob o fardo, porque nos seus ombros ele carregava a vida de um ser humano. Depois o juiz disse o nome e o endereço, e o advogado Fichtelbaum gritou:

— Adeus! Adeus a todos!

A ligação foi interrompida. O juiz bateu no aparelho, uma vez, mais uma e colocou o telefone no gancho. Voltou para o quarto. Sentou-se na cama. O charuto já não fumegava.

— Presente — disse alto, como se fosse chamado.

Anos depois, sempre que ao levantar-se da sua tarimba respondia "Presente!" sorria lembrando-se daquela noite. Era um sorriso triste e suave, de compaixão e de escárnio, porque o

---

12. *Volksdeutsch*: denominação dos cidadãos dos países ocupados pela Alemanha na Segunda Guerra Mundial, que se declararam alemães.

juiz lembrava-se do advogado Fichtelbaum, do charuto, da sua camisa de noite, das crueldades do mundo e da vela em cima do criado-mudo. O guarda da prisão resmungava:

— Por que você está tão alegre, Romnicki? Apanhou pouco ainda?

Várias vezes reportou ao chefe da prisão que o suspeito Romnicki comportava-se feito maluco na hora da chamada.

— É porque é um débil mental — concluía o chefe. — Um velho imbecil com merda na cabeça. Não vai durar muito.

Os companheiros de cela também perguntavam ao juiz o que significava este seu estranho sorriso. Mas ele não respondia. Com a idade tinha ficado mais atento. A sua eloquência tinha desaparecido. Já não confiava nas pessoas como outrora. Sentia-se amargurado, enganado pelo destino. Talvez até pensasse, às vezes, que Deus e a História o tinham desapontado, assim como o próprio sentido de justiça, que cultivara ao longo de meio século sem se dar conta de que os tempos mudavam e com eles mudavam os conceitos. Por isso, muitas vezes, era anacrônico, pois, enquanto os outros se conformavam com a realidade, ele permanecia inconformado e repreendia o mundo de falta de dignidade. Dos charutos, não falava. Sempre que, de manhã e à noite, respondia conforme o regimento em vigor, dizendo com a voz calma "Presente!", lembrava-se com precisão e pena daquela sentença do passado, constatando que, mesmo tendo perdido os charutos para sempre, restava ainda a dignidade.

Restava também a memória. Era a mais bela dádiva de Deus, e ele a defendia obstinadamente contra toda e qualquer tentativa de roubo. Lembrava-se de tudo. Com todos os pormenores. Do cheiro do charuto, do rangido do bonde partindo de uma parada em frente ao Tribunal quando ele ia para o trabalho. Da cor do céu sobre as torres das igrejas de Varsóvia e das asas das pombas voando neste pano de fundo. Das manchas avermelhadas no tecido desbotado dos kaftãs nas costas dos judeus. Das chuvas de Varsóvia. Dos ventos percorrendo Varsóvia nas tardes de novembro, quando os letreiros luminosos se acendiam. Das batidas dos cascos dos cavalos na ponte de Kierbedź e da faixa cinzenta do rio. Do tilintar das sinetas dos trenós nos invernos, dos rostos das mulheres sobressaindo de dentro das golas de pele quentinhas. Dos dias secos de verão, quando no asfalto mole ficavam gravados os cascos dos cavalos e os ziguezagues dos pneus dos automóveis. Dos rostos dos barbeiros, policiais, criminosos, vendedores, veteranos, advogados, cocheiros, costureiras, militares, artistas e crianças. Dos rostos dos anjos e dos diabos. Lembrava-se de tudo até o mais ínfimo pormenor. Da frutaria onde à entrada assobiava o saturador e o vendedor aparecia no meio de cachos de uvas para cumprimentar os fregueses. Do barulho das máquinas de costura Singer da alfaiataria de Mitelman, na rua Bielańska. Das sentenças que pronunciava em nome da República, cujo alicerce devia ser a justiça, que ele tinha levado a sério e por isso sempre discutia com Deus, com as leis e com a sua própria consciência, porque sabia que o destino de muita gente estava em suas mãos. Lembrava-se do desenho do papel de parede no seu quarto e da forma das pequenas facas usadas para descascar e cortar as frutas. Das noites de insônia e das longas conversas noturnas quando Deus e o diabo vinham visitá-lo para falar sobre o crime e o castigo, sobre a salvação e a condenação das almas. Lembrava-se da verdade. De cada ano, cada mês, cada hora. Lembrava-se de cada pessoa com quem tinha se encontrado e o significado das palavras ditas, dos atos consumados, dos pensamentos pensados. Ele se lembrava, portanto, da verdade, e essa foi a sua couraça que nenhuma mentira era capaz de atravessar, de rachar para tirar-lhe de lá de dentro a honra. Ele poderia escrever tudo isso e divulgar para que se danasse o mundo que o prendia. Mas sabia que um só testemunho da verdade não significava muito, mesmo que significasse mais do que mil testemunhos falsos. Por isso guardava na memória tudo, até os mais ínfimos pormenores. Guardava os vôos dos pássaros de outros tempos e dos desenhos das nuvens no céu. Os pensamentos daqueles que morreram ou foram condenados ao esquecimento. O medo e a coragem, a calúnia e o sacrifício, bem como as coisas com nomes falsos e as palavras vazias. As cartas, os livros, os discursos, os sermões, as palavras de ordem, os estandartes, as orações, os túmulos e as coroas de flores. As mãos de mensageiros da boa nova e as mãos dos delatores. As cabeças sobre os pedestais e as cabeças na forca. Lembrava dos tempos em que o mal e a mentira ainda tinham vergonha e apareciam disfarçados, escondendo-se dentro da máscara ou na escuridão, porque os homens queriam fingir-se de bons e comprometidos com a verdade, ou porque eram mesmo assim. De tudo isso ele lembrava-se muito bem.

E por isso morreu tranqüilo, embora soubesse que privava o mundo de um importante testemunho da verdade. Porém, acreditava que os outros, a quem ele tinha confiado o testemunho da sua memória, continuariam vivos. Morreu em 1956, numa pequena cidade do interior, na casa de parentes distantes que o tinham acolhido depois de ter saído da prisão. Os que acolhem os injustiçados não faltam neste país. Doente e enfraquecido, costumava sentar-se no seu pequeno quarto, junto à janela aberta. A janela dava para o pomar que cheirava a flores de macieira e de pereira. Foi de lá que veio a morte para buscá-lo. Apareceu por detrás das macieiras uma pequena nuvem cinzenta e volátil. Entrou no quarto pela janela aberta. O juiz recebeu a visita com gratidão e alívio. Aconteceu de manhã cedo, em julho, num lindo dia de sol. A manhã estava bastante fria, os troncos das macieiras estavam ainda envolvidos pela neblina, mas o sol já aparecia do lado do nascente e o dia prometia ser quente. Zuniam os primeiros insetos e sobre os telhados planavam as andorinhas. O juiz encarava a morte com calma e com dignidade, porque se lembrava de tudo. A memória, anjo da guarda do juiz, estava ao seu lado. Neste ponto ele continuava privilegiado.

Mas cada um pode ser assim.

Ao morrer disse: "Presente!", e no seu rosto apareceu um suave sorriso. A sua vela se apagou. Mas o sol iluminou o rosto do juiz durante longas horas, da madrugada até ao meio-dia. Só então os seus parentes entraram no quarto e viram que o velho homem estava morto.

Porém, naquela noite, quando sentado na cama de camisa de noite disse em voz alta "Presente!", como se tivesse sido chamado para se apresentar ao mundo, naquela noite ele ainda estava vivo. Estava vivo mais do que em qualquer outro momento, porque se expunha ao golpe do mal, aos espinhos do destino, e assim, desde então, ele ia ter que lutar contra o mal não só em sua própria consciência, lutar com seus pensamentos e seus bons atos, mas também com toda a sua vida. Era isso que desejava havia muito. Dar o testemunho da vida se for preciso. Deus lhe concedeu essa graça permitindo que fizesse o maior sacrifício. Ele não era uma exceção, é verdade, mas fazia parte de uma pequena minoria que fazia escolhas como essa. Era uma noite feliz na vida do juiz.

Depois ia ter muitas noites como essa. Mas desde então dormia bem e já não sofria de insônia. Já não ouvia mais durante o seu sono superficial as vozes do mundo que existia como que sem ele. O seu sono era profundo, e esta sua ausência temporária não o preocupava.

VIII

O doutor Adam Korda soube do problema da esposa do capitão, a senhora Gostomska, quando lia Luciano junto à janela da varanda. Um homem jovem com olhar de bandido anunciou logo na entrada que tinha levado até a Gestapo uma tal senhora Gostomska, suspeita de ser de origem judaica.

— Uma senhora tão elegante não pode ser uma Salcia[13] — disse o homem do riquixá, que balançou com a cabeça e foi embora. O doutor Korda permaneceu com o Luciano nas mãos e a revolta no coração.

Como filólogo clássico, ele tinha desenvolvido ao longo de anos de atividade intelectual um sentido de observação lógica e diligente. Por isso, nem passou um minuto e já se lembrava de que ele e a senhora Gostomska tinham um conhecido comum, o senhor Pawełek, com quem tinha se encontrado um tempo atrás quando aquele saía da casa da viúva do oficial da artilharia. Nessa altura trocaram não só cumprimentos, mas também algumas observações acerca da situação atual. O doutor Korda não se surpreendeu que Pawełek, ele próprio filho de um oficial levado ao campo dos

---

13. Salcia: diminutivo de Salomea, típico dos judeus da Polônia.

prisioneiros de guerra, estava visitando a senhora Gostomska, viúva de um oficial e por isso certamente conhecida dos pais de Pawełek. O filólogo clássico não perdia tempo. Deixou o Luciano no peitoril da janela e foi rapidamente para a cidade. Informou Pawełek da coisa desagradável que sucedeu à viúva do capitão. Pawełek recebeu a notícia tão calmo que o filólogo clássico retornou ao seu Luciano sem sequer imaginar a aflição em que tinha deixado o jovem.

Mas Pawełek nem pensava em se render. Discou um número de telefone e pediu para falar com o senhor Filipek. Do outro lado da linha ouvia-se o ruído de uma máquina.

— Filipek — disse uma voz masculina. — Estou ouvindo.

— Senhor Filipek, aqui quem fala é Paweł, temos que nos encontrar imediatamente.

— Imediatamente não dá. Depois do trabalho. Onde?

— Na rua Miodowa, na confeitaria. Pode ser?

— Pode ser na confeitaria. Estarei lá às quatro.

Pawełek esperava sentado a uma mesa de mármore logo na entrada. Filipek chegou na hora marcada.

— Senhor Filipek, pegaram a senhora Seidenman — disse Pawełek.

— Não diga — resmungou Filipek. Ele estava de farda de ferroviário e segurava o boné sobre os joelhos.

— A senhora Seidenman está na avenida Schuch — disse Pawełek.

— Por que logo na avenida Schuch? — questionou o ferroviário, que não quis perder a esperança. — Nem todos são levados para a avenida Schuch.

— Mas ela foi — disse Pawełek.

E relatou tudo o que tinha acontecido. Um judeu na rua Krucza, o riquixá, a Gestapo, o doutor Konrad, Pawełek.

— É tudo que sei...

— Ela é loira — disse Filipek — e tem olhos bem azuis.

— Mas ele deve ter sido um conhecido dela, talvez de antes da guerra. Um judeu de antes da guerra...

— Todos os judeus são de antes da guerra — respondeu o ferroviário —, nós também somos. Se ele a reconheceu como senhora Seidenman, então devem tê-la levado para a avenida Schuch.

— Invente alguma coisa, senhor Filipek — disse Pawełek, impetuosamente.

— É o que estou fazendo. Você acha que eu ia deixar a esposa do doutor Seidenman assim? Ele salvou a minha vida! Eu iria deixá-la? Você não me conhece, Pawełek.

— Eu conheço o senhor, e por isso logo lhe telefonei. Ainda me lembro que não conseguia andar...

— Andava de muletas.

— E o doutor Seidenman o curou. Ainda me lembro como ajudava o senhor a subir as escadas até o segundo andar e como arrastava as pernas.

— Ele me curou, me mandou para Truskawiec, me emprestava dinheiro. Aliás, o teu pai também me emprestava. Mas principalmente o doutor Seidenman. Você se lembra ainda do funeral dele?

Pawełek não se lembrava porque o doutor Seidenman morreu no verão quando os jovens saem de férias, mas acenou com a cabeça que sim para não decepcionar o ferroviário.

— Eu pensei que ia morrer primeiro, mas foi ele quem partiu inesperadamente. Foi um funeral extraordinário. Atrás do caixão ia um rabino, depois um padre. E uma enorme multidão. Uma multidão de poloneses e judeus. Ele curava todos muito bem. Era um médico excepcional. E a sua esposa é uma mulher fora do comum.

Pawełek balançou a com cabeça. O ferroviário levantou-se.

— Bom — disse. — Vá embora, jovem. Deixe comigo.

— Eu lhe peço muito, senhor Filipek — disse Pawełek, com voz firme, mas nos seus olhos havia súplica e medo.

— Não é por você, mas por ela. Ela merece. Aliás, quem é que não merece...

Uma hora depois o ferroviário Filipek telefonou para um amigo.

— Jasio — disse —, fala Kazik Filipek, tenho um assunto urgente para tratar com você.

— Venha logo — exclamou Jasio, com a voz alegre. — Você deve saber onde moro.

— Sei muito bem — disse o ferroviário —, já estou indo.

E foi para a rua Maria Konopnicka. Entrou num prédio moderno, onde moravam os alemães ricos e influentes. Na porta havia uma placa bonita em que estava gravado "Johann Müller. Dipl. Ing.". Tocou a campainha. Uma empregada abriu a porta e, quando ele lhe disse seu nome, respondeu que o senhor diretor o esperava no escritório.

Ele estava no escritório. Era baixo, atarracado, de cabelos brancos e rosto corado. Chamava-se Johann Müller. Era alemão da cidade de Łódź, combatente do PPS[14], prisioneiro em Pawiak[15] e degredado. Um dia atirou contra os policiais da cidade de Radom. Não acertou. Foi condenado aos trabalhos forçados. Depois que retornou voltou a atirar contra os agentes da Ochrana.[16] Foi o que fez com que ele e Filipek fossem parar na região de Krasnojarsk, onde tiveram que desbravar a taiga, onde pescavam nos rios enormes, cantavam e esperavam a grande guerra dos povos que traria a independência à Polônia. A guerra estourou e eles fizeram parte dela.

Todos os amigos e companheiros de Johann Müller o tratavam por Jasio e zombavam de sua origem alemã. "Que alemão é você, Jasio?!", diziam. "Sou alemão de corpo e polonês de

---

14. PPS : Polska Partia Socjalistyczna (Partido Socialista Polonês).
15. Pawiak era um complexo carcerário em Varsóvia.
16. Ochrana era a polícia secreta czarista.

alma", respondia Johann Müller, alegre. E assim era na verdade. O pai de Johann Müller, Johann Müller Sênior, era mestre de fiação nos tempos em que Łódź estava crescendo e tornando-se uma cidade poderosa. O velho Müller era um operário alemão, e naqueles tempos os operários alemães liam Marx e pertenciam ao partido de Ferdinand Lassalle. O pai educou o filho no espírito socialista. Na cidade de Łódź daquele tempo isto significava que o jovem Müller ia se engajar na luta pela libertação da Polônia contra o czarismo. No século XIX tudo era simples. Só mais tarde que o mundo se complicou.

— Jasio — disse Filipek. —, você conheceu o doutor Seidenman?

— Conheci — respondeu o alemão de face corada.

— A senhora Seidenman está na Gestapo — disse Filipek. — Precisamos tirá-la de lá.

— Jesus! — exclamou Müller. — Será que eu sou uma agência de mediação entre a Gestapo e os judeus de Varsóvia?! O que eu posso fazer hoje?!

— Jasio — disse o ferroviário. —, você pode fazer muita coisa. Agora é mais fácil do que quando tiramos Biernat da cadeia.

— Há quanto tempo foi isso! — exclamou Müller. — Há quantos anos Biernat já está na cova?

— Temos que tirar a senhora Seidenman de lá — disse o ferroviário.

— Logo ela, sim?! E outros não? Se fosse uma pobre Ryfka da rua Nowolipie ninguém iria mexer o dedo! Veja só o que está acontecendo, Kazik. Eles estão morrendo aí sem nenhuma esperança! Todo o povo judeu está morrendo e você me vem só com a tal senhora Seidenman.

— Não podemos salvar todos — disse Kazik. — Mas podemos salvar a senhora Seidenman. E não grite comigo. São vocês que matam esses pobres judeus...

— Que vocês?! São os alemães! — gritou Müller. E logo disse triste: — Tudo bem. Os alemães. Quer um cigarro?
Estendeu-lhe um maço de cigarros.
— Por que você se registrou como alemão, Jasio? — perguntou o ferroviário.
— Eu não me registrei, você sabe muito bem. Eu sempre fui alemão. Há sessenta anos. E eles sabiam disso.
— Mas para que esta suástica na lapela?
— Por isso mesmo, seu burro. Todos os alemães pertencem. Para que serviria um alemão que não pertencesse?
— Tire a senhora Seidenman de lá, Jasio. É mais fácil que o caso Biernat.

De repente os dois ficaram com a sensação de estarem quarenta anos mais novos. Em 1904 eles tiraram do posto de polícia em Puławy o companheiro Biernat. Johann Müller chegou ao posto de trenó com uniforme de tenente, apresentando-se como o jovem barão Ostern, que vinha para levar um preso perigoso para o interrogatório. O ferroviário Filipek passava-se por cocheiro. Vestia um sobretudo da tropa e tinha uma carabina com baioneta calada encostada na boléia do trenó. O jovem barão Ostern fez o comandante do posto bater continência. Mostrou-lhe os respectivos documentos. Estava gelado. O barão Ostern estava ao lado do fogão e fumava um grosso charuto. Mas o comandante de Puławy, um armênio, estava bastante desconfiado. Um espertalhão. Uma raposa do Cáucaso, um rato da Ásia longínqua. Discutiram um bom tempo, até que ele designou dois policiais de escolta e mandou pôr algemas em Biernat. Tiveram que "desativar" os dois policiais num bosque próximo de Puławy. Um levou um tiro de pistola e o outro uma coronhada de espingarda na cabeça. Deixaram-nos amarrados em neve profunda na estrada. As algemas de Biernat tilintaram até Radom. Só aí, numa ferraria à entrada da cidade, que lhe tiraram as algemas. Depois foram de trem para

Varsóvia. Luz de candeeiros a gás, silêncio e tensão, os policiais no cais, um medo terrível porque não sabiam se iam conseguir passar até a cidade ou se seriam derrotados no último instante. Mas conseguiram. Chegaram à rua Smolna, onde eram esperados.

— Estava um frio terrível nesse dia — disse Filipek —, e eu estava quase me afogando junto ao fogão quando eles examinavam os papéis.

— Solte a senhora Saidenman — disse Filipek.

Müller ficou calado um bom tempo. Depois disse:

— Onde é que ela está exatamente?

— Não faço idéia. Na avenida Schuch. Você tem que achar.

— Nem conheço a mulher! — resmungou Müller. — Nem conheço a mulher!

— Maria Magdalena Gostomska, viúva de um oficial.

— Alguns detalhes, Kazik. Eles não são completamente idiotas.

— Completamente não — concordou Kazio com diligência.

IX

Naqueles tempos, Wiktor Suchowiak tinha 33 anos e estava se degradando aos poucos. A vida longa que lhe foi reservada acabou sendo um fracasso, porque na juventude Suchowiak escolheu a carreira de bandido profissional, o que na época dos grandes totalitarismos que iriam acompanhá-lo até a velhice só podia resultar num lamentável anacronismo. Os grandes totalitarismos praticam o banditismo na majestade da lei, porém — para espanto dos profissionais que trabalham por conta própria — quase sempre este procedimento carece de alternativa, e justamente a alternativa foi outrora o fundamento filosófico do banditismo. Wiktor Suchowiak sempre trabalhava conforme o princípio "o dinheiro ou a vida!", o que dava aos seus contratantes a possibilidade de escolha. Os totalitarismos iam roubar a honra, a liberdade, o patrimônio, inclusive a vida, sem deixar qualquer alternativa às vítimas e até aos bandidos.

Naqueles tempos grassava na Europa um totalitarismo jovem, muito rapinante e agressivo, que matava sem piedade nações inteiras, saqueando-as de forma dantes desconhecida. Depois o mundo criaria um pouco mais juízo porque a guerra já tinha acabado — pelo menos na Europa —, e os totalitarismos atuavam mais discretamente, raramente sacrificando as vidas humanas, mas em compensação apropriavam-se da dignidade e da liberdade dos homens, sem abrir mão do saque do patrimônio, da saúde e, sobretudo, da consciência, que nunca interessava aos bandidos profissionais, porque não tinham como transformá-la em dinheiro. Wiktor Suchowiak ia viver ainda nos tempos em que os totalitarismos praticavam o banditismo abertamente, à luz do dia, com o acompanhamento de sopros e de declamações, por vezes não desprovidas de lirismo, em todas as latitudes e sob diversas palavras de ordem ideológicas, que serviam exclusivamente de fantasia ou de decoração.

Wiktor Suchowiak costumava servir-se de uma alavanca, mas nos tempos em que a sorte lhe sorria usava um cassetete. Só empregava a violência em circunstâncias excepcionais, quando a resistência ou a recusa ultrapassavam os limites da sua paciência e colocavam em risco a empresa. Ele não podia concorrer com divisões de tanques e batalhões de soldados armados com metralhadoras, nem — tempos depois — com tais instrumentos de violência como geradores de alta tensão, frio polar, napalm, chantagem de grupos sociais inteiros, trabalhos forçados, *apartheid*, telefones grampeados, e até os cassetetes comuns nas mãos dos policiais furiosos nas ruas, ou misteriosos seqüestros das pessoas incômodas cujos cadáveres foram afundados em barreiros ou rios, ou seqüestro de aviões cujos passageiros foram mortos um após outro para obter resgate em dinheiro ou concessões políticas dos indivíduos, das comunidades ou dos Estados.

No fundo, o primeiro totalitarismo que Wiktor Suchowiak tinha conhecido quando Hitler desencadeou uma guerra era o mais cruel, o mais sangrento e rapinante de todos, mas também o mais estúpido e bastante primitivo, porque lhe faltava o requinte do totalitarismo que veio depois. Mas é assim que acontece com tudo que é obra dos homens. O começo é sempre rude, e a sofisticação, a perfeição só vem mais tarde.

De qualquer forma, Wiktor Suchowiak não tinha chance nenhuma. A escolha que fizera aos dezoito anos, quando assaltou a sua primeira vítima, era uma escolha idiota. Ele devia ter previsto que o futuro do banditismo pertenceria aos órgãos legais, inclusive à polícia, e ter aderido a eles. Mas Wiktor Suchowiak nunca fez isso. Nem quando, já em idade avançada, como um preso criminal, foi incentivado a participar da construção de um futuro melhor do lado da ordem e da justiça.

Wiktor Suchowiak não era com certeza um homem de honra. A solidão e o individualismo por si só ainda não formam a dignidade humana, ela precisa de algo mais. Mas ele era, sem dúvida, um homem de princípios próprios na sua profissão. Não se interessava por política e não tinha aspirações intelectuais. A sua moral era simples, como simples era a sua instrução, seus gostos e seu modo de ser. Gostava de dinheiro, de mulheres, de carrosséis, de vodka, de crianças e de poentes. Não gostava da multidão, de doces, de policiais, do tempo de outono nem da violência se ela não lhe trazia vantagens. Logo no primeiro ano de ocupação chegou à conclusão de que o mundo tinha enlouquecido. Naquele tempo assaltava às vezes os seus compatriotas, mas preferia os alemães, não por motivos patrióticos, mas por puro interesse. Os seus compatriotas eram pobres. Obviamente Wiktor Suchowiak sabia o que estava arriscando ao assaltar alemães armados. Mas havia alemães bêbados ou imprudentes, sobretudo quando estavam em companhia de mulheres.

Porém, em certo momento, Wiktor Suchowiak mudou de profissão, o que tinha suas vantagens de caráter metafísico. Porque Wiktor Suchowiak acreditava em Deus e por isso também acreditava no Céu, no Purgatório e no Inferno. Por um bom preço contrabandeava pessoas do gueto para a parte ariana da cidade. Assim ganhava bem e praticava atos nobres.

Como homem experiente e honesto, que merecia confiança mesmo nas situações mais difíceis, ele tinha uma clientela bastante numerosa. O seu nome ficou famoso e ele gozava de respeito, até mesmo entre os guardas, com os quais dividia os lucros. Entre Wiktor Suchowiak e alguns guardas surgiram laços de uma colaboração solidária, de que nem os mais sanguinários alemães ousavam abusar, pois sabiam com quem estavam se metendo e que a tentativa de liquidá-lo podia lhes custar a própria vida. O bandido era homem de força física extraordinária e de grande coragem. Nenhum outro contrabandista de mercadoria viva podia se igualar a ele. Eles discutiam com os guardas acirradamente, mas sempre tiveram que ceder porque lhes faltava a determinação e a força do espírito. Wiktor Suchowiak nunca discutia o preço. Pagava quanto achava justo e a qualquer queixa ou ameaça dos guardas cortava de imediato. Simplesmente não tinha medo deles, e mesmo se tivesse eles teriam ainda mais.

No início da primavera de 1943, o contrabando de pessoas do gueto deixou de ser uma ocupação rentável, porque já não havia a quem contrabandear. A grande maioria dos judeus já tinha sido morta. Os que ainda sobraram eram miseráveis e não tinham com que pagar a fuga e, por seu aspecto, seus costumes e falta de conhecimento da língua, não tinham qualquer chance de sobrevivência do lado ariano da cidade. Os poucos que ainda ficaram no gueto iam morrer em breve numa luta para, depois, sobreviver numa lenda.

Um dos últimos negócios que Wiktor Suchowiak fez com judeus foi a filha do advogado Jerzy Fichtelbaum, a pequena Joasia. O advogado Jerzy Fichtelbaum era um homem conhecido antes da guerra como um eminente defensor nos processos criminais. Nem todos os seus clientes possuíam princípios tão inabaláveis como Wiktor Suchowiak, portanto Fichtelbaum não tinha chance de sobreviver do lado ariano. O seu aspecto físico era um desastre. Pequeno, moreno, de barba escura e basta, pele olivácea, nariz tipicamente judeu, lábios cheios, e nos olhos a melancolia de um pastor de rebanhos da terra de Canaã. Além disso, o advogado Jerzy Fichtelbaum tinha pouco dinheiro no bolso e muito desespero no coração. A sua esposa morrera havia um ano por causa de um tumor banal, morrera na sua própria cama, motivo de inveja para todos os moradores do prédio. O advogado ficou com a sua filhinha Joasia, uma criança bonita e inteligente. Nascida um pouco antes de a guerra ter começado, Joasia era fruto da paternidade tardia do advogado, o que aumentava ainda mais o seu amor por ela. O filho do advogado, Henryk, já tinha quase dezenove anos, vivia sua própria vida e morreria sua própria morte, sem que isso tivesse alguma relação com o drama do seu povo e da sua raça. Henryk Fichtelbaum fugiu do gueto no início do outono de 1942 e ficou escondido sem manter qualquer contato com os pais nem com a irmã pequena. O advogado Jerzy Fichtelbaum decidiu então que tinha que salvar Joasia para poder preparar-se para a morte com calma e dignidade. Foi uma decisão que qualquer pessoa sensata no lugar do advogado teria tomado e que muitas pessoas sensatas estavam tomando naquele tempo.

Como já foi dito, os nazis eram os mais cruéis totalitaristas da história, mas, por estarem nesse ponto à frente da humanidade e com pretensões de ganhar a liderança no mundo moderno, ainda lhes faltava experiência e cometiam erros. Por exemplo, os telefones entre o gueto e a parte ariana de Varsóvia funcionavam normalmente até a destruição definitiva do bairro judeu; por isso, o advogado Jerzy Fichtelbaum pôde acertar alguns detalhes de salvação de Joasia por telefone. Os nazis não só não cortaram as linhas, como nem sequer grampearam os telefones, o que anos depois, à luz das experiências da segunda metade do nosso século, Wiktor Suchowiak — e não só ele — não conseguia compreender. Mas foi assim mesmo, e graças a isso, que Joasia Fichtelbaum pôde viver até nossos dias.

Uma tarde de primavera Wiktor Suchowiak pegou Joasia Fichtelbaum pela mão, acariciou seu cabelo e lhe disse:
— Agora você vai passear com o titio.
O advogado Fichtelbaum disse baixinho:
— Sim, Joasia. Você precisa obedecer ao titio.
A criança acenou que sim. O advogado disse com a voz rouca:
— Agora vão...
— Vamos — respondeu Wiktor Suchowiak. — Pode ficar sossegado.
— E nem uma palavra à criança — disse o advogado. — Nunca, nem uma palavra...
— Deixe comigo e não se preocupe.
— Já! — gritou o advogado de repente, e virou-se para a parede.
Wiktor Suchowiak pegou de novo a mãozinha de Joasia e os dois saíram de casa. O advogado Fichtelbaum gemeu com o rosto encostado na parede, mas bem baixinho porque não quis magoar ninguém, muito menos sua filhinha.
— O tio não quer que você chore — disse Wiktor Suchowiak à menina. — Melhor não falar nada, só respire.
A criança acenou que sim de novo.
Saíram para a rua deserta. Wiktor Suchowiak sabia o caminho. Os guardas tinham sido pagos conforme a tabela para dar tiros para o ar. Mas nem houve tiro. Os guardas nessa tarde estavam com preguiça.
Mas nem todos estavam curtindo o *dolce far niente*. Nas proximidades do muro, do lado ariano, perambulava um jovem elegante, conhecido no meio dos *szmalcownicy*[17] como o Lolo

---

17. *Szmalcownik* (sing.), substantivo derivado de *szmalec*, em polonês "banha de porco" — palavra do calão polonês aplicada aos que faziam chantagem com os judeus escondidos ou, por dinheiro, os entregavam à Gestapo.

Bonitão. Era esbelto como um álamo, luminoso como uma manhã primaveril, ágil como o vento, vigoroso como o rio Dunajec. Ele era também um bom caçador de judeus. Reconhecia-os na rua sem errar e os rastreava obstinadamente. Às vezes, a presa tentava fugir. Alguns judeus conheciam as portas de passagens, os pátios interligados, as lojas com porta nos fundos. Mas Lolo Bonitão conhecia a cidade ainda melhor. Para dizer a verdade, ele não gostava de judeus provincianos, perdidos em Varsóvia como numa floresta estranha, aqueles judeus aflitos e apavorados que se rendiam logo depois de serem atingidos pelo olhar certeiro de Lolo Bonitão. Ele tirava-lhes tudo o que traziam, às vezes só um trocado. Mas quando tinha só um trocado, ele ficava decepcionado, e então pegava o judeu pelo braço e o levava para o posto de polícia ou entregava nas mãos dos policiais que encontrava na rua, e as suas últimas palavras dirigidas ao judeu eram amargas e melancólicas:

— Da próxima vez, traga mais grana, seu nojento. Mas já não vai ter próxima vez. *Adieu*! — ao dizer *adieu*, sentia uma espécie de solidariedade para com a Europa, que era a sua pátria.

A caça dava prazer a Lolo. Quando topava na rua com um judeu digno de atenção, que passava apressado, amedrontado, mas com determinação, seguia-o passo a passo, dando-lhe a entender que tinha sido reconhecido, que estava sendo seguido e que não iria conseguir fugir. O judeu tentava então afastar-se manhosamente do esconderijo da sua família. Mas o olhar atento de Lolo Bonitão fazia com que isso nunca fosse conseguido. Por fim, ele agarrava o judeu pelo braço e, sem muita dificuldade, deixava-se levar para um passeio e revelava o lugar do esconderijo. Depois fechava negócio. Lolo levava o dinheiro, as jóias, não desdenhava também da roupa. Ele sabia que, logo que saísse, o judeu iria mudar de esconderijo, talvez para uma cave, ou tentaria fugir da cidade. Na ocasião, Lolo também depenava os arianos que hospedavam judeus, que em pânico cediam a todas as suas exigências. Mas nem sempre fazia isso. Com os seus conterrâneos arianos os negócios não eram tão certos. Um *schabesgoi*[18] polonês, que escondia e alimentava judeus, podia fazê-lo por dinheiro, mas também havia quem o fizesse por motivos elevados e humanitários, o que deixava Lolo Bonitão inquieto, porque só o diabo sabia se aquele polonês de melhor cepa não iria logo informar a resistência sobre aquela visita, ou se ele próprio não fazia parte da resistência e não iria colocar Lolo Bonitão numa fria. De vez em quando morria nas ruas de Varsóvia um ou outro *szmalcownik* atingido por uma bala da resistência, portanto ele sabia que não devia se arriscar. Por isso, Lolo raramente aparecia nas proximidades do gueto, onde a concorrência era grande e onde o seu rosto bonito poderia chamar a atenção de quem seria melhor não encontrar.

Naquela tarde, ele estava passeando sem sequer pensar na caça. Foi o acaso que o levou às proximidades da praça Krasiński e o acaso que o fez encontrar-se com Wiktor Suchowiak, que caminhava apressado pelo passeio da rua Miodowa levando pela mão uma criança judia. Wiktor Suchowiak era moreno, de cabelo escuro e parecia um cigano embriagado. Ao avistar o par estranho, Lolo Bonitão sentiu seu instinto de caçador. Aproximou-se então de Suchowiak e disse:

— Para onde você vai com tanta pressa, Moshe?

— O senhor está enganado — disse Wiktor Suchowiak.

— Você está arrastando esta Salcia, que ela nem consegue respirar — continuou Lolo Bonitão em tom de brincadeira. — Pare, vamos entrar neste saguão...

— Meu caro senhor, o que é que o senhor quer? — perguntou Wiktor Suchowiak olhando assustado à sua volta. A rua

---

18. *Schabesgoi*: empregado cristão na casa de judeus mantido para trabalhar no dia do Sabá, quando os judeus são proibidos de fazê-lo.

estava deserta... Apenas no fundo da rua Miodowa ouvia-se o guincho do bonde. Uma faixa violeta quase invisível movia-se no escuro. Lolo Bonitão empurrou Wiktor para o portão mais próximo.

— Vamos conversar — disse, com a voz séria.

— Meu senhor, eu não sou judeu — defendia-se Wiktor Suchowiak.

— Vamos ver — disse Lolo — mostra a vara.

— Olha a criança... — murmurou Wiktor Suchowiak.

— Não me aborreça com a criança! — gritou Lolo. — Mostra a vara!

— Joasia — disse Wiktor Suchowiak à menina com calma —, vire para a parede e fique quieta!

Joasia obedeceu ao tio em silêncio. Wiktor Suchowiak desabotoou o casaco, baixou a cabeça levemente e, de repente, atingiu o queixo de Lolo com uma forte cotovelada. Lolo cambaleou, soltou um grito e encostou-se à parede. Wiktor Suchowiak deu um soco na barriga de Lolo e, quando este se dobrou, cravou o joelho entre as suas pernas. Lolo gemeu e de novo recebeu um golpe no queixo e outro no nariz. Jorrou sangue. Lolo Bonitão caiu no chão. Wiktor Suchowiak debruçou-se, mas reparou no olhar de Joasia e gritou:

— Vire, o tio está pedindo!

A menina virou. Wiktor Suchowiak disse baixinho para Lolo:

— Seu merda, da próxima vez vou te esfolar. Agora passa a grana dos órfãos.

Lolo Bonitão sangrava muito, sentia uma dor terrível, tinha amargura e pavor no coração e a sua cabeça estava confusa.

— Eu não tenho nada, senhor — balbuciou. Um pontapé derrubou-o de cara para o chão. Sentia o frio do cimento na face e as mãos ágeis do seu carrasco percorrendo todo seu corpo. Wiktor Suchowiak apalpou a carteira e o porta-níqueis. Os seus movimentos eram calmos. Contou as notas com cuidado.

— Quem é que você depenou hoje? — perguntou. — Tanta grana eu ganho em um mês.

Não era verdade, porque ganhava mais, mas não havia razão para prestar contas dos seus negócios ao assaltante que sangrava. Jogou o porta-níqueis do lado da cabeça de Lolo.

— É para a passagem de bonde — disse ele. — E fique longe de mim!

Pegou Joasia pela mão e disse:

— Este senhor ficou doente, ele não está bem de cabeça.

Saíram daquele saguão. Lolo Bonitão levantou-se com dificuldade, mas ainda não conseguia andar. Ficou encostado na parede arquejando. Do seu nariz continuava a escorrer sangue. Estava todo dolorido, humilhado e cheio de ódio.

Esses dois homens iam se encontrar novamente vinte anos depois. Wiktor Suchowiak tinha acabado de sair da prisão, prematuramente envelhecido, como escória da sociedade e reacionário. Mas o Estado, empenhado em sua missão de corrigir a natureza humana, não se deu por vencido diante desse infeliz produto do capitalismo. Wiktor Suchowiak foi encaminhado para uma fábrica de materiais de construção onde ia trabalhar como operador de uma betoneira. Nunca na vida mexera com concreto. Tirando o piso da cela em que ficou preso, o concreto não significava nada para ele, mas era homem esperto, durão, e acreditava que ia dar conta. Também já não esperava muito da vida. Munido de uma recomendação, foi procurar o chefe do setor de recursos humanos da empresa. Este o recebeu com frieza, como costumava receber os novos trabalhadores com passado incerto ou criminal. Leu a carta de recomendação, contraiu os beiços, colocou a carta em cima do tampo de vidro da sua escrivaninha. A escrivaninha era larga, um pouco gasta. O chefe também era um pouco gasto. Tinha o rosto inchado e já estava perdendo os seus cabelos macios e claros.

A sala estava ensolarada, o dia era de verão, o céu sem nuvens. Wiktor Suchowiak observava o chefe em silêncio. O chefe disse:

— Já trabalhou com concreto?

— Não, senhor — respondeu Wiktor Suchowiak. — Mas a gente pode aprender tudo.

O chefe acenou com cabeça, bastante cético.

— Por que é que foi preso? — perguntou.

— Aí está escrito — respondeu Suchowiak. — Assalto e danos corporais.

— E por que fez isso, Suchowiak? Não é melhor trabalhar honestamente para o país, para a sociedade? Espero não me decepcionar com você, Suchowiak. Eles me mandam pessoas como você e depois só tenho problemas. Mas você me parece um cara legal, então está admitido. Com período probatório, é óbvio. Este assalto foi o primeiro, não foi?

Wiktor Suchowiak sorriu e disse:

— Não, senhor chefe, foi o segundo. Na primeira vez, depenei um *szmalcownik* no tempo da guerra. Foi na rua Miodowa, em Varsóvia.

O chefe ficou pálido, de repente, mordeu os beiços e olhou Wiktor nos olhos atentamente.

— De que você está falando? — disse em voz baixa.

— De nós — respondeu Wiktor Suchowiak. — Dei-lhe uma boa surra!

— De que você está falando! — gritou o chefe. As suas mãos tremiam. — O que é que eu tenho a ver com isso! O que você está pensando, Suchowiak? Que a palavra de um criminoso vale alguma coisa aqui? Que as suas calúnias podem mudar alguma coisa aqui?

— Eu não penso nada, mas já vivi um pouco — respondeu Wiktor Suchowiak —, e sei que quando começarem a farejar em tua volta, seu merda, você não vai escapar. Se eles vão acreditar em mim? É claro que vão! Eles adoram fazer justiça. Nenhum partido vai te salvar, nenhum cargo.

— Mais baixo — resmungou o chefe. — O que você acha que vai ganhar com isso, cara? Para que isso? Aqui você tem trabalho, pode ter a vida que pediu a Deus. Qualquer coisa, eu vou me safar... Vou negar! Por Deus, vou negar!

— Não fale tanto, seu merda — interrompeu-lhe Suchowiak. — Você nem sabe o que está falando. A quem é que vai negar? Àqueles caras da polícia secreta? Os mais corajosos não agüentaram. Mas quem é que disse que eu irei lá? Eu disse isso?

— Senta aí! — disse Lolo Bonitão. — Senta aí, seu filho da puta!

— Já que o senhor chefe convida, por que não? — respondeu Wiktor Suchowiak, e sentou-se numa cadeira em frente à mesa.

Conversaram um bom tempo. Até que a secretária ficou preocupada. Por duas vezes ela passou uma ligação ao chefe e por duas vezes a resposta foi brusca:

— Agora não! Estou ocupado!

Finalmente se despediram. Isso custou a Lolo Bonitão um bom dinheiro. Ao se despedir, Wiktor Suchowiak deu-lhe uma leve palmadinha no rosto. Um gesto afetuoso, mas másculo, porque doeu. Doeu no coração de Lolo. Ele ficou no seu escritório como há vinte anos tinha ficado no portão da rua Miodowa, com uma sensação de impotência, humilhação e um ódio terrível.

Recomendado por Lolo Bonitão, Wiktor Suchowiak conseguiu um emprego com salário melhor em outra empresa. Nunca mais voltaram a se encontrar.

Alguns anos depois, Wiktor Suchowiak se aposentou por invalidez e passou a receber uma pensão modesta. Sofria de tuberculose óssea e andava com dificuldade. Morava num pequeno quarto de uma casa velha e úmida de subúrbio. O seu único divertimento era olhar a rua pela janela. Mas a rua não era muito movimentada. Observava as mulheres jovens com crianças, os homens que iam apressados para o trabalho ou para o boteco, as mulheres velhas, curiosas e briguentas, que tagarelavam numa pequena praça. Às vezes, também ele saía para essa praça, sentava num banco e conversava com os velhos. Mas estava cada vez pior e raramente saía da casa.

À noite, quando o sono não vinha, ele chorava baixinho. Sem saber por quê. Mas chorar trazia-lhe alívio. E quando às altas horas da noite adormecia sonhava com a guerra e com a ocupação. As pessoas sonham normalmente com os melhores momentos da sua vida. Wiktor não era exceção, porém nenhum analista freudiano tiraria proveito dele. Pois quando ele sonhava, por exemplo, com armário, isso não significava que estava com vontade de dar uma trepadinha, mas que nesse armário estava escondido um judeu que dizia a Wiktor: "Eu lhe agradeço esse grande favor que me fez, senhor!" E Wiktor respondia com dignidade: "Não o fiz por amor a você, senhor Pinkus, mas porque fui muito bem pago! E agora fique quieto, porque a mulher que mora aqui é medrosa que nem a bunda do Hitler!"

Quem é que neste país não gostaria de ter sonhos tão doces em sua idade avançada? Mas só Wiktor Suchowiak e mais algumas dezenas de pessoas os tinham. Sonhos como esses não surgiam entre os veteranos bem alimentados. O sábio e onisciente Morfeu distribui esses sonhos entre pobres professoras das pequenas cidades do interior, velhos juízes já aposentados, engenheiros, ferroviários ou jardineiros e, de vez em quando, também entre as vendedoras de rua e bandidos de antes da guerra. Mas o que essas pessoas fizeram no passado só podia saber quem ouvisse atentamente as suas palavras pronunciadas, às vezes, no sono.

X

O alfaiate Apolinary Kujawski morava num apartamento de quatro quartos, no segundo andar, com varanda, que dava para a rua Marszałkowska. Nos quartos havia grandes fornos ladrilhados. O da sala era de uma rara beleza, decorado com rosáceas, e havia uma portinhola de ferro fundido em forma de portão de palácio. No térreo do mesmo prédio, Kujawski tinha o seu ateliê, um pouco escuro, mas espaçoso, dividido em três cômodos. No primeiro recebia os fregueses, tirava medidas enquanto eles se olhavam no espelho. Mais ao fundo do ateliê trabalhavam os aprendizes; três máquinas Singer zumbiam de manhã até a noite. O vapor subia em densas nuvens quando os ferros quentes passavam as peças do vestuário por cima de um pano molhado.

O alfaiate Kujawski era um homem honesto, de pequena estatura, meio careca, míope, de alma acostumada com os enlevos românticos, de espírito simples, pés pequenos e perfeitos. Tinha uma inclinação para a elegância requintada, conforme o gosto de quem foi educado antes da Grande Guerra numa pequena cidade da província de Płock, em meio majoritariamente judaico. Usava então ternos escuros e colarinhos engomados, gravatas estampadas e sapatos de camurça amarelada, e também coletes, verdes ou cereja, conforme o estado do seu coração. No dedo anelar da mão direita tinha um anel de brasão com uma pedra semipreciosa, no mindinho da mão esquerda, um anel com um rubi.

Kujawski era um homem bem abastado que, no meio dos oficiais da Wehrmacht e, em parte entre as forças de segurança alemãs, gozava da fama de ser o melhor alfaiate a fazer calças em Varsóvia. Vinham oficiais até de Lvov para encomendar-lhe calças de montar ou calças sociais.

Kujawski não era homem de grande coragem, e por isso não costumava usar os seus conhecimentos no tão influente meio dos seus fregueses em favor dos interesses nacionais poloneses. Mas, como era patriota, não poupava dinheiro para auxiliar discretamente o movimento de resistência. Apoiava também os artistas. Destinava somas consideráveis para a compra de manuscritos de obras literárias, que deveriam ser publicadas depois da guerra. Comprava telas dos mestres do pincel e as guardava em sua casa espaçosa, decidido a entregar toda essa coleção a um museu da Polônia livre, desde que o nome do doador fosse gravado nas placas correspondentes ou mesmo na fachada do edifício.

Kujawski devia sua fortuna a circunstâncias extraordinárias e à sua fama de homem honesto. Nos seus primeiros anos em Varsóvia, logo após a Grande Guerra, quando veio à procura de trabalho, passou por várias alfaiatarias, mas não permaneceu por muito tempo em nenhuma delas, pois como era homem de convicções radicalmente cristãs não quis trabalhar com judeus, e as oficinas cristãs do ramo enfrentavam grandes dificuldades, sofrendo com o excesso de mão-de-obra. Nesse tempo, Kujawski morava num porão da rua Miodowa, solitário, pequeno e marcado por um orgulho irascível de pobre. Ganhava algum dinheiro passando a ferro os ternos dos homens que moravam no mesmo prédio e consertando as roupas dos pobres do bairro.

Um dos seus fregueses influentes era, nessa época, o juiz Romnicki, homem esquisito e sábio, de quem o pequeno alfaiate conquistou a simpatia. Um dia, quando Kujawski veio trazer as calças ao juiz, no seu apartamento do primeiro andar, este lhe disse:

— Kujawski, tenho um emprego fixo para o senhor.

— O senhor juiz está brincando — respondeu o alfaiate.

— Nada disso. Já ouviu falar de Mitelman?

— Mitelman? Aquele da rua Bielańska?

— Ele mesmo. Há trinta anos faz roupas para mim. Um grande artista da tesoura e uma pessoa de caráter impecável. Ele está disposto a lhe dar um emprego a meu pedido, caro Kujawski.

— Senhor juiz, eu sou um alfaiate cristão.

— Não fale bobagens, senhor Kujawski. Será que os cristãos costuram de modo diferente dos judeus?

— Eu não disse isso, mas eles têm outros costumes, que...

— Senhor Kujawski — interrompeu o juiz —, eu pensei que o senhor fosse um homem sensato. Mitelman está disposto a lhe dar emprego. Um emprego fixo. Com ele trabalham vários alfaiates e uma dúzia de ajudantes. É uma grande empresa. A melhor freguesia de toda Varsóvia. O que o senhor pode querer mais? Se o amigo se dedicar e poupar, em poucos anos vai poder abrir a sua própria empresa. E finalmente casar, sim, porque, senhor Kujawski, já está mais do que na hora...

— Eu nunca hei de casar, senhor juiz.

— Quanto a isso você é quem sabe. Mas então como ficamos?

Kujawski pediu apenas um tempo para pensar e prometeu dar resposta no fim da tarde. Enfrentava um dilema muito doloroso. Ele não sentia antipatia pelos judeus, mas eles lhe eram estranhos. Cresceu no meio deles, mas sempre mantendo algum distanciamento. A diferença de costumes, de língua, de aparência, despertava a sua curiosidade e medo. Na sua cidade natal os judeus eram a grande maioria, mas os cristãos consideravam-se melhores, talvez porque mesmo sendo minoria sentiam-se os preferidos do mundo. Era o mundo hierarquicamente organizado e cada um sabia o seu lugar. Naquela escala os judeus estavam abaixo dos cristãos só pelo fato de serem judeus, e Kujawski nem procurava saber por quê. Era assim desde os tempos mais remotos, certamente desde aquele dia em que os judeus crucificaram o Senhor Jesus. Foi o próprio Deus que estabeleceu esses hábitos na Terra, talvez para castigar os judeus por sua incredulidade, resistência e por tê-Lo traído.

Kujawski era homem de muita fé e a praticava como as outras pessoas à sua volta. Rezava, ia à igreja, recebia o Santíssimo Sacramento, entregava-se à proteção de Nossa Senhora, amava a Polônia, uma nação verdadeiramente católica que padecia na cruz da ocupação estrangeira como — com as devidas proporções — o próprio Senhor Jesus, razão pela qual era justo ela ser chamada de "Cristo das Nações". Não respeitava moscovitas ortodoxos e perversos, alemães luteranos e violentos, nem judeus barulhentos, mas obviamente não os respeitava por motivos diferentes. Os moscovitas ele não respeitava porque eram seus perseguidores, porque havia a Sibéria, os chicotes e a *kibitka*[19]; os alemães, porque eram eternos inimigos e, mesmo que fossem mais capazes, trabalhassem melhor, desprezavam Kujawski por ser eslavo, por isso ele lhes retribuía com hostilidade e com escárnio; os judeus, porque estavam abaixo dele, porque queriam enganá-lo e fazê-lo de bobo, enquanto ele se sentia mais daqui, mais em sua própria terra do que todos eles. Estes eram os vindouros, enquanto ele estava enraizado naqueles rios, campos, bosques e nas paisagens polonesas, nas

---

19. *Kibitka*: carruagem fechada utilizada para o transporte de prisioneiros no império russo.

quais eles apareceram apenas como peregrinos. Então o irritavam os negócios, as oficinas e os prédios dos judeus, porque eles lhe tiravam o espaço em que ele próprio cabia com muita dificuldade. Por vezes tinha que se acotovelar para que, em sua própria casa, pudesse encontrar um canto para encostar sua cabeça cansada.

Kujawski travou uma luta terrível consigo mesmo durante algumas horas, mas à noite subiu ao primeiro andar e disse ao juiz que aceitava o emprego de Mitelman da rua Bielańska.

— Já estou cansado de ser pobre, senhor juiz — disse, como se quisesse se justificar por ter se rendido, deposto a foice polonesa e pego a agulha judaica.

O juiz Romnicki respondeu:

— Graças a Deus que você tem juízo, senhor Kujawski.

Kujawski era um alfaiate talentoso e Mitelman, um mestre dos mestres. O pequeno e esperto empregado cristão agradou ao dono de uma empresa bem cotada da rua Bielańska, tanto mais que Mitelman tinha motivos para empregar alguém que não fosse judeu, porque isso contava para os fregueses mais exigentes. Ele mandava Kujawski para as melhores casas, porque nas melhores casas, até as muito liberais, progressistas e requintadas, um artesão cristão não perturbava a ordem moral secular, embora também não satisfizesse suficientemente uma visão do mundo européia. Kujawski ganhava bem, mas não chegou a fazer fortuna. Continuava a viver no porão.

No ano de 1940, Mitelman ia se mudar para o gueto. Num dia de outono chuvoso e de muito vento, ele apareceu no fim da tarde no porão de Kujawski e disse:

— Senhor Apolinary, eu vou para o gueto. Tenho no depósito o melhor cheviote de Varsóvia, o senhor sabe. Tenho 125 fardos de fazenda de Bielsko, tenho também balotes de Jankowski, que escolhemos juntos um pouco antes da guerra. Tenho uma oficina de que não preciso lhe falar. Vou para o gueto. O senhor é o único cristão da minha empresa, o senhor vai cuidar disso tudo até tempos melhores chegarem.

— Senhor Mitelman! — exclamou o alfaiate Kujawski. — Onde eu vou guardar isso? Neste porão?

— Eu disse neste porão? Estou falando de um patrimônio. Fique com uma parte, compre uma oficina, ganhe dinheiro, guarde, traga algum lucro para o gueto, eu confio em você como no meu próprio pai. E quando a guerra acabar abriremos um negócio em conjunto, Mitelman e Kujawski, que também pode ser Kujawski e Mitelman ou Kujawski & Cia, eu não faço questão, mas para o senhor seria melhor Kujawski e Mitelman, porque o nome tem certa importância e as pessoas da cidade me conhecem um pouco.

E assim tudo aconteceu. O alfaiate Kujawski tomou conta dos bens do alfaiate Mitelman. Encontravam-se no edifício do Tribunal na rua Leszno até quando foi possível. Kujawski levava dinheiro a Mitelman, levava-lhe também víveres, levava boa palavra, levava sua compaixão, amizade e conselhos. Mitelman ficava cada vez mais fraco e Kujawski cada vez mais forte, mas não se alegrava nada com isso porque sabia que estava acontecendo uma injustiça terrível, que os judeus estavam sofrendo, morrendo, desaparecendo, o que era um castigo humanamente incompreensível, mesmo que tivessem pecado muito quando não acreditaram na palavra do Salvador. Além disso, se os judeus pecaram, certamente Mitelman não pecou tanto assim, porque era um homem honesto, bom, generoso, justo e piedoso, embora à maneira do Velho Testamento, o que não era nada recomendável.

Kujawski não era uma pessoa de grandes ambições intelectuais e às vezes sentia certa aversão à sua própria mente, e censurando a sua tacanhice, costumava dizer: "Na verdade, sou um idiota, mas será que tenho culpa de ser um idiota? Mas se eu próprio sei que sou um idiota, talvez não seja tão idiota assim!"

Em poucas palavras, ele não tinha aspirações filosóficas, nem sondava os mistérios da existência humana e nem julgava o mundo, mas tinha uma consciência clara do inferno que se propagava à sua volta, do triunfo do mal e de que era preciso resistir com todos os meios possíveis. Ele confeccionava calças para os oficiais alemães, porque com suas calças ou sem elas eles iriam fazer o mesmo que faziam, afinal as calças de montar não são fuzis: mesmo com as bundas a descoberto, eles teriam assassinado aqueles pobres judeus, mesmo com as bundas a descoberto, eles teriam fuzilado os poloneses. Quanto aos invernos russos, lá nas cercanias de Moscou, ele, Kujawski, não fazia casacos de pele de carneiro para o exército alemão, e as calças de montar que lhes confeccionava iriam congelar suas bundas não só nas cercanias de Moscou, mas também na Polônia. Portanto, não tinha remorsos por ter trabalhado para os alemães, tanto mais que era movido pela ambição romântica e patriótica de levar ajuda aos necessitados, maltratados e perseguidos.

Na primavera de 1942, ele se viu, de repente, proprietário de uma grande fortuna, porque o alfaiate Mitelman morreu no gueto, e seu filho único, o dentista Mieczysław Mitelman, foi baleado poucos dias depois na rua Rymarska. Assim, o alfaiate Kujawski ficou com a fortuna construída ao longo dos anos graças à assiduidade e ao trabalho do alfaiate judeu e à labuta dos seus aprendizes. Kujawski não tinha dúvida de que esta fortuna só em parte lhe pertencia, mas não sabia ao certo quem poderia ser o proprietário da outra parte. Com certeza não eram os alemães! Os judeus? Mas onde estavam os judeus? E quais os judeus que teriam direito à fortuna do alfaiate Mitelman? Talvez ela pertencesse ao povo polonês? Kujawski estava perante um dilema. Mas por enquanto havia guerra, os judeus e os poloneses estavam morrendo, e a fortuna nas mãos do alfaiate Kujawski aumentava graças à demanda das calças de montar e calças sociais por parte dos oficiais de Wehrmacht.

O alfaiate decidiu que a sua coleção destinada para o futuro museu de arte teria o nome dos dois doadores, ou seja, Apolinary Kujawski e Benjamin Mitelman. Pensava também em fundar uma editora de poesia "Kujawski e Mitelman". No caso da editora, ele foi consultar o juiz Romnicki. O juiz era seu freguês de tempo em tempo, mas já não como antes. O juiz já não encomendava ternos, mas vendia obras de arte, principalmente os quadros que tinha juntado nas últimas décadas.

De vez em quando, Kujawski deixava também o senhor Pawełek ganhar alguma coisa como intermediário nas transações, embora o alfaiate soubesse que o senhor Pawełek entendia de arte ainda menos do que ele próprio. Porque Kujawski tinha uma sensibilidade artística inata, pelas suas mãos passavam muitos objetos belos e preciosos, até dos estúpidos oficiais alemães comprava peças de porcelana fina, castiçais, miniaturas. Adorava enganar os alemães e o fazia com freqüência, porque sabia que os objetos que lhe traziam para vender quase sempre provinham de roubo.

No fundo, a vida de Kujawski nos tempos de guerra não carecia de harmonia. Era prazeroso estar rodeado de obras de arte. O dinheiro fazia com que ele se sentisse seguro. Freqüentava casas muito cultas e era sempre bem recebido. As senhoras elegantes estendiam-lhe a mão para que ele a beijasse e o tratavam com uma simpatia complacente. Mas ele sabia que não devia passar de certos limites, porque apesar de tudo continuava a ser um alfaiate, enquanto todas essas pessoas pertenciam a uma elite da nação, tiveram instrução superior, eram eruditas, desembaraçadas, orgulhosas, gentis e, acima de tudo, muito sensíveis, delicadas e belas, mesmo na sua constrangedora pobreza, mesmo quando vendiam a última fruteira de prata ou o último livro velho. Por isso não conseguia discutir o preço com eles. E eles, contrariando as aparências e o que se falava deles antes e ia se falar depois, tinham uma noção singular, que não era nada mercantil, mas simplesmente ética, e que lhes permitia saber que Kujawski nunca os enganaria nem escarneceria do seu infortúnio, uma vez que um misterioso fio de dependência, paradoxal porém notável, os ligava a Kujawski, um fio que vinha de um antiqüíssimo novelo de polonidade, de história e cultura da Polônia, de um novelo único de fio polonês, o fio de dependência e comunhão, que exigia do alfaiate o respeito e a gratidão pelo fato dele poder ajudá-los para que pudessem sobreviver, porque se eles não sobrevivessem, ele também não sobreviveria, uma vez que eles tinham algo que nem eles nem ele sabiam nomear, mas que lhe permitia ser polonês só enquanto eles existissem na Polônia e nem um momento além disso!

Assim Kujawski encontrava uma bendita harmonia na sua vida. Apenas uma coisa inquietava o seu coração. Parecia que Deus tinha virado as costas à Polônia e a submetera a uma provação dura demais. Que pecado a Polônia podia ter cometido, que ao renascer após a Grande Guerra, depois de um século sem liberdade e tanto sofrimento, só teve vinte anos de sobrevida? Decerto nem tudo na Polônia estava como devia estar, mas onde é que estava? Estava na poderosa França, que resistiu apenas um mês para depois se render de forma tão infame, quase de joelhos, perante Hitler? Estava na imensa União Soviética, que em dois meses sucumbiu sob a pressão alemã? E foram os soviéticos que junto com Hitler dividiram essa Polônia infeliz. Por este pecado foi justo o castigo de Deus, que lhes fez fugir dos alemães até Moscou, e só ali se recompor para resistir de uma forma eficaz aos invasores. O que então estava errado na Polônia e nos poloneses, que tiveram de sofrer de novo, sofrer como nunca tinham sofrido antes? Por que é que Deus está submetendo a Polônia e os poloneses a uma tão terrível provação?

Eram essas as perguntas que afligiam o alfaiate Kujawski, que como muitas outras pessoas achava que era o próprio Deus quem comandava a história da humanidade. Não lhe foi dado chegar aos tempos em que todos os acontecimentos, sem exceção, eram interpretados à luz do método científico do materialismo dialético, mas mesmo se chegasse não iria acreditar, uma vez que segundo tal método ele era um pequeno burguês, um cego da classe limítrofe, cujo caráter, pensamento e hábitos tinham sido moldados pela tesoura, pela máquina de costura Singer e pelos carretéis de linha, portanto um produto de uma versão sociológica do destino humano, produto inconsciente, inacabado e maculado pelo curso da história, enquanto ele próprio, o alfaiate Kujawski, sabia muito bem que tinha recebido a alma de Deus, que devia obedecer à sua consciência, tão única como a consciência de Benjamin Mitelman, do juiz Romnicki, do senhor Pawełek ou até do alemão Geissler, para quem ele fazia calças de montar com fundilhos de couro, que então ele devia obedecer à sua consciência, a sua única arma contra as injustiças do mundo, e se o materialismo dialético não conhecia esta palavra, mas apenas os condicionamentos sociais, estava contribuindo, querendo ou não, para a injustiça, para a corrupção do mundo, mesmo que desejasse salvar o mundo à revelia da consciência do alfaiate Kujawski e dos desígnios de Deus.

Mas ele não viveu esses tempos, que só chegaram anos depois que os seus restos mortais foram jogados numa vala comum entre muitos outros dos fuzilados numa execução de rua, no outono de 1943. A sua coleção foi queimada pelo fogo do levante e dissipada pelo vento que varria as ruínas da cidade, enquanto a sua alma gozava da proximidade de Deus e da companhia da alma de Benjamin Mitelman, bem como das almas de outras pessoas boas e honestas que ele ajudara comprando suas obras de arte até o fim, ou quase até o fim dos seus dias, convencido de que iria fazer uma bela doação para um museu da Polônia livre.

Mas o último dia de sua vida foi, de certo modo, o reflexo e a síntese de todo o seu destino desde a infância. Quando menino, era muito vivo e desobediente, ao entardecer roubava as peras do pomar do pároco. Não agüentava ficar muito tempo no mesmo lugar. Assim também foi naquela manhã quando acordou inquieto e abalado. Percorria os seus quartos sem destino, saía para a varanda mesmo com a chuva, voltava à sala para logo depois aparecer no térreo, no seu ateliê, onde começava o trabalho cotidiano, de novo subia a escada até o segundo andar, percorria os quartos, um tanto insensato, como que inchado por dentro e, no entanto, vazio, estranhamente desejoso de conhecer o mundo e seus mistérios ainda por revelar.

Ao meio-dia ele entrou na adolescência. Marchou com passos elásticos e vigorosos até Ogród Saski, o que alguns dos transeuntes acharam cômico, porque viam um homem de pequena estatura, de sobretudo escuro, sapatos amarelos e bengala, que parecia um janota engraçado de uma pequena cidade da antiga província de Płock, com umas suíças cumpridas demais e cortadas obliquamente, bochechas excessivamente empoadas depois de se barbear, anéis nos dedos, engraçados passos de dançarino demasiadamente longos para as pernas curtas que pretendiam movimentar-se de forma muito máscula, com uma graciosidade e, ao mesmo tempo, com a segurança de um homem esguio e alto. Assim o alfaiate Kujawski, já mais calmo, ia visitar o juiz para trocar com ele impressões sobre a situação e talvez até convencê-lo a vender uma bela miniatura em madeira que representava 68 figuras de pessoas e animais, todas reunidas numa feira flamenga em meados do século XVII.

Mas não conseguiu chegar ao destino, porque na rua Niecała os policiais o levaram para dentro de um caminhão, e quando tentava provar que fazia calças para altos oficiais alemães, recebeu uma coronhada nas costas que o deixou sem respiração, sentiu uma tontura na cabeça e logo ficou calado. Foi assim que ingressou na idade adulta. Na prisão mantinha silêncio, e quando falava era só para consolar e acalmar os seus companheiros.

Já sabia que ia morrer encostado na parede de um prédio de Varsóvia. Conhecia o procedimento das execuções públicas que há um tempo assolavam a cidade. É óbvio que tinha medo da morte, mas a própria dignidade não lhe deixava demonstrá-lo.

Passou a noite rezando e meditando sobre o mundo. Assim começou a velhice, que ele ainda não tinha vivido, pois quando era alfaiate na rua Marszałkowska tinha apenas quarenta anos e muita esperança no futuro. Mas nesta última noite despediu-se de todas as esperanças. Saudou a luz da manhã com calma e serenidade. Este alfaiate tão comum, o mais banal homem debaixo do sol e, a dizer a verdade, bastante ridículo e fanfarrão na sua vaidade barata, talvez mesmo ingênuo, que acreditava, em segredo, que o melhor remédio para o reumatismo era dormir na cama com um gato, porque com o tempo o reumatismo passava para o gato, abandonando de vez os membros afetados da pessoa, este homem comum e simples da antiga província de Płock, que quando criança recitava "Quem é você? Pequeno polonês. Qual o teu signo? Águia branca!"[20], que não gostava muito dos judeus, que detestava os russos, que desprezava, embora temendo-os, os alemães, que pouco ou nada sabia sobre os outros homens, este alfaiate cristão, que fizera fortuna com os balotes de cheviote judaico e que depois sonhava ingenuamente em ser um mecenas de artistas, este homem, poucas horas antes da sua morte, viveu o milagre da iniciação. Chegou a ver as coisas que até então estavam veladas, vê-las nitidamente em seu ser, seu sentido pleno e sua transitoriedade. Mas também este milagre era um tanto banal, aliás, como tudo o que dizia respeito ao alfaiate Kujawski. Porque todo o mundo sabe que a grande sabedoria é dada às pessoas honestas quando chegam ao fim, e negada aos canalhas. Pois o que seria afinal aquela suprema e misteriosíssima sabedoria do homem senão chamar

---

20. Poema popular polonês recitado para ensinar patriotismo às crianças.

de bom o que é bom e de mau o que é mau? E foi justamente nisso que um alfaiate comum, porém excelente em seu corte de tesoura, tinha superado muitos filósofos e profetas posteriores. Mas mesmo se não fosse tão excelente em corte de tesoura, ele iria superá-los, porque levava em seu coração a medida da justiça, da bondade e do amor ao próximo. Quando morria encostado numa parede de um prédio de Varsóvia, morria com muita dignidade, morria bonito, perdoando antes de morrer aos seus assassinos, porque sabia que eles também iriam morrer e a morte não os livrará da infâmia. Perdoou a todos os homens e ao mundo todo, que em sua opinião estava mal organizado e contrariava os planos de Deus. Ele queria um mundo em que cada ser humano fosse livre, independentemente da sua raça, nacionalidade, religião, forma do nariz, modo de ser ou número do sapato. Até neste número do sapato ele pensou naquela hora, porque as categorias filosóficas lhe eram alheias e ele servia-se de suas inúmeras observações, talvez até banais ou insensatas, feitas do ponto de vista de um alfaiate que tira medidas para fazer calças. Mas o que isso importa se ele acabou sendo mais perspicaz do que aqueles salvadores proféticos e consertadores do mundo que viriam depois dele e que iriam de novo contar os ossos das pessoas, investigar a sua origem, senão a de raça mas a de classe, colocar-lhes coleiras como se coloca coleiras nos ursos para que dancem sempre ao ritmo da harmônica vitoriosa de uma *troika* poderosa de Gógol, galopando desenfreada pela Europa toda.

Ele morreu junto à parede de um prédio, e, quando os verdugos atiraram o seu corpo em cima de um caminhão e o levaram, uma mulher ensopou um lenço no sangue do alfaiate, que estava coagulando no passeio, e o levou como um selo do martírio humano.

Foi assim que ele entrou no panteão dos heróis nacionais, embora nunca o tivesse desejado, e nem no seu último instante lhe passou pela cabeça que poderia ser um herói. Ele sabia, nesse último instante, que era um homem honesto, que queria bem ao mundo, aos próximos, à Polônia que ele amou a seu modo de homem simples ao longo de toda a vida. Mas não sabia que seria um herói, e se soubesse pediria, com certeza, que o tirassem da lista. Mas já era tarde! Contrariando os seus ideais de liberdade e zombando da sua vida simples de alfaiate, exaltaram e levaram aos altares a sua morte como exemplo e modelo. Mas nunca ficou esclarecido até o fim em que consistia esse exemplo. Pois foi para passear em Ogród Saski que ele tinha saído para a rua. Seria esse passeio um exemplo? Ou talvez o seu modo de usar a tesoura? Ou o seu amor pelos falsos anéis heráldicos? Isto nunca foi esclarecido. Somente a sua morte ia contar, como se a morte, separada da vida que a antecede, tivesse algum significado.

XI

— Caro companheiro Stuckler, eu não viria aqui se fosse para discutir sobre uma judia qualquer.

— Ele é um bom informante — respondeu Stuckler. — Passou alguns anos no meio de judeus de Varsóvia e chegou a conhecê-los bem...

— Pode ser que sim, mas, companheiro Stuckler, esta pessoa pertence ao círculo dos meus velhos amigos.

Stuckler alisou seus cabelos nas têmporas. Levantou os olhos calmos e meio sonolentos para Müller.

— E se ela for mesmo viúva de um oficial polonês? — disse com a voz suave. — Talvez não seja tão grave se ela ficar conosco.

— Eu não vim aqui por causa da viúva de um oficial polonês, mas por causa de uma amiga — disse Müller com ênfase. — Vocês não têm nada contra essa mulher. Ela veio parar aqui por engano.

— É possível — disse Stuckler, e pegou o telefone.

Com a voz baixa, deu ordem para que trouxessem Maria Magdalena Gostomska. Colocou o telefone no gancho e disse a Müller.

— Companheiro Müller — disse. — Eu o admiro. Vivo nesta cidade há apenas poucos meses e já me sinto cansado.

É preciso ter um caráter especial para se habituar a este ambiente polonês.

— Tantos anos — respondeu Müller —, quase a vida inteira passei aqui. Eles não são dos piores. Aqui entre nós, alguns deles estão hoje um pouco desiludidos.

— Desiludidos? — repetiu Stuckler lentamente.

Müller balançou a cabeça pensativo.

— Aqui havia muitos que ao longo de dezenas de anos contavam conosco. Sentiam-se mais próximos de nós do que dos moscovitas. Aqui é comum chamar os russos de moscovitas. Eu fico longe da política, companheiro Stuckler, mas não me parece que essa atitude tão severa em relação a eles seja correta. Sobretudo neste momento, diante dos acontecimentos da guerra.

— Mas eles são eslavos — disse Stuckler.

Müller tossiu. Como é que ela vai se comportar?, pensou. Será suficientemente esperta para entender o nosso jogo? Sentiu o seu pescoço molhado. Estou apostando alto, mas ela tem que apostar mais alto ainda. Que seja boa neste jogo.

Stuckler sorriu pálido.

— Uma cidade horrível — disse. — Cidade selvagem. Daqui a uma semana estou saindo de férias.

— Para onde? — perguntou Müller. Sua língua ficou rija.

— Para casa — respondeu Stuckler. Sou de Saalfeld, na Turíngia.

— Uma região muito bonita — disse Müller.

Stuckler balançou a cabeça e fechou os olhos.

É preciso levantar-se rapidamente da cadeira. Falar muito e alto. Aproximar-me dela com um grito de surpresa e de alegria. E se ela não falar alemão? Nesse caso não poderia falar polonês com ela...

— Gosto de montar — disse Stuckler. — Faço excursões a cavalo. É muito tranqüilizante.

— Aqui também?

— Infelizmente muito pouco. Aqui não tenho muito tempo livre e não posso me permitir muitos divertimentos.

— É o serviço — disse Müller com um suspiro. — Na realidade aqui também é a linha de frente.

— Sim, é a linha de frente — confirmou Stuckler.

Será que vão trazê-la junto com um intérprete? Cometi um erro. Não perguntei se ela fala alemão. Se eu falar com ela em polonês, vai levantar suspeitas. Sei pouco sobre essa mulher.

— Mas agora vou descansar — disse Stuckler. — Talvez até tomar banhos medicinais. Você sabia, companheiro Müller, que na minha Saalfeld há muitas fontes de água mineral?

— Não sabia — respondeu Müller. — São boas para as doenças de estômago?

Vou me levantar da cadeira e dizer em voz alta que me sinto ofendido. Por que não se referiu a mim, minha senhora?

— Também — respondeu Stuckler. — Mas antes de tudo fortalecem o organismo. Ultimamente sinto-me esgotado. Devem ser os nervos.

— Não me surpreende, companheiro Stuckler.

A porta se abriu e Müller sentiu uma fraqueza como se fosse desmaiar. Entrou uma loura bonita, de terninho cinzento, elegante, magra, de rosto pálido e enormes olhos azuis. Atrás dela apareceu um homem forte da SS. Müller levantou-se.

— Como não mandou chamar o velho Johann Müller, minha senhora?! É difícil entender!

Jesus Cristo, rezava ele ao mesmo tempo, Jesus Cristo!

— Eu sabia que era um engano, senhor Müller — respondeu ela, com calma e num alemão fluente. — Eu não quis incomodar o senhor.

— Minha querida senhora Gostomska! — exclamou.

Não olhava nos seus olhos, mas um pouco acima da sua cabeça, com medo de que algo terrível pudesse acontecer.

Stuckler estava imóvel, sentado à mesa. De repente disse:
— A senhora se chama Gostomska? É viúva de um oficial polonês?
— Exatamente — respondeu.
— Os enganos acontecem — disse Stuckler. — Mas nós corrigimos os nossos enganos.

Na rua, ele lhe deu o braço. Andavam rápido, com passo cadenciado. Um homem baixo, de cabelo grisalho, faces rosadas, e uma mulher bela, magra e alta.
— Não entendo nada — disse ela. — Me sinto um pouco fraca.
— Podemos falar em polonês — respondeu. — Na rua Koszyczkowa há uma confeitaria, vamos lá.

Pareciam um casal estranho num passeio estranho, andando rápido demais. Ele contou-lhe como tinha chegado até Stuckler.
— Meu Deus — suspirou Irma Seidenman. — Quase não me lembro do senhor Filipek.

Pareceu-lhe que ia de braço dado com o seu marido, o doutor Ignacy Seidenman, porque na verdade foi ele que a tirou da gaiola da Gestapo. Müller sentiu em sua mão o toque da mão dela.
— Fico-lhe muito grata — disse baixinho, e ele sentiu um deleite. — Nunca me esquecerei do dia de hoje. E nunca mais, nunca na minha vida entrarei na avenida Schuch.

Talvez ela tivesse razão quando dentro da gaiola pensava na sua existência como recordação do mundo, apenas recordação. Se a vida fosse só o que já passou, ela teria direito de supor que nunca mais ia entrar na avenida Schuch e que este dia de abril ia ficar gravado para sempre em sua memória. Mas a vida é também o que ainda não aconteceu. É um movimento penoso para a frente, até o fim do caminho. Ao longo dos próximos 25 anos, ela pisaria diariamente a avenida Schuch e até entraria no edifício em cujo subterrâneo encontravam-se as celas. E quase nunca pensaria naquele dia de abril, naquela noite passada atrás das grades, quando aguardava a morte por causa de uma cigarreira idiota com as iniciais I.S. Diariamente entraria no edifício do ministério, onde ocuparia um cargo importante e nem se lembraria de que neste edifício havia um museu do martírio, e quando as circunstâncias lhe recordavam isso sentia repulsa. A sua vida era o que já foi cumprido, mas não só o que foi cumprido até o fim, era antes o que ainda não fora cumprido até ao fim, mas que estava se cumprindo. É nisso que estava pensando. Só isso absorvia a sua atenção. Ela tinha freqüentemente sonhos cansativos, mas não eram sonhos sobre a guerra ou sobre a ocupação, nem sobre o doutor Ignacy Seidenman que ainda existia em sua memória, nos seus mais afastados esconderijos, mas não mais como marido, e sim como signo e símbolo de um passado há muito enterrado sob as cinzas, um signo do que é bom e precioso e do que outrora preenchia a sua vida para depois ficar na sombra, cedendo sob a pressão de tudo que ia se cumprindo lentamente no sofrimento, na expectativa, na amargura, porém este sofrimento e esta expectativa davam sentido a tudo, preenchiam todos os pensamentos de Irma Seidenman, porque ela era uma mulher ativa, ambiciosa, inteligente, porque quis moldar a realidade com as suas próprias mãos, sentir na ponta dos dedos a rugosidade das coisas, mas também a lisura que não lhes faltava, principalmente nos momentos em que finalmente algo acontecia para dar lugar ao que ainda estava para acontecer.

Às vezes, surpreendia-se ao perceber que tinha dentro de si um instrumento peculiar, que ressoava mal, feito um violino rachado. Talvez, pensava muitos anos depois, já estando velha, talvez o violino tenha rachado nos tempo da guerra, justamente naquela noite passada na prisão ou ainda antes, no verão de 1938, quando soube de madrugada, por telefone, que seu marido, o doutor Ignacy Seidenman, havia morrido. Algo soava falso neste instrumento, e Irma sabia disso muito bem, porque tinha um sentido muito musical da existência. Quando penteava seu cabelo cinzento e manchado como se fosse sujo, o que muitas vezes acontece às louras muito claras com o avanço da idade, e quando olhava no espelho o seu rosto enrugado, num quarto bonito, ensolarado, na avenida de La Motte-Picquet, ou quando folheava os jornais num terraço de café da avenida Bosquet, onde quase todo dia tomava *citron pressé*, sozinha, velha judia nas ruas de Paris, quando isso acontecia, trinta anos depois que Stuckler permitira que deixasse o edifício da Gestapo acompanhada do velho Müller, não se lembrava de Stuckler nem das grades daquela gaiola, mas apenas de uma sala não muito grande do seu escritório com uma mesa cor de mel escuro, dois telefones, um vaso com uma palmeira junto à janela, um tapete, poltronas revestidas com uma imitação de couro, lembrava-se muito bem dessa sala, bem como do rosto da sua secretária, senhora Stefa, mas antes de tudo lembrava-se daqueles três homens grosseiros e sarcásticos que apareceram num dia de abril de 1968 para tirá-la de sua sala. E já velha, nas ruas de Paris, não se lembrava, ou não quis se lembrar, de que uma vez nos tempos da guerra, no mesmo edifício, ela havia repetido obstinadamente: "Eu me chamo Maria Magdalena Gostomska, e não Seidenman! Sou viúva de um oficial, não sou judia!" Não se lembrava disso, mas lembrava-se muito bem de um outro acontecimento que ocorreu no mesmo prédio, talvez até no mesmo andar, disso não tinha certeza, um acontecimento bem diferente, quando em tom aspérrimo disse àqueles três homens sarcásticos e inflexíveis que não ia falar com eles, que falaria apenas com os seus superiores, pessoas responsáveis por este país, que certamente iriam entender a situação dela, sua postura, independentemente desse fato idiota de ela chamar-se Gostomska-Seidenman, Irma Gostomska-Seidenman. Aqueles três balançaram a cabeça, e um deles disse: "Está bem! Para que perder tempo..." Ela pegou a bolsa, mas quando quis levar a pasta com os documentos que ainda não tinha olhado, o que costumava fazer ao sair do escritório para trabalhar ainda um pouco mais em casa, um dos homens disse com ênfase que devia deixar os documentos, que não havia razão para levá-los. "Já acabou!", disse ele. E tinha razão. Acabara mesmo. Mas anos depois percebeu que aquele instrumento interior estava estragado, ouvia dentro de si uma nota falsa, porque Stuckler aparecia como uma sombra quase invisível, Stuckler era um fantasma, um símbolo, um incidente, enquanto aqueles três que apareceram outrora e não lhe deixaram levar a pasta, bem como a senhora Stefa, que virou a cabeça para a janela quando ela atravessava a sala acompanhada pelos três homens, eles eram a realidade, a vida cumprida até o fim, porém interrompida inesperadamente, num só instante, de uma forma brutal e indigna. Era só isso que lembrava. Não lembrava de Stuckler, de Müller, do senhor Filipek, de Pawełek, nem do doutor Adam Korda, mas só lembrava daqueles homens no seu escritório, da silhueta da senhora Stefa com a janela no fundo, como também dos rostos inchados, intumescidos e antipáticos dos seus interlocutores logo depois, as mãos dos funcionários da alfândega mexendo na sua bagagem, nos seus documentos, livros, cadernos, só se lembrava disso olhando-se no espelho no seu quarto da avenida de La Motte-Picquet, uma mulher velha, uma judia solitária em Paris, que sentia na garganta a Polônia como se ela fosse um tampão, uma mordaça. Às vezes dizia para si mesma: "Sou injusta. Era a minha pátria, portanto sou injusta!" Mas logo, esforçando-se para engolir o *citron pressé*, prosseguia aliviada: "Por que tenho que ser justa se sou uma velha, uma mulher lesada, a quem tiraram tudo só por que se chamava Irma Seidenman?". E então já não quis mais ser justa. Mas cada qual a quem Deus fez sofrer uma desgraça tem o direito de ser injusto.

Quando caminhava em direção à rua Koszykowa, apoiada no braço de Johann Müller, ainda não sabia que no decorrer dos próximos 25 anos iria atravessar diariamente o portão do edifício da avenida Schuch, e que mais tarde iria deixá-lo de modo paradoxalmente cômico e lamentável, porque ali, onde agora a sua origem judaica ia ser motivo de sua retenção para sempre, e que depois a mesma origem judaica seria o motivo da demissão, assim como a sua presente identidade polonesa fez com que saísse, a mesma identidade seria depois certamente razão para permanecer. Quando caminhava apoiada no braço de Johann Müller, ainda não sabia que trinta anos depois, ao pentear seu cabelo cinzento num quarto da avenida de La Motte-Picquet, seria uma personagem trágica, mas trágica de modo bem diferente do que agora, na esquina da rua Koszykowa, ao escapar por milagre da morte no prédio da Gestapo da avenida Schuch. Ela não sabia de tudo isso e nem conhecia ainda os seus pensamentos, sentimentos, sonhos que só mais tarde viriam ao mundo completamente outros, sem quaisquer laços com a realidade em que os dois — Irma e Müller — estavam imersos quando entraram numa pequena confeitaria, sentaram a uma pequena mesa e pediram dois bolos a uma garçonete alta, morena, que o senhor Müller tratava por "prezada senhora!", porque ainda há pouco tempo atrás ela era a mulher de um escritor famoso e uma pianista conhecida na Europa, mas em breve seria o cadáver de uma mulher anônima enterrado sob os escombros.

— Não consigo engolir nada — disse Irma Seidenman, e afastou o pratinho com o bolo. — Só agora senti fraqueza.

— Sou burro mesmo — disse Müller. — Há dois dias que a senhora não come nada e eu estou lhe oferecendo bolo.

— Não estou com fome — respondeu. — Estou como que... cheia. Não sei explicar.

— São os nervos — disse Müller. — Amanhã já vai estar tudo em ordem. Tem que dormir e esquecer...

— Impossível, não vou conseguir dormir. Agora não quero ficar só...

— Talvez a senhora preferisse ficar com seus amigos ou conhecidos.

— Não, não... Aliás, não sei direito. Estou completamente confusa...

— Vou comunicar a Filipek que está tudo em ordem.

— Eu o conheço tão pouco. Mas claro que sim. Eu quero agradecer a ele de todo o coração.

De repente desfez-se em lágrimas. Baixou a cabeça, as lágrimas escorriam-lhe pelo rosto. Müller disse baixinho:

— Chore, chore.

A pianista de cabelo escuro aproximou-se e, compadecida, afagou os cabelos da Irma, como se faz a uma criança.

— As lágrimas são necessárias — disse. — Mas vou trazer-lhe algo infalível.

— Infalível? — perguntou ela. — Meu Deus!

Tirou um lenço do bolso e limpou o rosto. Depois assoou o nariz fazendo barulho, como se não fosse uma elegante e culta viúva de um médico ou de um oficial de artilharia. A garçonete pôs na frente de Irma um copo com um líquido marrom, e disse:

— Beba.

Irma Seidenman bebeu.

— Muito forte! — exclamou sorrindo.

A garçonete acenou com a cabeça.

— A senhora está vendo! Estas são as minhas "gotas anti-Gestapo".

— Eu também gostaria de provar — disse Müller. — Espero que a senhora me permita.

— Claro que sim — disse a garçonete.

O tempo passava. Müller telefonou para o ferroviário Filipek. Comunicou-lhe que a senhora Gostomska já estava se sentindo bem e que tudo foi bem sucedido. Voltou à mesa. Tomou mais um copo de "gotas anti-Gestapo". Ouviu Irma Seidenman contando sobre a sua estada na gaiola da avenida Schuch. O tempo passava. Já não eram dois estranhos. Se eu fosse vinte anos mais novo e os tempos fossem outros, iria apaixonar-me por esta mulher, pensava Müller. Mas agora basta que ela esteja a salvo. De repente deu uma gargalhada. Irma Seidenman o olhou surpresa.

— Pensei — disse ele — como tudo isso é extraordinário. Como extraordinária é a minha vida. Não a incomoda o distintivo do partido na lapela do meu casaco?

— Mas eu sei quem o senhor é — respondeu.

— Mas isto não é nenhum baile de máscaras, minha senhora. Isto é verdade. Eu sou alemão, um verdadeiro Johann Müller. A senhora entende?

— Entendo — respondeu com calma. — Nem todos os alemães são iguais. Todo mundo sabe, senhor...

— Hoje todo mundo sabe, mas se a guerra continuar, se toda essa indecência continuar, os poloneses vão esquecer que nem todos os alemães são iguais. E quem eu serei então? O que será de mim?

— O senhor não está falando sério — respondeu Irma Seidenman. — Aqui há centenas de pessoas que o conhecem. Não precisa ficar com medo...

Müller franziu as sobrancelhas.

— Eu não tenho medo de ninguém, minha senhora. Medo? Não, não é medo! Eu estou pensando de onde sou. A que lugar pertenço? Aqui ou lá? E o problema não é meu, porque eu sei que sou daqui. Mas será que depois da guerra, na Polônia independente, as pessoas também vão achar natural que eu seja daqui? Será que depois de tudo o que está acontecendo entre alemães e poloneses, os poloneses vão, apesar de tudo, me considerar alguém daqui?!

— Mas claro que sim — disse Irma Seidenman, embora tivesse sentido, de repente, uma incerteza, ou antes, um medo da injustiça, cujo alvo podia vir a ser este homem.

— A senhora sabe — disse Müller — que o marechal[21] me chamava "meu Hansio gorducho", e quando se dirigia a mim dizia "Hansio"? Sabe que eu conheci o marechal há mais de quarenta anos, que eu levava os seus panfletos de Łódź para Varsóvia? O marechal dizia: "É Hansio quem tem que ir. Ele faz todo moscovita de bobo..." Meu Deus, há quanto tempo!

— E o senhor fazia de bobo os moscovitas? — perguntou ela. — Assim como hoje fez de bobo Stuckler?

Ele passou a mão pelo rosto corado. Ficou pensativo.

— A noite inteira pensei — disse ele — em como tratar com Stuckler... A senhora pode achar estranho, mas com ele foi fácil! Com os moscovitas não era assim... Stuckler é alemão. Não há em Varsóvia quem conheça mais os alemães do que eu. Aparece em seu escritório o companheiro Müller, diretor de uma grande oficina mecânica, funcionário do Rüstungskommando. Aparece então no escritório e diz que uma conhecida sua foi levada da rua por um judeu por ser suspeita de ser de origem semita. Stuckler é alemão e os alemães são retos. Se a senhora me permitir, eu diria ainda mais. Os alemães são chatos como uma tábua! Sem imaginação, sem falsidade, sem hipocrisia. Mandaram Stuckler matar judeus, então ele mata. Se lhe ordenassem a respeitar judeus, então ele iria beijar a mão da senhora e servir-lhe o melhor conhaque francês. Disciplina, precisão, honestidade em todas as tarefas. No trabalho de bandido também, infelizmente! O que ele pensou então quando apareci e lhe disse que a minha conhecida, senhora Gostomska,

---

21. O marechal Józef Piłsudski (1867-1935) era comandante das legiões polonesas na luta contra a Rússia czarista. Em 1919 tornou-se chefe de Estado e do Exército da Polônia independente.

viúva de um capitão, etc., etc.? Pensou que havia ocorrido um engano, que era preciso libertar a senhora e dar algumas pauladas no denunciante.

Irma Seidenman já estava tranqüila e ouvia as palavras de Müller com a cabeça levemente inclinada e com atenção, como se ele contasse uma história interessante, mas que não tinha nada a ver com ela.

— Sim — continuava Müller —, toda a noite pensei em como deveria ser o meu jogo. De uma coisa tinha certeza: de que era preciso jogar com desenvoltura, sem hesitações, sem pensar. Estava com medo que a senhora não entendesse e desse um passo errado. Mas ele é alemão. Com um alemão a gente iria conseguir mesmo se houvesse complicações. O alemão não é moscovita, minha senhora, não é moscovita. Se eu tivesse que tratar com um daqueles, seria bem diferente. Elegante, de cintura fina como uma moça para casar, delicado, bem comportado. Ágil. Ligeiro. Afável. "Que prazer receber sua visita, Ivan Ivanovitch!" Seria esse o começo, minha senhora. Conhaque, é óbvio. Digo que assim ou assado. Ele ouve educadamente. Sorri. Tem mãos delicadas, mãos de mulher. Movimenta-as sobre a escrivaninha, e na escrivaninha nenhum papel, nenhum documento qualquer, nada. Eu falo, ele ouve. Eu terminei, ele fica calado. Sorri e não diz nada. O que num momento desses pensa um alemão, eu sei muito bem! Ele hesita, pois o caso da senhora já foi protocolado, já tem uma pasta na prateleira, mas, por outro lado, o diretor Müller diz que foi cometido um erro, um erro precisa ser reparado, os alemães não cometem erros, não é o estilo deles. O que pensa um alemão, eu sei muito bem. Mas o que pensa um moscovita, não faço idéia. Ninguém sabe, nem outro moscovita. Ficamos em silêncio. Então começo tudo de novo. Ele ouve educadamente. Olha para as próprias unhas. "Caro Ivan Ivanovitch, a conversa está tão agradável." Finalmente ele diz: "Um momento, Ivan Ivanovitch, já vamos lhe mostrar essa tal Seidenman!" E novamente oferece conhaque. Depois entra uma mulher, talvez também uma loura, talvez também de olhos azuis, mas não a senhora, uma outra pessoa. Ele observa. Eu faço a minha pequena encenação, ele sorri. Depois ele diz a essa mulher: "Obrigado, Niura, a senhora pode voltar a sua sala". E dirige-se para mim com a cara triste, preocupação no olhar, prestes a chorar: "E para que, meu caro Ivan Ivanovitch, esse desgosto mútuo? Por causa de uma judia? Repense este assunto, Ivan Ivanovitch, senão vamos ficar de mal..." E enquanto balbucio uma resposta qualquer, ele, de repente, deixa de ser elegante, efeminado, brando, manso e se revela uma besta, um tigre, tira um chicote do armário e estala sobre o meu pescoço, vai bater ou não, mas berra terrivelmente, repete com prazer os mais obscenos palavrões, joga o conhaque na minha cara, seus olhos são escuros, estreitos com fendas, continua balançando o chicote e ameaçando com a *kibitka* e com a Sibéria, "vou te algemar, seu filho da puta!", "você vai morrer no degredo, seu safado!", mas pouco depois já está sentado de novo à mesa, um sorriso suave, caloroso, volta a oferecer conhaque, afaga a minha mão: "Vamos esquecer tudo isso, senhor Ivan Ivanovitch, mas eu lhe peço, nunca mais, nunca mais..." E por fim, acompanhando-me até a porta, diz com uma expressão melancólica no rosto: "Eu amo as pessoas, Ivan Ivanovitch, e o meu coração sangra quando lhes acontece injustiça, acredite. Mas esta é uma ordem superior, uma ordem superior. Eu procuro, por assim dizer, as justificativas filosóficas, mas muitas vezes não as consigo encontrar. Se um dia o senhor passar por aqui, poderíamos conversar sobre esses problemas. Eu preciso de uma alma amiga, a companhia de uma pessoa sensata que tenha pensado em tudo isso..." E assim iria terminar, na melhor das hipóteses, o nosso caso com um moscovita, minha senhora...

Irma Seidenman ouvia esta história de longe. Agora que o tempo passava, ela estava de novo mais próxima da gaiola da avenida Schuch, daquela noite de um grande exame de consciência e de expectativa. Talvez por isso, quando Müller terminou, ela tenha dito:

— Mas os moscovitas são diferentes, bem diferentes. Eu tenho muito mais medo da Gestapo.

— Não há como negar, minha senhora — respondeu Müller. Ele ainda quis acrescentar algo, mas ficou calado. Uma corrente de pensamentos desagradáveis veio para dominar e arrastá-lo. Eram pensamentos dolorosos porque sentiu como nunca a sua ligação com os alemães, a sua identidade alemã. E era um peso que o esmagava. Falta-nos um pouco de loucura, pensou, somos muito sóbrios. Talvez por isso eu tenha vindo parar aqui, no meio dos poloneses, porque sempre houve em mim essa ponta de loucura, esse galope da fantasia alheia a um verdadeiro alemão. Tocado pela loucura ele deixa de ser alemão, renuncia ao seu sangue e ao seu chão nativo. Ser melhor em todos os domínios, ser inalcançável — eis a ambição alemã. Compor as mais belas obras, trabalhar de forma mais produtiva, filosofar de forma mais sábia, possuir o mais possível, matar com a maior eficiência! Sim — pensava ele com dor e amargura — é isso a verdadeira loucura. Loucura não é a liberdade exagerada dos atos ou pensamentos, não é viver a vida como uma dança ou uma canção. Na ambição lúcida, no esforço incansável de serem os melhores em tudo é que se manifesta a loucura alemã. Esta mulher tem razão. Nada é mais cruel. Nenhuma hipocrisia moscovita pode se igualar a essa retilínea e sólida paixão de liderar que marcou a mente alemã. Ela tem razão. A hipocrisia do moscovita é terrível e destruidora, mas ela nunca é perfeita, sempre é possível encontrar uma falha, uma fenda em que apareça um pouco da alma humana. Se um dia a história impusesse aos alemães o dever da hipocrisia, seriam os maiores hipócritas sob o sol. Meu Deus, quanto sofre um alemão como eu, um alemão inacabado, moldado não do jeito alemão, com uma falha no coração, um alemão que vê tudo através da experiência eslava, um alemão contaminado com a bendita doença da polonidade, que é bela por ser imperfeita, incompleta, incerta, sempre à procura, desordenada, caprichosa, insubmissa, bem como um louco levado pela mão por um anjo.

— Seguramente a senhora tem razão — disse ele a Irma Seidenman, que com os seus pensamentos estava em outro lugar e nem ouvia a sua voz —, seguramente a senhora tem razão, porque ao moscovita falta a perfeição, ele sempre carece de alguma coisa, sempre negligencia algo, por isso todo esse esforço empregado para conseguir um poder absoluto sobre as pessoas acaba em fiasco. Mas o pior é que aqui vocês sempre vão ficar entre a foice e o martelo.

Curvado sobre a mesa, de súbito estranhamente envelhecido e triste, percebeu que tinha dedicado grande parte de sua vida a uma causa sem qualquer chance de sucesso. Não era o seu futuro que o preocupava, mas o futuro deste país em que tinha depositado todas as esperanças da sua juventude e da idade adulta. De repente, o seu próprio destino lhe pareceu insignificante. E não estava enganado. A Providência acabou sendo bastante favorável com ele. No outono de 1944, ficou nas ruínas da cidade. Ouvia os disparos dos canhões russos do outro lado do Vístula, cada vez mais pertos, e estava com muito medo do encontro com aqueles que de novo, como há trinta anos atrás, iam lhe dizer com um falso sorriso: "E então, Ivan Ivanovitch, voltamos à nossa velha casa..." Em nenhum momento acreditou na transformação da alma russa, nem no comunismo russo, nem na estrutura revolucionária da Rússia. O comunismo era-lhe estranho, até mesmo repugnante, porque, em primeiro lugar, a sua mente socialista não enxergava nele nada do movimento operário que ele conhecia desde a sua juventude, que amava e respeitava, e, em segundo, este comunismo estava contaminado pelo espírito russo, no fundo era a

Rússia tirânica, sombria e intratável na sua relação asiática com as pessoas, na sua relação submissa com o mundo, na sua misteriosa melancolia e crueldade.

Müller fugiu de Varsóvia e da Polônia não porque se sentisse alemão ou porque estivesse ligado ao Reich alemão de Adolf Hitler, mas porque tinha pavor dos moscovitas, da Sibéria, do chicote e da servidão. Ainda ia viver e sofrer muito, homem já idoso, privado de todas as ilusões, um náufrago sem pátria, jogado em outras paisagens. Ele deixou na cidade de Łódź os túmulos dos seus pais alemães e também dos seus companheiros judeus e poloneses. Estava ainda mais só por não se ter identificado com os outros alemães que ao fugirem na onda dessa migração dos povos em conseqüência da nova divisão da Europa, em que se deslocavam as fronteiras como se deslocam os móveis da casa, fixaram-se finalmente na Baviera. Todos aqueles que se consideravam expulsos dos seus lares continuavam sentindo-se alemães, alemães injustiçados, com o que Müller nunca ia concordar, uma vez que ele próprio sentia-se só um pouco alemão e continuava se sentindo um pouco polonês. Por vezes tinha pena dos seus conterrâneos alemães, mas não os absolvia nem os considerava vítimas do curso da história, e sim os responsáveis por Hitler e por todo esse mal que se espalhou pela Europa em conseqüência da guerra. Vivia então só, tirando os primeiros anos de escassez, sem preocupações materiais, mas taciturno e incompreendido, sempre com a cabeça virada para a Polônia, cujos novos sofrimentos o enchiam de tristeza. Sentia-se impotente e ridicularizado pelo curso dos acontecimentos, um navio encalhado longe do seu porto. Os poloneses que encontrava depois da guerra não o conheciam, e por isso não eram nada abertos nem amigáveis. Havia noites em que Müller desejava muito voltar a ser alemão e encontrar consolo e alívio nas suas origens germânicas. Naqueles momentos, ele juntava na memória todos os defeitos, insuficiências, erros e pecados poloneses. Poderia fazer uma longa lista deles, como qualquer um que amasse de verdade esta Polônia. E era por isso que se sentia, mesmo contra a sua vontade, cada vez mais um patriota polonês, pois conhecia bem as fraquezas, imperfeições e a manhosidade polonesas, conhecia os desequilíbrios e idiotices, todos aqueles esnobismos e trapaças, xenofobias, miragens e mitos poloneses. Ele conhecia tudo isso melhor do que os verdadeiros poloneses, porque sempre existia uma finíssima divisória, uma teia de aranha de genes da tradição alemã do seu pai e do seu avô, que o separava da Polônia. Então, ele contava os pecados poloneses para, como acreditava, se afastar da Polônia, desgostar-se dela, cavar um abismo intransponível entre si e a Polônia para mais facilmente reencontrar-se no chão do seu geneticamente herdado germanismo. Mas logo deixou de fazer isso, percebendo que o método era ineficiente. Quanto mais crítico era Müller em relação à Polônia, tanto mais forte ficava a sua saudade dela, tanto mais a amava. O seu amor aumentava ainda mais quando pensava que não podia, como outrora, participar da vida polonesa, e, enquanto a Polônia sofria, ele passeava despreocupado no meio das magníficas paisagens dos Alpes, nada lhe faltava, matava a sede com excelente cerveja e a fome com excelentes pratos de comida, morava numa casa bonita e confortável e, acima de tudo, era livre, dono dos seus atos e de seus pensamentos, fazia o que bem queria sem ninguém meter o nariz na sua panela, sem ninguém monitorar a sua cabeça ou seu coração, porque na Alemanha começavam os tempos da democracia, tão sólida, séria e abrangente como só na Alemanha era possível. Assim, também a democracia alemã não deixava Müller em paz, porque trazia de novo a tirania da perfeição, sem a qual os alemães não conseguem viver. Voltou a pensar, como naquele dia, há anos, numa confeitaria da rua Koszykowa, que o germanismo é a vontade de levar tudo à perfeição, de mostrar em tudo senão a perfeição, pelo menos o desejo dela. Portanto, ele não se sentia bem de novo, faltava-lhe aquela incompletude, indefinição, incerteza das coisas e dos pensamentos, em que se revela a fragilidade da natureza humana, sua eterna busca de algo inominável e indizível.

Quando já estava muito velho e adoentado, passando horas na varanda da sua casa nos Alpes, pensava muitas vezes — com uma satisfação sarcástica — que os alemães voltaram a ser plenamente alemães, levando o seu americanismo à perfeição no ocidente e, no leste, o seu sovietismo. O velho Müller balançava a cabeça meditando sobre o seu destino estropiado, e quando chegou a hora de morrer apareceu-lhe a cidade de Łódź, rua Piotrkowska, e ali uma manifestação socialista; no meio da multidão, um jovem Johann Müller entre companheiros poloneses, judeus e alemães, todos gritando "Viva a Polônia!", e avançando corajosamente em direção aos cossacos montados, agrupados no fim da rua, prontos para atacar, com os sabres e os chicotes levantados por sobre os pescoços dos cavalos.

XII

Tocou a campainha. Pawełek olhou o relógio. Eram quase nove horas. A mãe de Pawełek lançou um olhar inquieto ao filho sentado à mesa com um livro na mão, escutando o silêncio após o toque da campainha, o silêncio da noite numa casa vazia, isolada do mundo por cortinas negras de cartolina e reposteiros vermelhos. Agora só o relógio de caixa, o carrilhão fabricado por Gustav Becker, cujos pesos e correntes dourados brilhavam por detrás do vidro, fazia um tique-taque baixinho num canto da sala. Sobre a mesa ardia uma luz azulada do candeeiro a gás engastado numa coroa de metal. Os dedos de Pawełek moveram-se sobre o livro e os seus olhos voltaram-se novamente para o relógio que estremeceu no interior do seu mecanismo para logo depois começar a anunciar as horas com as nove batidas cadenciadas.

— É o toque de recolher — disse a mãe soçobrando.

Os dois se levantaram e olharam um para o outro.

— Eu abro — disse ela. Era uma mulher bonita, de feições delicadas, expressivas, parecendo um antigo camafeu. Agora estava com medo, um medo conhecido há alguns anos atrás, que a paralisava quando ouvia a campainha tocar, os passos na escada, as palavras ditas em alemão. O seu marido, oficial da campanha de setembro[22], estava num campo de prisioneiros de guerra. Todos os dias observava seu filho e ficava apavorada ao perceber que a sua silhueta tornava-se cada vez mais máscula, mais esguia. Queria que ele continuasse criança, mas como isso era impossível, desejava que tivesse alguma deformidade física, pequena mas visível, talvez uma perna mais curta ou braços tortos, mas o que a deixaria mais contente seria se ele tivesse se tornado anão por algum tempo. Mas ele não tinha nada de anão, e era, sim, um jovem forte e bem-apessoado. Em breve ia completar dezenove anos. Falava pouco com a mãe e pouco tempo passava em casa. Andava com jovens altos e fortes, e ela tinha certeza de que o seu Pawełek estava conspirando, tramando alguma coisa contra ela, expondo sua vida a um perigo, por isso tremia de medo, amor e ódio. Arrependia-se da sua imprudência e tagarelice, todos esses contos de fada e lendas polonesas com que há anos enchia a cabeça do menino. Arrependia-se daqueles poemas e orações, canções e memórias de Mickiewicz[23] e Grottger[24], de Piłsudski e padre Skorupka[25]. Amaldiçoava todas aquelas batalhas de Grunwald[26], Byczyna[27], Psków[28], o Massacre de Praga[29] e Napoleão, Olszynka Grochowska

---

22. Campanha de resistência armada à invasão alemã em setembro de 1939.
23. Adam Mickiewicz (1798-1855): um dos maiores poetas poloneses.
24. Artur Grottger (1837-1867): pintor polonês.
25. Pe. Ignacy Skorupka: capelão que morreu lutando contra o Exército Vermelho, na entrada de Varsóvia em 1920.
26. Grunwald: lugar de uma importante vitória das tropas polonesas e lituanas contra a ordem alemã dos cruzados e seus aliados em 1410.
27. Byczyna: local de uma batalha vitoriosa do exército polonês contra as tropas de Maximiliano III, pretendente austríaco ao trono polonês, em 1588.
28. Psków: cidade russa sitiada pelo rei polonês Stefan Batory em 1581-1582.
29. O Massacre de Praga: tomada violenta de Praga (um bairro de Varsóvia) pelas tropas russas em 1794.

e Małogoszcz[30], as encostas da Citadela, os Dez de Pawiak[31], a fortaleza de Magdeburgo[32], o Milagre do Vístula[33], mas acima de tudo pensava mal do seu marido, há muito ausente, detido atrás do arame farpado do campo dos oficiais, mas que andava pela casa, manipulava as mãos de Pawełek quando ele dava corda ao relógio levantando os pesos das correntes, tirava os livros da estante para que Pawełek lesse, e que, sem dúvida, visitava Pawełek à noite, no sonho, para lhe falar insistentemente sobre os deveres dos poloneses. O marido ausente também a visitava à noite, mas de outra forma, sem uniforme, sem sabre, sem quepe, quase sempre completamente nu, um pouco impetuoso, cheirando a tabaco e a água-de-colônia, como há vinte anos, quando pela primeira vez ela sentiu no seu corpo o peso de um jovem soldado de cavalaria logo depois de uma batalha vitoriosa, em que ele ganhou a guerra e conquistou a sua mulher. Toda noite, ela recebia esse seu marido e, impudente e ávida, tentava prolongar a sua presença no sonho, mas durante o dia não gostava dele, tinha medo desse espírito inquieto que estava tentando Pawełek, que queria atraí-lo para o seu lado, aquela outra margem, margem perigosa, em que se reuniam homens como ele, enquanto ela, sozinha na sua margem, tremia de medo.

Pawełek saiu da sala e ela não podia vê-lo, ouvia apenas os seus passos no corredor escuro, depois o ranger do ferrolho na porta, o tilintar da corrente e, finalmente, o estalo da porta se abrindo. É o fim, pensou, é a Gestapo que veio buscar

---

30. Olszynka Grochowska e Małogosz: local da batalha de tropas polonesas contra o exército russo durante o Levante de Novembro de 1831

31. Os Dez de Pawiak: dez patriotas poloneses detidos na prisão de Pawiak, em Varsóvia, antes de 1914

32. Fortaleza de Magdeburgo: local onde os alemães mantiveram preso Piłsudski, em 1917-1918.

33. O Milagre do Vístula: vitória do exército polonês, comandado por Piłsudski, contra o Exército Vermelho, que em 1920 invadiu a Polônia.

Pawełek. Manteve-se imóvel, uma mulher bonita, madura, de cabelo claro caindo na testa, grandes olhos azuis, dedos finos, entrelaçados num gesto de medo. Ouvia o pulsar do sangue nas têmporas e pensou que esta provação ela não ia suportar, que Deus não deveria castigar um homem com tanta severidade e exigir que continuasse vivo.

Ouviu do corredor uma voz estranha de homem falando em polonês, uma voz alegre e desembaraçada. Apareceu Pawełek com uma menina logo atrás, trazida pela mão pelo homem alto e moreno, de rosto marcado pela vida desregrada. "Você é uma idiota, Elżbieta", disse a si mesma, "você é uma idiota!" Só então ela se lembrou que hoje, amanhã ou depois de amanhã iria chegar a sua casa Joasia Fichtelbaum, a irmãzinha de Henio Fichtelbaum, o melhor amigo de escola de Pawełek, aquele Henio caprichoso, um jovem muito convencido, muito vaidoso, talvez pelas suas excelentes notas, de quem o seu marido ausente nunca gostava, porque o seu marido não gostava de judeus em geral, naturalmente não aprovava uso de métodos violentos, pois tinha uma educação européia e um passado de luta pela independência, era um verdadeiro *gentleman* com a pátina do século XIX, a do progresso e do liberalismo que pretendia transformar o mundo num planeta de fraternidade universal, portanto o marido não aprovava o uso dos métodos violentos, no entanto, sobre os judeus, falava com certo menosprezo, com uma benevolência senhoril, mas sem calor humano, antes com secura. Era, portanto, a irmãzinha de Henio, filha de Jerzy Fichtelbaum, advogado de renome, uma pessoa muito amável e culta. Ela gostava de conversar com ele quando se encontravam nas reuniões dos pais na escola. Uma vez tomaram um café na esplanada de Łazienki[34] ao se encontrarem ali num passeio de domingo. Os filhos andavam de pônei,

---

34. Łazienki: palácio real com seu parque, em Varsóvia.

enquanto ela tomava café com o advogado e a esposa dele, de cujas feições não se lembrava, porque ela tinha sido uma mulher importante demais para guardar na memória a mulher de um advogado judeu que, ao tomar café, falava da amizade entre Henio e Pawełek, que a seus olhos nobilitava Henio um pouco e reforçava a sua dignidade. E como ela ficou contente, como bateu o seu coração, quando o juiz Romnicki, a quem ela chamava "o nosso Marco Aurélio da rua Miodowa", porque, como aprendera latim e história da Antigüidade na juventude, considerava o juiz um filósofo e um cidadão de virtudes verdadeiramente romanas, portanto ficou muito contente quando o juiz se dirigiu justamente a ela, com a causa delicada e bela, antiga e moderna ao mesmo tempo, pedindo encarecidamente que ela recebesse em sua casa por um ou dois dias uma criança judia, filha de um conhecido dela, o advogado Jerzy Fichtelbaum. Concordou imediatamente por se tratar de um ato verdadeiramente cristão, polonês e humano, acarretando certo risco, o que dá um brilho de santidade à vida. Ela não o fazia por vaidade, porque ninguém arriscaria a vida por vaidade, fazia-o por necessidade do seu coração, que era bom e sensível à injustiça. De noite perguntou a seu marido ausente se tinha tomado a decisão certa, e ele respondeu que sim, acrescentando que a esposa de um oficial polonês prisioneiro de guerra dos alemães não poderia agir de outro modo. Assim, então, apareceu em sua casa esta criança resgatada dos abismos do mar terrível da violência e do crime. Era uma menina bonita de quatro anos, de cabelos encaracolados e grandes olhos escuros. Estava iluminada pela luz do candeeiro a gás e escutava as últimas batidas do relógio anunciando nove horas. Neste momento estavam fechando os portões em toda a cidade, e a mulher, movida por um pressentimento repentino, olhou o recém-chegado, homem forte e alto. Ele acenou com a cabeça e disse:

— Sim senhora, a entrega está feita.

— Entre — exclamou Pawełek. — Deve ser sangue o que o senhor tem no casaco!

— É um casaco de oleado — respondeu o homem —, a mancha não fica.

A mãe de Pawełek pegou Joasia pela mão.

— Como ela é magrinha — disse. — Deve estar com muita fome.

— Isso não sei — retorquiu o homem. — Se me der licença, fumarei um cigarro.

Tirou um cigarro de uma cigarreira pesada de metal, segurou a piteira entre os lábios e o acendeu.

— Meu Deus — disse a mãe de Pawełek —, já é a hora de recolher...

— A mim a hora de recolher não incomoda — disse ele. — Já vou embora.

— Não, não! — exclamou ela. — Sente-se.

Sentou-se sem tirar o casaco, segurando o boné sobre o joelho.

— Quanto a Joasia, pode ficar sossegado — disse ela. — Eu trato de tudo.

— Isso já não é comigo — disse o homem. — O que será daqui para frente, não sei. Eu fiz o meu trabalho...

— Mas é claro — respondeu ela com excesso de zelo, e logo sentiu que foi inadequado. Olhava o rosto deste homem e quis guardá-lo na memória, mas sentiu algo como desgosto, medo e vergonha. Dizia para si mesma que tinha que memorizar este rosto, porque era o rosto de uma pessoa corajosa, que se arriscava para ajudar os perseguidos, mas ao mesmo tempo sentia a necessidade de memorizar a imagem do homem que tinha entrado nessa casa vazia, em que se respirava a solidão e a saudade. Pawełek não era homem nenhum nem nunca seria, pois sempre será uma criança, uma criança grande, que terá suas próprias crianças, mas que continuará a ser criança.

O rosto do homem pareceu-lhe azulado, talvez por causa da barba escura que despontava nas bochechas e da luz do candeeiro a gás. Ele levantou a cabeça, olharam-se no rosto. Eu não devia olhar para ele, pensou ela um pouco assustada e dirigiu-se para a criança:

— Joasia, já vou preparar alguma coisa para comer.

Joasia acenou com a cabeça. Pawełek disse:

— Ela parece um pouco com Henio, não é?

— Mas Henio não era tão bonito — retorquiu a mãe.

— Mãe, não use o passado! — reclamou ele.

Ela suspirou tristemente.

— Já se passaram tantos meses e ele não dá nenhum sinal de vida...

— Quanto ao irmão da menina — disse o homem —, ele não está do outro lado do muro.

— Está se escondendo na aldeia — exclamou Pawełek. — Ele é forte, inteligente. Enfim...

Calou-se porque ficou preocupado. Fazia tempo que não pensava em Henio. Henio sumiu de repente, no fim do outono. Tinham-se separado um dia na rua Koszykowa, defronte do prédio da biblioteca pública. Pawełek trouxe dinheiro para Henio. Henio estava alegre e disse:

— Hoje decidi fazer farra!

— Não faça bobagens — respondeu Pawełek. — Volte para a casa de Flisowski. Nada pior do que andar sem destino pela cidade.

— Por que sem destino?! — exclamou Henio Fichtelbaum. — Vou a uma confeitaria, talvez encontre uma moça bonita que me leve para a casa dela, depois da guerra nos casamos e vamos para a Venezuela...

— Por favor, Henio — disse Pawełek um pouco irritado. — Você já não é criança. Na casa de Flisowski você tem condições razoáveis...

— Me deixe em paz! — gritou Henio. — Que condições, caramba! Fico no sótão como um morcego, o velho vem duas vezes por dia, deixa comida, é surdo como uma porta, não dá para trocar com ele sequer uma palavra. Você pode imaginar tal cubículo no sótão, uma janelinha que só dá para um pedacinho do céu, sempre o mesmo?! Nem um ramo, nem um único rosto... À noite, ouço os ratos. Só os ratos, Pawełek. E nem dá para andar. Três passos para a esquerda, volver, três passos para a direita, volver! E em silêncio, na ponta dos pés para ninguém ouvir...

— Henio! — disse Pawełek com ênfase como se falasse para uma criança. — Ali você está seguro. Você acha que foi fácil encontrar esse esconderijo tão bom? Tive que insistir com Flisowski para que ele aceitasse você na casa dele por algum tempo... Por sinal, agora estou procurando...

— Ah, não fale tanto! — interrompeu-lhe Henio, e nos seus lábios caprichosos apareceu um sinal de repulsa e de desprezo. — Sei que você está fazendo tudo o que pode. Mas você pode andar pela cidade, encontrar pessoas, andar de bonde, de riquixá, sozinho ou com uma moça, e pôr a mão no joelho dela. Eu não agüento mais!

— Eu não ponho a mão no joelho! — gritou Pawełek, porque Henio tinha tocado numa ferida do seu coração. — E não é por minha culpa que você tem que ficar no sótão do Flisowski. Há uma semana você foi ao barbeiro. Para que você vai ao barbeiro? Isto é...

— Eu sou um gorila? — disse Henio com raiva e mágoa. — Você acha que devo andar como um macaco peludo só porque você me prendeu naquele sótão?

— Eu te prendi! Eu?

Henio Fichtelbaum acenou com a mão.

— Tudo bem, não foi você! Mas eu preciso sair de tempo em tempo, respirar, ver as pessoas. Você não entende, Pawełek, mas é uma delícia, sabia, uma delícia andar assim pela rua Koszykowa sem destino, simplesmente andar.

— Você não pode fazer isso! — disse Pawełek com firmeza.

— Eu sei! Mas não sou dócil como um cordeirinho? Você nunca mandou tanto em mim como agora, chefe! Vou obedecer. Mas de tempo em tempo, digamos duas, três vezes por mês, tenho que sair daquele maldito sótão.

— Só se for comigo...

— Você está louco?! Eu não vou colocar a sua vida em perigo!

— Eu sei — respondeu Pawełek. — Mas vamos combinar que quando você sair, eu vou atrás, a uma certa distância, observando...

— Pawełek, não seja o Lord Lister![35] Você quer me seguir? Para quê? Qualquer coisa, você não vai poder me ajudar...

— Mas vou saber o que aconteceu, onde você está... Aí talvez se possa fazer alguma coisa.

— Já não temos dinheiro para pagar resgate, Pawełek.

— Dinheiro sempre se pode arranjar. E não esqueça: barbeiro nunca mais! Lá vão pessoas diferentes, você está num espaço fechado, está imobilizado, com aquele maldito lenço debaixo do pescoço...

— Você sabe, aquele barbeiro contou piadas de judeus, eu estava morrendo de rir.

— Dá impressão que você não sabe da gravidade da situação!

— Pode ser que não saiba — respondeu Henio. — Mas leve em consideração, por favor, que esta situação é minha.

Pawełek não quis que a situação ficasse tensa de novo, deu uma risada forçada e disse:

---

35. Lord Lister: detetive, protagonista de um romance de folhetim muito lido em Varsóvia.

— Tudo bem, Henio. Agora, por favor, volte para a casa de Flisowski. Depois de amanhã vou dar uma passada por lá e então trataremos dos detalhes dos seus passeios.

Deram-se as mãos. Pawełek entrou na biblioteca, Henio seguiu em direção à rua Marszałkowska. Essa foi a última vez que Pawełek o viu. Quando no dia combinado Pawełek foi à casa do velho Flisowski, soube que Henio Fichtelbaum não tinha voltado ao sótão. O velho relojoeiro Flisowski ficou muito contente com isso.

— Senhor Kryński — disse a Pawełek —, diga ao seu amigo que não volte mais para cá. Já tenho problemas suficientes e quero chegar até ao fim da guerra, seja qual for o fim.

— Senhor Flisowski — exclamou Pawełek —, isso é impossível! Nós tínhamos combinado!

— Pode falar à vontade! — interrompeu-o o velho relojoeiro. — Já disse e pronto! Se o senhor tiver uma pessoa de idade, uma pessoa calma de idade, que fique em silêncio, sem assobiar o *Tango Milonga*, sem bater no teto dez vezes por dia para deixá-la ir ao banheiro, que não grite no meu ouvido que a vista da janela é horrível, se tiver uma pessoa assim, comedida, um senhor de idade, posso até escondê-la por algum tempo. Mas o seu amigo, que Deus me livre! Nunca mais!

Depois daquele dia de final de outono, Henio Fichtelbaum não deu nenhum sinal de vida, e a Pawełek restou apenas conviver com a memória do amigo, com sombra dele. Pensava que Henio tinha sido morto, embora num cantinho do seu coração ainda guardasse uma esperança de que ele ainda estivesse se escondendo num lugar qualquer, lugar seguro, e pensando em seu amigo Pawełek. Mas no decorrer do inverno a esperança foi diminuindo até desaparecer com a chegada da primavera. Agora, quando a mãe disse que Henio não era tão bonito quanto a sua pequena irmã, Pawełek reagiu. Henio não morreu, pensou ele, Henio está vivo. Desse modo ele tentava afugentar os demônios.

Alguns dias depois nesta sala irá tocar o telefone. Pawełek irá atender olhando o mostrador dourado do relógio e pensando que são sete horas da manhã e que um lindo dia de abril está começando.

— Alô! — irá dizer examinando os ponteiros escuros do relógio.

— Sou eu — ouvirá uma voz baixa e distante.

— Henio! Meu Deus! Onde você está?

Pelo rosto de Pawełek escorrerão lágrimas, como se ele não tivesse dezenove anos, mas fosse um menino de uniforme de veludo com um colarinho de renda por debaixo do queixo.

— Queria me encontrar com você — ouvirá de uma voz longínqua.

— É óbvio, Henio! Escuta, é muito importante. Joasia está bem, está tudo bem com ela. Ela te manda um abraço.

Durante um bom tempo vai ouvir o barulho monótono da linha. Vai ficar preocupado e gritar ao fone:

— Henio! Você está me ouvindo?

— Sim. Eu também mando um abraço para ela. Quero ver você.

— Onde você está?

— Na cidade.

De novo serão separados por um longo silêncio, e depois Henio vai dizer:

— Estou voltando para lá!

— Onde você está agora? Temos que nos ver.

— Sim. Às nove, na esquina da rua Książęca com a praça Trzech Krzyży. Pode ser?

Neste momento, Pawełek irá ouvir um estalo e a ligação será interrompida. Ele ainda irá chamar: "Henio, você está me ouvindo?! Henio!"— mas não haverá resposta.

Mas isso só acontecerá alguns dias depois. Irá tocar o telefone, serão sete horas da manhã, uma manhã clara. É o que está escrito nas estrelas. Como também esteve escrito nas estrelas que Pawełek ia dizer agora ao homem do casaco de oleado:

— Descanse um pouco, vamos fazer alguma coisa para comer.

— Não há necessidade — respondeu. — Dêem à criança. Eu não estou com fome. Já vou embora.

— É perigoso — disse a mãe. — Eles disparam sem avisar.

— Não acredite nisso, minha senhora. Assim poderiam matar os seus. Eles sempre olham os documentos.

— E o senhor tem um salvo-conduto? — perguntou ela.

— Tenho tudo que preciso — respondeu ele e deu uma risada. Ela nunca tinha ouvido uma risada assim. Uma risada em que ressoavam ameaça e crueldade. Olhou de novo o homem nos olhos. Imaginou que ele estava lendo seus pensamentos. Sentiu um calor no rosto, agora estava com medo dos dois, do homem e de Pawełek. Estava com medo de que Pawełek percebesse o seu estranho estado de excitação e medo. Mas Pawełek pegou a criança pela mão e disse:

— Agora Joasia vai comigo para a cozinha, vamos preparar coisas muito boas para comer...

— Mas por quê? — A mulher disse palavras sem sentido e, de repente, sentou-se à mesa, em frente do recém-chegado, um homem alto e forte. Ela não tinha como fugir do seu olhar. Ele estendeu-lhe a mão com a cigarreira.

— Fuma?

Ela fez que não com a cabeça. Agora ele olhou para a sala, observando o guarda-louça, o consolo, a porcelana por detrás do vidro, as fotografias dos porta-retratos e, em seguida, as cortinas escarlates nas janelas, o revestimento de cadeiras e a toalha de mesa damasco. Os seus olhos estavam vazios, sem curiosidade, mas ela pensava que ao olhar os azulejos decorativos do aquecedor a carvão e o estuque no teto, ele o fazia como se a tivesse despindo, olhando os seus seios, ventre e ombros nus.

O que está acontecendo com você, Elżbieta, pensou ela, ele é um monstro, um homem grosseiro e violento! E não estava enganada. Ele era homem grosseiro e violento e havia quem achasse que era um monstro. Mas era exatamente alguém assim que ela queria, por alguém assim que ela esperava, indignada e horrorizada consigo mesma. Estavam calados. Mesmo que ele ficasse com ela e vivessem juntos muitos anos, também não teriam tido nada para dizer um ao outro. Eles seriam um homem e uma mulher, um homem e uma mulher em cada instante — e nada mais! Mas ele não ficou. Tinha negócios para tratar, negócios escusos bem no fim do mundo, onde já não havia pessoas, mas somente feras e fantasmas. Apagou o cigarro, levantou-se, alto e forte, com a mancha de sangue no casaco de oleado.

— Já vou indo — disse torcendo os lábios num sorriso. — Despeça-se da criança por mim, minha senhora. E do seu filho também.

— Mas será que não... — disse ela.

— Pouco tempo, minha senhora. Sempre pouco tempo!

Pôs o boné, baixou a viseira na testa. O seu rosto mudou, agora parecia mais meigo, como se a sombra da viseira cobrisse seus delitos.

Acompanhou-o até a porta. Na saída, ela disse:

— Na escada não tem luz, senhor.

— Não há problema — respondeu ele.

Ela estendeu-lhe a mão, que ele levou à boca e beijou. Ela trancou a porta logo que ele saiu e apoiou-se no umbral respirando rápido e pesado. Sentia em sua mão a umidade dos lábios dele, o que a fazia tremer. Ouvia os seus passos na escada. Eu o odeio, pensou. Um monstro! Sinto-me humilhada...

Ainda trinta anos depois, já idosa, não ficou livre desse ódio. Não se lembrava mais do rosto do homem, mas lembrava-se de si própria. E ainda trinta anos depois sentia a humilhação. Depois, sempre que encontrava homens fortes e simples assim, seguros de si pela sua força física, influência, esperteza ou burrice, sempre que encontrava plebeus assim, que a tratavam com uma indiferente superioridade ou que faziam com que ela se sentisse insegura por causa da sua fragilidade, sua feminilidade, sua fraqueza, por causa da história que a tinha colocado à margem, num fosso, enquanto eles andavam pelo meio, de casacos de oleado, de bonés com viseira, de chapéus ou de cabeça descoberta, quando ela lhes via os rostos como que nodosos, mal feitos, quando observava como fumavam cigarros segurando-os entre o polegar e o indicador, com a ponta incandescente virada para dentro, sempre que ouvia os seus passos vacilantes sob o peso dos grandes corpos ou sentia o odor forte e penetrante da pele, esse cheiro de suor, de tabaco e de injustiça, ela sempre se lembrava daquela noite, quando recebeu em sua casa a filha do advogado Fichtelbaum. E sempre nesses momentos sentia-se humilhada. Mas acolher uma criança judia em sua casa, naquela primavera de 1943, era um ato bonito e louvável. Por que então se sentia humilhada? O que teria acontecido naquela noite, que muitos anos depois voltava, despertando tanta amargura e repugnância?

    Estava sentada à mesa, observava os ponteiros do relógio, escutava o que Pawełek dizia à criança na cozinha e tentava pensar no seu marido ausente, que há mais de três anos estava num campo de prisioneiros alemão, no meio de centenas de oficiais como ele, que deixaram um dia as suas esposas para defender este país, um país indefensável, condenado a ser vítima de humilhação, crime e extermínio. Por que, pensava, qual foi a culpa?

    Pôs a mão no peito. Sob o vestido sentiu a forma bem conhecida, que sempre lhe parecia estranha e desagradável, que na verdade não pertencia a ela, mas ao homem. Estava desamparada. Estava meio morta. Por que é que estou morta se não fiz nada de mal?

Estes pensamentos despertaram um pouco a sua alma religiosa. Não seja ridícula, Elzbieta, disse para si mesma, a morte não é um castigo pelos pecados, mas um prêmio, uma passagem para a vida eterna. Não seja ridícula!

Ficou aliviada. Não quis ser ridícula. Antes de tudo sentia-se triste e desiludida. Continuou sentada ainda um pouco e observando o relógio. Passou-lhe pela cabeça que este homem ao sair na rua podia cair nas mãos dos alemães e confessar onde tinha levado uma criança judia. Ficou de novo com medo, mas só por um instante, porque sabia que este homem não ia cair nas mãos dos alemães, homens como ele não caíam nas mãos dos alemães, e mesmo se caíssem não iriam dizer nada. Confiava nele, odiava-o e sentia-se humilhada.

Mais tarde levantou-se da mesa, foi para a cozinha e, surpresa, encontrou a paz e a alegria. Despiu a criança judia com carinho e deu-lhe um banho, cantarolando alegres melodias da sua juventude.

XIII

Às cinco da manhã, ainda na escuridão, em neblina e frio primaveris, ele atravessava de bonde a ponte de Kierbedź. O bonde ribombava. Estava superlotado, os passageiros, maldormidos e mal-humorados. Sobre eles pairava um cheiro forte e penetrante de medo e desesperança. Só ficou esse cheiro. Nos trólebus, bondes, ônibus das marcas Chausson, Berliet, Ikarus, San, bem como nos compartimentos dos trens este cheiro penetrante ainda continuava. O medo das pessoas, a desesperança, o cansaço, os sonhos e anseios já eram outros, mas o cheiro continuava o mesmo.

O bonde ribombava sobre a ponte. Embaixo corria o rio. Sobre os baixios da margem direita, caminhava em direção a um dique de pedra um homem solitário com uma vara de pescar na mão. O último que ainda não perdeu a esperança.

O ferroviário Filipek morava no bairro Wola, longe do depósito de locomotivas em Praga, onde trabalhava, e duas vezes por dia tinha que atravessar a cidade. De manhã e à tarde ou à tarde e à noite. Não gostava de trabalhar no segundo turno. As voltas eram sempre arriscadas. Ele tinha, obviamente, o salvo-conduto, mas não confiava muito nesse papel. Filipek sabia o que valem os documentos de identidade. Quando jovem, ainda em 1905, trabalhava como técnico na Fração Revolucionária.[36] Sabia falsificar os mais refinados documentos que abriam os portões da cidadela e da prisão de Pawiak. Mas eram tempos idílicos, o século XX só estava começando e as pessoas ainda não sentiam o seu ritmo. Muita água ainda tinha de correr nos rios do mundo para que os olhos vissem, os ouvidos ouvissem e as bocas falassem. Mas no ano de 1943 o ferroviário Filipek já não confiava nos documentos, nem nos que tivessem o carimbo da Ostbahn.[37] O policial olhava o salvo-conduto de um lado para o outro com ar de quem desconfia. Porém ele era policial alemão e, ao sinal da suástica, reagia com respeito e sentimento de moderada magnanimidade. Mas bastaria um gesto descuidado para destruir a harmonia da sua alma e despertar nela violentas paixões. Uma simples palavra, mesmo a mais inocente, podia soar no ouvido do policial como uma provocação. Assim o salvo-conduto deixava de existir. Logo depois deixava de existir a pessoa.

As águas nos rios continuavam correndo e apareceu uma nova espécie de policiais. Estes não precisavam de documentos de identidade. Seguravam-nos entre dois dedos, de mau grado, troçando, às vezes com nojo, e nem precisavam ler o que lá estava escrito. Já sabiam tudo sem precisar de documentos de identidade. Passagem proibida, favor dispersar-se, o senhor não sai, a senhora não entra, o que está escrito está escrito, o que está dito está dito! Os policiais dessa nova espécie não precisavam ler os documentos de identidade. Liam só as instruções, atentos e concentrados. Nessas horas, os seus cérebros trabalhavam duro, o suor escorria pelos rostos, e até as pessoas mais insensíveis ficavam comovidas ao ver essa disciplina, essa boa vontade dos policiais da nova espécie, que superavam a

---

36. Fração Revolucionária: grupo dissidente do Partido Socialista Polonês (PPS).
37. Ostbahn: Caminhos de Ferro Orientais, em alemão.

barreira da palavra escrita, que seguiam com o dedo as palavras impressas, ajudando-se com os lábios ou até com a ponta da língua, que num esforço indescritível subiam ao topo dos Himalaias intelectuais da instrução para assimilar o seu profundo conteúdo político, social, cultural e moral, para assimilá-lo por todos os séculos, até o dia seguinte quando aparecia uma nova instrução, um novo Monte Everest de zelo do funcionalismo, da vontade de transformar o mundo, portanto, esforçavam-se de novo para aprender a ciência oculta e inacessível aos profanos, batendo com o punho na testa para depois bater com o cassetete no próximo, com ponderação e método, aliás sem má vontade, sem instintos sanguinários, de uma forma, digamos, administrativa e pedagógica, sem querer tirar a vida de ninguém, apenas para que as pessoas recuperassem o bom senso, para servir aos interesses do Estado, conforme uma instrução memorizada outro dia, memorizada entre o escudo de proteção de plástico e a televisão a cores, à luz de isqueiro, à luz esverdeada do relógio eletrônico, semelhante àquela que no século XIX emanava das sepulturas recentes.

Como não confiava nem nos mais fidedignos salvo-condutos — antecipando assim o processo histórico —, o ferroviário Filipek procurava trabalhar no primeiro turno. Ele tinha também um outro motivo, um motivo secreto e sublime que demonstrava a sua coragem. Filipek estava metido na conspiração até o pescoço, à noite trabalhava numa gráfica clandestina, porque conhecia muito bem vários tipos de máquinas e equipamentos de imprensa, porque era capaz de transformar uma máquina doméstica de enxugar roupa em um equipamento espetacular que servia bem à organização clandestina na sua luta pela independência.

Muitos anos depois, várias pessoas tentaram imitar a engenhosidade do ferroviário Filipek. Eram moças de trinta anos, que percorriam as ruas de Varsóvia em trajes de camponesas peruvianas, e garotos da mesma idade, de jeans, com barbas de velhos e imaginação de criança. Imitavam o ferroviário Filipek de uma forma patética, mas desajeitada, às vezes até ridícula, porque para fazer uma prensa a partir de uma máquina de enxugar roupa era preciso não só saber fixar parafusos, mas também compreender o que era a verdadeira falta de liberdade, conhecer o chicote moscovita e os calabouços de Schlüsselburg, as gaiolas alemãs da avenida Schuch e os barracos de campos de concentração alemães, a Sibéria, os degredos, Pawiak, Auschwitz, as execuções na rua, Katyń[38], a neve de Workuta e as estepes do Cazaquistão, Moabita e as fortalezas de Poznań, a prisão de Montelupi em Cracóvia, Dachau, Sachsenhausen, as margens do Jenissei e do Irtisch, os muros do gueto de Varsóvia, Palmiry e Treblinka, era preciso ter conhecido tudo isso com o corpo e com a alma, ter escrito tudo isso na própria pele, carregado nos ossos e no coração, era preciso ter experimentado, assim como o ferroviário Filipek o tinha feito, anos de noites não dormidas, noites de vigília, quando qualquer ruído parecia um passo da morte, cada sussurro um sopro do vento do lado de fora da janela da prisão, cada murmúrio uma oração de um degredado ou despedida à entrada da câmara de gás. Para fazer uma prensa a partir de uma máquina de enxugar não basta sofrer com o ultraje, a hipocrisia, a mentira, as cacetadas, as prisões, as calúnias, as ameaças de extradição, a impunidade dos fortes e o desamparo dos fracos, a altivez do Estado e a humilhação do cidadão. Tudo isso é pouco para fazer de uma máquina de secar uma prensa de uma pessoa verdadeiramente livre. Com uma máquina de secar pode-se gritar, amaldiçoar, exigir, ameaçar, soluçar e zombar, mas não há como falar serenamente

---

38. Katyń, uma localidade na Rússia, perto de Smolensk, onde em 1940 foram assassinados pelos soviéticos quinze mil oficias poloneses, prisioneiros de guerra.

do mundo e da dignidade humana. Se a medida do sofrimento não for preenchida até o fim, os sonhos não se cumprem.

O ferroviário Filipek ia então para o trabalho como fazia dia após dia ao longo de muitos anos, mas nesta manhã estava de muito bom humor. De noite tinha conseguido aprontar mais uma prensa e na tarde anterior recebera de Jasio Müller a notícia de que a senhora Seidenman estava salva. Mais uma vez Jasio Müller deu provas de ser um homem de total confiança. Filipek olhou pela janela do bonde, viu a cúpula da igreja ortodoxa na rua Zygmuntowska e ficou emocionado porque lhe fez lembrar os velhos tempos em que tinha lutado contra a opressão czarista. Mas, agora, no passeio defronte da igreja, estavam os policiais de casacos de oleado, capacetes com suástica, cintos de couro nas barrigas com fivelas de prata nos quais estava gravado "Gott mit uns!".[39]

"Será que Deus está com eles?", perguntava Filipek a si mesmo. Perdeu o bom humor. Onde está a Nossa Senhora de Jasna Góra, de Ostra Brama de Piekary, de Kobryń e de tantas outras cidades, próximas e afastadas, se na vida de um só homem, aqui na esquina da rua Zygmuntowska com a rua Targowa, na capital de um país que outrora se estendia entre um mar e outro, que dominava Gdańsk e Kudak, Głogów e Smoleńsk, portanto, se aos olhos de um só homem, um ferroviário magro, de bigode, de mãos calejadas e de cabeça aberta, na vida só deste homem, em sua memória viva, sua presença exânime, desesperada e humilhada, na esquina dessas duas ruas iam se revezando um cossaco montado das estepes, um oficial prussiano de monóculo no olho e Cruz de Ferro no peito, um policial obeso com suástica, um soldado do Exército Vermelho vigilante com um largo bolsão e uma metralhadora no ombro, se neste lugar comum, porém sagrado porque único

---

39. Em alemão, "Deus está conosco".

e inconfundível, aos olhos de um só homem, em sua vida, ao longo de trinta anos, estavam aqui para mudar a fé do povo um cossaco e um prussiano, um hitlerista e um soldado soviético, onde estava então a Nossa Senhora das cidades próximas e afastadas, a rainha desta nação?! Ou seria culpada a nação? Não estaria ainda suficientemente madura para a Europa, para a Ásia, para si própria?

Seria este país apenas um território de passagem de tropas estrangeiras, o fundo das batalhas, o proscênio? A última trincheira da Europa latina com o rosto virado para as estepes, mas, ao mesmo tempo, uma trincheira no caminho da avalanche germânica? A periferia do mundo livre entalada entre as tiranias. Uma estreita faixa de esperança que separa a soberba prussiana do obscurantismo russo. Um córrego independente no meio da crueldade e da hipocrisia, da brutalidade e da astúcia, do desprezo e da inveja, da soberba e da adulação, dos berros e do murmúrio. A linha de fronteira que separa o impudor do crime visível do cinismo do crime encoberto. Seria só uma faixa, uma linha de fronteira, uma periferia? E nada mais?

Pawełek, pensava o ferroviário Filipek, eu te invejo. Você ainda vai chegar aos outros tempos. Tempos em que a Polônia não será mais o prego na boca do alicate. Será de novo independente, mas bem melhor do que era até há pouco, porque sem a polícia azul-ferrete[40], sem *Sanacja*[41], sem ufanismo, sem mesquinharia, sem vanglória, sem miséria dos camponeses e revoltas dos operários, sem pretensões de grande potência, sem

---

40. Polícia azul-ferrete (*polícja granatowa*): polícia polonesa, constituída em 1939 e subordinada à polícia alemã na Polônia ocupada.
41. *Sanacja* (do lat. *Sanatio*, saneamento): denominação popular de um bloco que se manteve no poder de 1926 até 1939, que realizava o programa de "saneamento moral" da vida pública na Polônia lançado pelo marechal Józef Piłsudski.

bancos do gueto nas salas de aula[42], sem as greves de Rzeszów e os mortos da Semperit[43], sem valas comuns de pobres, sem os intelectuais com fome e os coronéis ensoberbados, sem clero provinciano, sem Brześć[44] e sem Bereza[45], sem anti-semitismo, sem os motins ucranianos, sem cheiro de chucrute e de arenque, sem vagabundos desabrigados e proprietários arrogantes, sem choças e aldeias isoladas do mundo, sem teatros falidos, sem livros caros e prostitutas baratas, sem as limusines dos dignitários e o Campo da União Nacional[46]. Eu te invejo, Pawełek! Você terá a Polônia de casas de vidro[47], Polônia socialista, operária e camponesa, sem nenhuma ditadura, porque a ditadura é o bolchevismo, a crueldade, o ateísmo e o fim da democracia; você terá finalmente, meu querido Pawełek, uma Polônia livre, justa e democrática para todos os poloneses, judeus, ucranianos, até para os alemães, eles que se fodam, para eles também. Eu não chegarei lá, Pawełek, porque eles vão me pegar. Por quanto tempo é possível fugir, conspirar, pregar uma peça aos canalhas que devastaram a nossa terra? Já lhe contei várias vezes, Pawełek, que em toda a minha vida preguei peças. Preguei

---

42. Os bancos do gueto eram bancos especiais para judeus, introduzidos nas salas de aula na Polônia em 1936-1938.
43. Semperit: fábrica de borracha onde em 1936 a polícia matou grevistas.
44. Brześć: cidade onde em 1931-1932 ocorreu um processo contra os presos políticos de esquerda ali detidos.
45. Bereza Kartuska: campo de isolamento no leste da Polônia, onde eram detidos os presos políticos entre 1934 e 1939.
46. Campo da União Nacional, organização política do regime dos coronéis (1937-1939).
47. As casas de vidro simbolizavam a esperança num futuro de prosperidade e de modernidade da Polônia no romance *Przedwiośnie* (Início de primavera) de Stefan Żeromski, publicado em 1924.

nos tempos de Nicolau[48] e nos de Stolypin[49], e também nos tempos de von Beseler[50]! Adivinhe, Pawełek, quando é que não estive preso? Em Pawiak estive preso ainda antes da revolução de 1905. Na região de Krasnoiarsk andei a desbravar a taiga. E por que não! Nos tempos do imperador Guilherme fui parar na mesma cela em Częstochowa onde fiquei detido nos tempos dos moscovitas. Já sou assim, um fenômeno polonês esquisito, um homem do PPS. Então é natural que tenha sido preso também na Polônia livre. Por que não? Fiquei na casa de detenção da rua Daniłowiczowska porque defendia os comunistas numa manifestação do 1° de Maio. É preciso combater os comunistas, Pawełek, é uma corja perigosa, traiçoeira, mas nunca com o cassetete, nunca com o cassetete! Quando a polícia tentava ensinar-lhes o amor à pátria com o cassetete, eu reagi. E fui preso, é claro, mas não por muito tempo. Em 1938 também me prenderam. Por que não!? Foi por ter participado de uma agitação contra as eleições que os senhores coronéis tramaram querendo aproveitar-se dos operários. Então fui preso, como não... Você, Pawełek, tem que admitir que uma vida como essa não termina na cama. É só esperar que os alemães me peguem. Com eles não se brinca. Contra a parede ou para o campo de concentração, morte certa... A Polônia livre e justa eu não chegarei a ver, não, Pawełek. Mas você, sim, você com certeza vai ver, porque...

Filipek interrompeu o seu monólogo interior porque já estava defronte da rotunda do depósito de locomotivas e era um homem fora do comum, um social-democrata de gema e sabia separar a política e a luta pelas causas do operariado do trabalho

---

48. O czar Nicolau II (1868-1918).
49. Piotr Stolypin: ministro do interior e presidente do Conselho do czar Nicolau II, em 1906-1911.
50. Hans von Beseler: general prussiano, foi governador geral de Varsóvia em 1915-1918.

profissional; junto às locomotivas só pensava nas locomotivas, junto aos caldeirões só nos caldeirões, pois nunca lhe passou pela cabeça que se pudesse abandonar a máquina de soldar para participar de um comício de apoio aos plantadores de milho ou em homenagem a uma jovem que tivesse se deitado nos trilhos para manifestar as suas inclinações pacifistas. Para Filipek, o agitador partidário que não sabia manejar uma chave inglesa era, sobretudo, um incompetente, e ele não obedecia nem respeitava os incompetentes, porque eles ofendiam a dignidade do trabalhador. Se houvesse algo nesse mundo que o ferroviário Filipek odiasse com toda a sua alma, seria talvez a incompetência, a negligência, a fancaria, a barateza e, conseqüentemente, também aqueles pequenos agitadores, aqueles demagogos que desprezam o operário e o seu trabalho, que nem dão valor ao seu esforço, mas que se apresentam como porta-vozes da causa do operariado. Era isso que mais o afastava dos comunistas. Assustava-se com o destino de alguns deles, tinha horror aos litígios ideológicos que terminavam em sentenças de morte, porque estava habituado a outros costumes e a outras medidas. Os seus companheiros respeitavam-se mutuamente, estavam unidos não só pela luta, mas também pela amizade. Quando discutiam, não poupavam palavras fortes e acusações uns aos outros, mas nem lhes passava pela cabeça entregar o adversário aos bandidos. Mas não eram essas as coisas mais importantes na opinião do ferroviário Filipek. Como todo operário que se sentia profundamente ligado à sua classe e tinha orgulho da sua posição de operário, Filipek era um homem prático. Acima de tudo, era um sólido homem de trabalho. Só o trabalho decidia se ele ia ter respeito para com o outro. Profissionalismo, precisão, honestidade no trabalho. O espírito sábio, íntegro, que comandava a mão do operário, seus dedos, a força dos seus músculos. A dignidade da mão, a ética da mão. Era o que decidia o juízo que Filipek fazia das pessoas. Os comunistas de antes da guerra não eram de modo algum operários, mas apenas agentes da revolução social. Não eram operários de profissão porque a profissão deles era o comunismo, partidarismo, agitação, acender o morrão da rebeldia. Filipek nunca viu um comunista junto a uma máquina, ocupado com o trabalho, com as mãos sujas de graxa ou de óleo. Eles não eram de modo algum trabalhadores. Eram encantadores de espíritos, totalmente dedicados à magia das palavras, dos gestos, das exclamações. Por essa razão não gostava deles nem os respeitava, embora reconhecesse que alguns deles eram corajosos, dispostos a grandes sacrifícios pelos seus ideais.

Chegando ao terminal ferroviário, Filipek só pensava no trabalho. Trabalhava o melhor que podia. Sabia que a locomotiva que estava consertando poderia levar armas e munições alemãs para a frente de combate, e seria bonito se a caldeira estourasse ou as bombas encravassem, mas a locomotiva também poderia puxar vagões com milhares de pessoas inocentes, pessoas queridas a Filipek, por isso cada detalhe tinha que ser bem feito, cada parafuso bem apertado.

Alguns anos depois, com uma picareta ou uma alavanca de ferro na mão, suado, parecendo um homem da caverna, por um prato de sopa e um pedaço de pão, Filipek abria caminhos no meio de escombros de Varsóvia, com febre nos olhos e esperança no coração. Os alemães não o mataram, embora o tenham prendido um pouco antes do levante e ele teve que passar pelo inferno de um campo de concentração. Em maio de 1945, já estava de volta à sua cidade natal. Um homem velho, magro, de uniforme listrado de preso. Passava noites em branco. Tossia muito, sofria tonturas, ouvia cada vez pior. Mas já no outono pegou na pá, depois na picareta. Nunca na sua vida tinha trabalhado tanto e com tanta abnegação. Comunistas ou não comunistas, Stálin ou não, o que importava era que a Polônia havia voltado. Assim dizia. Em 1946, participou da manifestação de

1º de Maio e chorou ao ver as bandeiras brancas e vermelhas e as vermelhas. No seu corpo debilitado bateu então um coração feliz. No dia seguinte, encontrou Pawełek num amontoado de escombros da rua Krucza e caíram nos braços um do outro.

— Temos a Polônia, Pawełek! — gritou o ferroviário Filipek.

— Temos a Polônia — respondeu Pawełek.

Lembraram-se então de seus mortos. O número era maior do que o dos vivos.

— Então a senhorita Monisia morreu no levante — murmurou Filipek. — Uma moça tão bonita... Você ainda é jovem, Pawełek, vai passar um tempo e você vai se apaixonar por uma outra moça. Não fique zangado com um velho por ele falar essas coisas. Eu conheço a vida, já vi muita coisa e será como lhe estou falando...

Caiu num tom profético anunciando os tempos das casas de vidro. Pawełek ouvia com respeito, porque estimava muito o velho Filipek, mas ouvia sem grande entusiasmo, pois o espírito do PPS não era o seu espírito, mantinha-se afastado da política, considerava-a nojenta, e em Varsóvia, e na Polônia em geral, observava coisas estranhas, coisas que não anunciavam casas de vidro nem a felicidade socialista. Mas ficava calado. O que restava àquele trabalhador esgotado senão ilusões?

Restava-lhe o senso comum. Ele ouvia mal, mas sua visão estava excelente. O seu entusiasmo minguava. Voltaram a doutrinar. Só propaganda. Propaganda em todo lugar. Queriam convencer Filipek que somente ontem ele tinha descido da árvore, que o mundo surge do nada, que a história está apenas começando. A história é mais velha do que vocês, respondia, eu também estava aqui antes de vocês...

Quando três anos depois, no inverno de 1948, Pawełek foi visitar Filipek, que estava muito doente, o ferroviário já não falava de casas de vidro. Estava de cama, pálido e magro, fumando um cigarro dos mais baratos numa piteira de madeira, bebia uma compota de ameixa que estava num frasco e dizia:

— Uma grande sujeira, Pawełek. Eu nunca falei assim das questões polonesas, nunca falei que estavam emporcalhadas, e agora falo. Tudo emporcalhado, Pawełek, até no próprio Gomułka[51] eles cuspiram. Que gente, que gente! Quando a comuna toca alguma coisa, ela logo fica emporcalhada. Antes não pensava assim. Que não eram como deviam ser, isso eu já sabia, mas para chegarem a esse ponto, a esse ponto...

Pawełek estava calado. Observava o rosto emagrecido do velho Filipek, que mais uma vez despedia-se do mundo, que ia embora para nunca mais voltar. Filipek deve ter sido o último homem daquele velho mundo, um náufrago de guerras e revoluções, prisioneiro dos imperadores e dos déspotas, vítima das terríveis peças da história ou de uma piada sarcástica contada por Deus ao mundo, uma piada cujo nome era Polônia.

Poucas pessoas acompanharam o caixão do ferroviário Filipek. Os remanescentes da sua família distante, Pawełek com a sua mãe, a bela senhora Gostomska e três velhos operários. Seriam só esses os que sobraram da Polônia operária? Filipek estava no caixão e não sabia de nada. Ou talvez só agora soubesse de tudo, embora a vida inteira achasse que depois da morte não ia saber de nada porque não acreditava em Deus, porém acreditou piamente no socialismo até o fim.

Mas nesse dia de abril, quando voltava de bonde para casa atravessando a ponte de Kierbedź, faltava ainda muito para ele morrer. Tinha ainda à sua frente uma mão-cheia de sofrimento e uma pitada de ilusões.

---

51. Władysław Gomułka (1905-1982): um dos fundadores do Partido Polonês dos Trabalhadores e seu primeiro secretário-geral em 1942. Foi afastado desse cargo, expulso do partido por acusação dos desvios nacionalistas (1948) e preso (1951-1954). Reabilitado em agosto de 1956, foi eleito primeiro-secretário do Partido Operário Unificado Polonês. Enfrentando em outubro de 1956 as pressões da União Soviética, defendia "o caminho polonês para o socialismo".

XIV

O advogado Fichtelbaum ouviu um barulho no pátio e percebeu que a hora esperada estava chegando. Surpreendeu-se por não sentir medo nem angústia. O seu estado de alma era completamente diferente do que imaginava nos últimos meses. Sempre que fechava os olhos imaginando aquele momento que certamente iria chegar, tinha uma sensação muito desagradável, como se estivesse caindo num abismo, na escuridão e num frio indescritível. Como se estivesse afundando num universo infinito, do qual sabia, como pessoa educada e culta, que ali não havia nem luz nem calor. Uma galeria gelada sem fim, e nela o advogado Jerzy Fichtelbaum caindo cada vez mais rápido rumo ao infinito, planando completamente sozinho feito uma ave ou um inseto sem asas, movido pela força de gravitação, cada vez mais longe e mais rápido, até perder o fôlego, numa escuridão a adensar-se, no frio e no vazio. Era uma sensação muito desagradável e ele desejava que não durasse muito tempo, mas cada dia durava mais até se tornar uma dor insuportável que não abandonava o advogado nem no sono.

Mas ocorreu que agora, quando de repente um barulho embaixo anunciou aquele universo escuro se aproximando do segundo andar do prédio, onde numa sala vazia o advogado

Fichtelbaum esperava, ele aceitou tudo com calma e naturalidade. Não sentia nenhuma aflição, aconteceu com ele algo tão estranho que, sem dúvida, vinha de fora, não vinha de dentro dele mesmo, mas antès daquele barulho que estava subindo devagar as escadas, não vinha dele, mas daquele universo que avançava lentamente, que abria e fechava com barulho as portas dos apartamentos abandonados, derrubava cadeiras, vasculhava armários, deslocava mesas. O advogado escutava atentamente, detectando um ritmo, o tique-taque de um gigantesco relógio que media o seu tempo como nenhum outro relógio antes.

Preciso fechar a porta, pensou o advogado Fichtelbaum, mas logo se lembrou que a fechadura estava estragada há muito tempo, a chave se perdera e a tranca tinha caído. A porta que dava para a escadaria estava entreaberta, e o advogado no meio da sala via um rasto de luz entrando pela fenda e caindo no chão, e era por esta fenda que entrava o som daquele universo pesado.

Bem, pensou o advogado, primeiro devo ver as botas.

Decidiu sentar-se. Pegou uma cadeira encostada na parede, colocou-a junto à porta entreaberta e sentou-se. A cadeira rangeu e o advogado ficou assustado, mas logo se acalmou. Já não preciso ter medo, pensou. Isso já passou.

Ficou imóvel porque apesar de tudo não quis que a cadeira rangesse. Ouvia o barulho num andar abaixo. Sabia que isso não ia durar muito porque no apartamento abaixo não havia ninguém há dias.

Estava então sentado sem se mexer.

— Ponha o chapéu — disse uma voz.

O advogado Fichtelbaum estremeceu.

— Ponha o chapéu. Um judeu piedoso usa chapéu — disse a voz.

— Estou ficando doido — pensou o advogado. — Que voz é essa? Estaria ouvindo a voz de Deus?

Mas ainda não era Deus, era o pai do advogado Fichtelbaum, o senhor Maurycy Fichtelbaum, que morreu no início do século XX. Agora a sua voz vinha do século XIX, quando ainda estava vivo. O advogado Fichtelbaum viu o pai numa bonita e espaçosa sala, cujas janelas davam para o jardim. Atrás do jardim estendiam-se os campos de cevada, e no horizonte podia-se ver a linha escura da floresta. Maurycy Fichtelbaum estava perto da janela, tinha uma bonita barba preta que descia ao peito e um chapéu cinza na cabeça. Era um homem muito bem-apessoado, vestia casaca e calças escuras. Um grande relógio de bolso de prata brilhava na altura da cintura de Maurycy Fichtelbaum, e sob a sua barba balançavam os óculos pendurados numa corrente.

— Ponha o chapéu — disse Maurycy Fichtelbaum ao filho. — Pelo menos isso você pode fazer por mim antes de morrer.

E tirou o seu chapéu, e o entregou ao filho.

— E você, pai? — perguntou o advogado Fichtelbaum baixinho. — Agora você está sem chapéu.

— Eu já não preciso — respondeu o pai.

O advogado Fichtelbaum lembrou-se de que o pai comprara este chapéu no século XIX, em Viena, onde tinha ido com o rabino Majzels a uma reunião das sociedades beneficentes judaicas. Ao voltar para casa, Maurycy Fichtelbaum mostrou o chapéu a seu filho, e o advogado lembrava-se muito bem de que numa tira de couro havia a marca de uma fábrica de chapéus da Kärtnerstrasse. Não conseguia se lembrar do nome dessa fábrica, mas enxergava, da grande distância que o separava do século XIX, a inscrição oval sobre a tira onde se lia "K. und K. Hoflieferanten".[52]

O advogado Fichtelbaum encolheu os ombros.

Que chapéus forneciam eles ao imperador, — pensou com ceticismo — se o imperador andava sempre de uniforme militar? Provavelmente até dormia de uniforme.

---

52. Hoflieferanten: fornecedores da casa imperial.

Neste exato momento a fenda alargou-se e sobre a soleira apareceu uma bota. No mesmo instante aconteceu um pequeno, mas útil milagre. O advogado Jerzy Fichtelbaum levantou os olhos e, no cano da pistola, avistou uma agradável e alegre luz de sol entrando no quarto pela janela que dava para o jardim, para o campo de cevada e uma floresta distante. Junto à janela estava o pai do advogado, com o chapéu dos fornecedores da corte imperial, com o relógio na altura da cintura e os óculos pendurados numa corrente sob a barba basta e escura. O pai segurava o advogado pela mão e o advogado também estava de chapéu, e também tinha uma bonita barba preta que lhe descia ao peito, embora ainda fosse um menino.

XV

Ele estava junto à janela da varanda e observava atentamente a rua. Era baixo, meio careca, magricela. A sua figura contrastava com as feições do rosto, esculpidas com golpes vigorosos de cinzel, como se Deus as tivesse trabalhado com ira e impaciência. Era um rosto de camponês das velhas telas de Kotsis[53] ou de Chełmoński[54], em que a força se confundia com a tolice. Estava então junto à janela da varanda observando atentamente a rua defronte da casa e sentia uma dor no coração. Por muito tempo, um tempo inacreditável, ele tinha conseguido ficar longe do fluxo dos acontecimentos, permanecendo na margem seca. Não era covarde, simplesmente não estava muito interessado. Somente anos depois iria se verificar que todos, sem exceção, estavam interessados. Na realidade fazia parte daquele grupo de pessoas que receberam com pesar a perda da independência, que olhavam os ocupantes com repugnância, que estavam apavorados com a crueldade desenfreada do mundo, mas que situavam a sua própria existência à margem, preocupados com os problemas do dia-a-dia ou — como ele —

---

53. Aleksander Kotsis (1836-1877): pintor polonês.
54. Józef Chełmoński (1949-1914): pintor polonês.

com a sua vida interior, sua espiritualidade afastada das coisas comuns, tanto mais afastada quanto mais as coisas comuns iam se tornando más e desumanas. No passado, vivia no meio das sombras, em amizade e conciliação com elas. Era filólogo clássico não só por sua formação e pelo fascínio que tinha pelas letras clássicas. O latim e o grego fizeram dele uma pessoa que vivia fora deste mundo. Naquele tempo isso ainda era possível. Vivia sozinho, em companhia agradável e cultural dos clássicos. Passeava com Tucídides, Tácito ou Xenofontes debaixo do braço. Fazia refeições com Sófocles e Sêneca. Os vivos, ele reconhecia com dificuldade, os contatos com eles eram esporádicos, porque embora fossem necessários à vida, eram pessoas pouco interessantes e barulhentas. Ele tinha opiniões de uma pessoa distraída. Corriam sobre ele anedotas que ele nem conhecia, uma vez que para a sociedade em que vivia ele não era parceiro, mas apenas objeto de conversa.

Era natural de uma aldeia perto de Kielce, onde os seus pais e avós trabalhavam como jornaleiros em troca de um teto e de um pedaço de pão. Não se lembrava da mãe, do pai, sim, embora sem amor, pois era um homem muito explosivo, cuja raiva era fruto da infelicidade. Aos dez anos, deixou o pai e os irmãos e foi enfrentar sozinho o mundo da pobreza. Mas no fundo de sua alma odiava a pobreza e a humilhação, a aldeia idílica, os salgueiros e as aveleiras, o campo lavrado, o fumo das fogueiras, o campesinato, os insultos e os xingamentos. Pessoas como ele tornavam-se revolucionários ou solitários introvertidos. A escolha que tinha era entre a revolução social e a fuga para fora deste mundo mal organizado. As pessoas como ele inspiravam os poetas positivistas. Também Żeromski escrevia sobre eles. Trabalhava na construção, nos poços, com cavalos. Passava fome. Sofria. E estudava com uma tenacidade de camponês. Pela moradia nas pensões e em quartos, pagava cortando lenha e carregando água. Em troca de comida nas cantinas, lavava louça e esfregava o sobrado. Terminou o liceu clássico com distinção e pôde fazer o curso superior gratuitamente. A sua via-crúcis durou vinte anos, porque veio a Grande Guerra e logo depois o ano de 1920. Só mais tarde é que a sua situação melhorou, mas ele continuava pobre, orgulhoso e solitário, doutor em filosofia, filólogo clássico, filho de sem-terra que com seu trabalho, sua determinação e força de caráter não só subiu acima da sua classe de origem, como também acima dos milhões de nascidos sob uma estrela mais favorável. Devia tudo a si próprio e não precisava nada do mundo. Satisfazia-se com a vida modesta, ganhava o seu sustento dando aulas ocasionais de latim e grego, também assumia outros serviços porque não temia nenhum trabalho, porque na sua juventude teve que aprender tudo. Não gostava do mundo que lhe foi dado. Por isso abandonou o mundo dos homens e das coisas visíveis e mudou-se para os países da Antigüidade, países de clima ameno e muito sol.

Quando estourou a guerra, não teve medo do futuro. As pessoas solitárias que vivem no mundo da imaginação não sabem das angústias cotidianas dos seus próximos. A guerra e a ocupação não tornaram o doutor Adam Korda mais pobre, tampouco lhe tiraram o privilégio de passear com Cícero. Mas ele não era um fantasista frio e desumano. O sofrimento dos outros despertava nele compaixão. Porém, tudo que acontecia à sua volta não era consigo. Ao contrário de tantos outros, não estudava os deslocamentos dos couraçados de Hitler, pois estava ocupado com o problema de Anábase e da guerra da Gália. Talvez no tempo da ocupação ele se sentisse até mais seguro no mundo da ilusão e do irreal, uma vez que tudo à sua volta era irreal e contradizia as normas vigentes.

As pessoas falavam das suas aventuras terríveis e engraçadas ao mesmo tempo. Uma vez passou por uma batida policial sem perceber. Quando o policial lhe pediu os documentos, ele demorou a entender o que o homem queria, até que o policial, aborrecido ou de coração sensível, fez o sinal com a mão e o deixou seguir.

— Como é que o senhor doutor escapou dessa batida? — perguntou-lhe um conhecido que presenciara o acontecimento.

— Que batida? Ah, sim, é verdade. Não sei, estava pensando em outra coisa.

Evitava as pessoas e, conseqüentemente, também a guerra que elas travavam. Ele se interesava pelas guerras da Antigüidade, hieráticas, gravadas numa pedra branca, imponentes e sem manchas de sangue. Nelas encontrava uma ordem moral que não existia na vida real. Portanto, ignorava a vida real.

Fez amizade com a vizinha do lado. Uma senhora muito bonita, calma, viúva de um oficial. Ele tinha parentes distantes que moravam perto de Lublin, e quando por vezes os visitava, trazia frascos de doce e garrafas de sucos de fruta. De vez em quando oferecia à senhora Gostomska um frasco de doce. Ela agradecia com um sorriso encantador e retribuía-lhe com um pacote de chá, o que não era pouco. Às vezes, visitava a senhora Gostomska em sua casa. Ela tinha um grande encanto feminino e interessava-se pela Antigüidade. Ele nunca tinha encontrado antes uma pessoa tão calma, lacônica e concentrada. Agradecia ao destino por ter lhe permitido encontrar a senhora Gostomska. De repente, ela ficou em apuros. Acusada de ser de origem judaica, foi detida pela Gestapo. A vida dela estava em perigo.

Foi a primeira vez que o doutor Korda enfrentava de tão perto o horror da morte. Ainda ontem a senhora Gostomska retribuiu com um sorriso o seu cumprimento, e amanhã já não estaria entre os vivos, torturada até a morte pela Gestapo. Não era tanto a morte, quanto a expectativa da morte, as horas de espera sem poder fazer nada, que o apavoravam. A senhora Gostomska contava com a ajuda do doutor Korda. Mandou-lhe um recado. E ele não ficou parado. Tomou as providências imediatamente. Mas não tinha muita esperança. Que poderia fazer um jovem, Paweł Kryński, o único conhecido comum? Que poderia fazer se era verdade tudo o que as pessoas contavam sobre a Gestapo e a avenida Schuch? E as histórias que se contavam não eram inventadas, porque havia uma guerra atroz, o doutor Korda já tinha ouvido falar de torturas, execuções, campos de concentração. Um de seus conhecidos, um filólogo clássico de renome, doutor Antoni Kamiński, não estava em Auschwitz? Doutor Korda mandava-lhe regularmente encomendas com bens alimentícios. Privava-se de muitas coisas para poder enviar essas encomendas ao filólogo clássico Kamiński. Que poderia fazer um jovem para salvar a senhora Gostomska? O doutor Korda procurava febrilmente em sua memória as pessoas que pudessem ajudar. Mas ele tinha poucos conhecidos e nenhum amigo. Pela primeira vez na vida sentia o peso da solidão, da vida de bicho-de-mato que levava. Agora dependia tanto dos outros, pois sem a benevolência, sem o empenho deles, a senhora Gostomska não poderia ser salva. Certamente, ela não é judia. Suspeita completamente ridícula. Se os seus cabelos não fossem tão louros, ela pareceria uma Diana. Mas será que isso tem importância para os homens da avenida Schuch? Judia ou não judia? Não se trata só de judeus!

Estava junto à janela da varanda e observava atentamente a rua. Era um bom posto de observação. Se a senhora Gostomska voltar, ele a veria com certeza. Lá estava ele de calça curta, de sapatos com cadarços, baixinho, meio careca, imóvel, com inquietação dolorida no coração. Não pensava na guerra da Gália, mas naquela do lado de fora da janela. Quando escureceu, não acendeu a luz. Puxou uma cadeira para junto da janela, sentou-se e observou a escuridão. Só à meia-noite percebeu que a senhora não podia voltar nesta hora. Baixou as persianas, puxou as cortinas e foi para a cama. O sono só veio de madrugada, mas acordou logo e foi ao seu posto junto à janela. Tinha o dia inteiro de espera pela frente. E uma tremenda solidão, porque os espíritos da Antigüidade clássica o tinham abandonado. De tempo em tempo dava uma cochilada, encostando a cabeça no parapeito. Teria despercebido o retorno da senhora Gostomska? Escutava atentamente se vinha algum som do outro lado da parede. Mas só havia silêncio.

As horas passavam às suas costas, devagar, na ponta dos pés. Era um dia de primavera, dia de sol e de muita gritaria dos pássaros. No início da tarde, o doutor Korda sentiu que tinha de fazer alguma coisa, que não podia continuar parado assim. Fazia horas que não comia, mas ele sempre comia pouco, não dava importância às refeições e por isso não sentia fome. "Comer é negócio dos bárbaros!" — costumava dizer. Nisto ele não era nada clássico, era descendente de camponeses sem terra da região das montanhas Świętokrzyskie, que se satisfaziam com qualquer coisa, batatas, uma sopa aguada. Saiu do seu posto de observação e foi para a rua. Passeava na calçada frente a seu prédio. O que mais poderia fazer? Sentia dentro de si uma esterilidade, um vazio antes desconhecido que aumentava. De repente, resolveu fumar um cigarro. É incrível, pensou angustiado, é incrível. Mas já estava se dirigindo a um quiosque da esquina, encostado no muro do seu prédio.

— Um maço de cigarros, por favor — disse ele.

— Qual? — perguntou o vendedor.

— Eu não sei. Me dê um mais barato.

A marca era Haudegen. Abriu o maço, cheirou e colocou a piteira na boca. Só assim se lembrou de que não tinha fósforos. Voltou ao quiosque. Finalmente acendeu o cigarro. Inspirou o fumo. Começou a tossir. É incrível, pensou, é incrível! Mas continuou a fumar. Andava pela calçada, um homem baixo, de calça curta, de jaqueta, com a gola da camisa para fora, de sapatos com cadarço que lhe chegavam ao tornozelo, e fumava feito um vapor do rio Vístula. Já não sentia o fardo do vazio no peito, mas uma dor aguda e penetrante. Agora o afligia a tosse. Voltou para casa. Jogou a ponta de cigarro na privada e puxou a descarga. Voltou para a janela. O dia estava se apagando. Ela já não deve estar viva, pensou Korda. Foi um pensamento terrível. Mas a cada momento que passava, ele tinha mais certeza de que a senhora Gostomska não estava viva. Finalmente desistiu. Foi para o fundo da sala e sentou-se à mesa. O que está acontecendo comigo, pensou, é só uma pessoa. Só uma pessoa. Muitos anos depois, num mundo completamente diferente, transformado, imaturo e moderadamente cruel, ele ainda continuava a debater-se nessa brenha. A Antigüidade só ficou definitivamente destruída apenas quando restaram seus escombros. Só uma pessoa, pensava então, só uma. Apavorava-se com o mundo que apareceu de repente, como se se soltasse feito Minerva da cabeça de Júpiter, enorme e onipresente, no deserto das ruínas e dos destroços. De repente, percebeu que foi roubado e feito de bobo. Este mundo oferecia a facilidade que nunca foi oferecida ao doutor Korda. Tudo que conquistara com um esforço enorme, com sacrifícios cantados pelos poetas, ficou, de repente, ao alcance de qualquer um. Pastores e bárbaros estavam assaltando acrópoles que o doutor Korda galgava sozinho, com o suor do seu rosto, humilhação e com uma enorme força da vontade. Não sentia inveja, mas apenas decepção e medo. Tinha medo de multidões. Que valia o mundo sem o sacrifício de um homem solitário, mundo em que cada um tinha tudo ou nada, igualmente e do mesmo jeito, sem nenhuma distinção?... Só uma pessoa, repetia, só uma. Onde é que brilham as mesmas estrelas para todos? — perguntava a si mesmo. Onde é que sopram os meus ventos sem mim? Quem, além de mim, olhará nos olhos a minha morte? Quem viu os meus deuses, quem viveu os meus medos, quem sonhou os meus sonhos, quem sentiu a minha fome, quem riu o meu riso e chorou as minhas lágrimas?

Foi só então que a Antigüidade desmoronou. Uma pessoa. Uma pessoa só.

Portanto, a primeira carga de dinamite explodiu sob uma coluna dórica no momento em que o doutor Korda sentou-se à mesa e pensou que, com toda a certeza, a senhora Gostomska estava morta. Uma pessoa foi morta. Restou só a humanidade. É possível? — perguntava a si mesmo. Não quis se conformar com a morte da pessoa. Levantou-se e foi para a janela. Os deuses não o tinham abandonado, porque justamente naquele momento, no cinza do entardecer, na luz filtrada dos últimos raios do sol que fumegava em cima dos telhados, avistou a silhueta que lhe era conhecida. A senhora Gostomska caminhava pela calçada. Parecia um pouco abatida, mas elegante e bela como sempre. Quis correr de imediato ao seu encontro, mas desistiu. Seria indelicado, disse a si mesmo, a senhora Gostomska precisa de solidão, de sossego. Vou velar atrás da parede. Ficou todo alegre. Começou a cantarolar baixinho. De repente sentiu fome. Foi até a cozinha, comeu pão e bebeu leite. Depois, encontrou dentro do bolso o maço de cigarros e o jogou na lixeira.

XVI

— Estou voltando, Paweł — disse Henio. Pela primeira vez não disse "Pawełek", mas "Paweł". Paweł respondeu com frieza:
— Para onde, Henryk?
— Para lá.

Henryk apontou para uma nuvem negra que pairava sobre as ruínas do gueto e que se espelhava nos seus olhos.

Estavam junto ao muro de um prédio da rua Książęca, em frente de uma praça com casas baixas em volta, uma igreja bojuda e uma avenida em perspectiva. A avenida verdejava de árvores. Cheirava a primavera e queimado.

Ambos perceberam que, de repente, tinham-se tornado adultos. Já não eram meninos. E não estavam surpresos. Perto da morte até as crianças envelhecem depressa.

— Não faz sentido você voltar para lá — disse Pawełek. — É morte certa.

— Provavelmente — respondeu Henryk. Ele nunca tinha certeza de nada, pois era um ótimo aluno, o primeiro em ciências exatas.

— Provavelmente — repetiu, e encolheu os ombros.

Paweł chegou à conclusão de que não vale a pena falar. Henryk vai voltar para lá. A sua decisão é definitiva. Será que em seu lugar eu voltaria?, pensou Pawełek. E respondeu que provavelmente sim. Mas agora eles já não podiam comparar as suas condições. Chegaram a uma encruzilhada. Estavam lado a lado, eram grandes amigos, viveram juntos mais de dez riquíssimos anos de infância e juventude, mas neste momento os dois perceberam que algo os separava. Estavam em lados opostos, entre eles levantava-se um alto muro. Muros assim só caem com o som das trombetas de Jericó, mas as trombetas de Jericó estavam caladas.

— Talvez seja a última vez que nos vemos — disse Henryk e, de novo, encolheu os ombros.

Paweł ficou calado.

Não consigo impedi-lo de ir, pensou. Ele vai partir. Já não somos tão chegados como antes. Henryk está levando uma coisa minha. Não posso ficar com ela quando ele partir. E o que de mim está nele vai morrer do outro lado do muro. Agora Pawełek vai diminuir. Talvez até desapareça aquele Pawełek de que eu gostei tanto porque era um menino engraçado, insubordinado e com ele nunca fiquei entediado. Henryk leva Pawełek de mim e ambos irão para o inferno. Era bom se Henio ficasse comigo. Este Henio que agora sumiu, escondido num portão da rua Książęca à espera de que Henryk se afaste. Guardar o Henio é tudo que posso fazer.

Olhou o rosto de Henryk. Ainda tinha um traço de Henio. Cada vez mais fraco, mais pálido. No olhar de Henryk, já não havia esse traço, mas ele ainda permanecia nas faces rosadas, nos lábios caprichosos, levemente virados, nos cabelos escuros e bastos sobre a testa. É isso que precisa ser guardado.

Gravar tudo, até o menor detalhe. Este casaco de outono, traçado, comprido, de ombros largos e enchumaçados, com o botão do meio do lado direito frouxo, preso só por um fio. Este botão vai cair antes de Henryk chegar ao gueto, mas para Paweł o fio nunca se partirá, nem cinqüenta anos depois.

Os sapatos de Henio. Pretos, cuidadosamente amarrados, um pouco gastos. O gorro azul-escuro de esqui com a pala rafada. O cachecol de lã preto atado ao pescoço. As mãos de Henio. Pequenas, femininas, com dedos finos e pálidos. As orelhas de Henio. Seu nariz, suas sobrancelhas, sua fronte. As bochechas rosadas como que um pouco inchadas. Os lábios gulosos demais que, mais cedo ou mais tarde, iriam arruinar Henio.

Memorizar Henio. Inclusive a sua sombra quase invisível no muro branco do prédio. E uma pomba no parapeito da janela por cima da cabeça de Henio. Vou levá-lo comigo, pensou Paweł, vou salvá-lo.

Assim pensou triunfante e amargurado.

Para que memorizar? Para carregar este menino através de um longo e escuro túnel dos anos que virão? Para que memorizar, se nunca mais iriam falar a mesma língua? O que vale o homem calado, que não conhece palavras, que não sabe nomear as coisas nem fazer justiça?

Paweł guardava a imagem deste Henio de casaco de outono e sapatos gastos para mais tarde discutir sempre com ele, para se referir a ele e para lhe fazer perguntas a que Henio nunca respondia, sempre calado, garoto judeu caprichoso de boca vermelha e gulosa, com quem Paweł, quarenta anos depois, ia de braços dados para a rua Stawki, flores na mão, a pulsação vingativa do sangue nas têmporas, os policiais de uniformes azuis no fundo da rua, um mundo totalmente estranho, sem nenhuma relação com Henio, mundo em que já não havia uma só pedra, um só átomo de ar, uma só gota de umidade do mundo daquela rua Książęca, em que Paweł tinha se despedido de Henryk, em que Paweł tinha memorizado Henryk para carregá-lo nas costas através de um córrego torrencial, perigoso, como o fez São Cristóvão com um misterioso menino. Mas São Cristóvão só deu poucos passos e já estava na outra margem, mais segura, enquanto Paweł iria carregar este seu fardo, este garoto judeu, sempre calado, através das décadas, através de todos os dias de selvageria, de hipocrisia, de estupidez e do falso sublime que ainda o esperavam.

E o que sobrará dessa aventura ao fim da viagem? Um homem velho chegará junto ao prédio da rua Książęca, ficará ao lado do muro, acenará com a cabeça. Olhará Henio. Henio será um menino rosado de casaco de outono e com um gorro de esqui na cabeça. Nenhuma ruga, nenhum cabelo branco. Os mortos não envelhecem. "E para que eu levei você nesta desgraça toda, Henio!?", dirá o velho Paweł. Henio encolherá os ombros. Talvez ele ainda dissesse uma palavra conhecida: "Provavelmente".

— Adeus, Paweł — disse Henryk, e estendeu a mão.

— Adeus, Henryk — disse Paweł.

Não vou gostar dessa cena, pensou ele com raiva. Se nós dois sobrevivermos, ela se tornará ridícula.

Mas eles corriam riscos de tudo, menos o do ridículo. Mais tarde, muitas pessoas iriam fazer esforços enormes para que esse gesto parecesse ridículo nas fitas de cinema e nas telas de televisão, e realmente tornava-se ridículo por esse seu heroísmo de um outro mundo, heroísmo no qual esse gesto tinha que virar símbolo. No mundo apodrecido de slogans gastos, de hipocrisia, de um pequeno comércio de defuntos e de interminável palavreado sobre o futuro, um gesto como esse era realmente anacrônico, portanto ridículo, como o seria, com as devidas proporções, Júlio César andando de bicicleta.

Mas eles não podiam saber disso quando estavam junto ao muro de um prédio da rua Książęca, dois jovens que amavam o comandante[55], que falavam freqüentemente sobre Romuald

---

55. Comandante Józef Piłsudski.

Traugutt[56], que sonhavam com o ataque em Rokitna.[57] Eles só estavam dando os primeiros passos, incertos, no terreno pantanoso dos totalitarismos, e ambos estavam antes dispostos a morrer do que se atolar até o pescoço.

— Já vou — disse Henryk.

Paweł ficou calado. Ainda uma pomba levantou vôo. Ainda no fundo do portão do prédio passou rápido o vulto de uma mulher com um xale verde nos ombros. Um toque do bonde na rua Nowy Świat e o seu corpo vermelho aparecendo na esquina feito um dragão de lata, um brinquedo para meninos, para Henio e Pawełek.

Ele se foi. E logo desapareceu. Paweł olhou para o céu. Era bem azul, céu de abril. Apenas à sua margem, acima dos telhados, passava lentamente uma faixa suja de extermínio.

Será possível que, já naquela hora, ele tivesse tido a impressão de que era um princípio de algo e não o fim? Será possível que, justamente no momento em que a silhueta de Henryk desapareceu de seus olhos, ele tenha percebido que começava um novo capítulo que ia durar para sempre, por toda a sua vida? Mais tarde percebeu que era assim mesmo. Foi justamente naquele dia, pensava muitas vezes depois, que percebi que tinha começado o tempo das separações, das despedidas e das eternas angústias. Mas não se tratava só de separação. É verdade, a partida de Henryk foi a primeira despedida de Paweł. Depois haverá muitas outras, talvez até mais dramáticas, embora nunca vividas com tanta intensidade, porque ele nunca mais ia ter dezenove anos, idade em que cada pessoa que parte leva consigo quase o mundo inteiro, deixando apenas umas migalhas sem

---

56. Romuald Traugutt (1826-1864) comandou o Levante de Janeiro, em 1863, contra a ocupação russa. Foi executado pelos russos.
57. Rokitna: aldeia da Ucrânia, onde em 13 de junho de 1915 a cavalaria polonesa atacou ousadamente as posições do exército russo.

valor. Depois, ele aprendeu a modelar a sua própria vida aproveitando-se até dos cacos pelos quais nenhuma pessoa sensata daria sequer um tostão. Não foi só ele que aprendeu isso. No entanto, não se tratava apenas de uma separação. Henryk foi com certeza o seu primeiro amigo, e partindo levou consigo a infância e os melhores momentos da juventude. Mas por que mais tarde, anos depois, lembrava-se não só da figura do menino de casaco de outono desaparecendo na esquina da rua para nunca mais aparecer no mundo dos vivos, mas também da faixa suja de fumaça no céu como um pano ferruginoso estendido sobre as casas de Varsóvia? Por que o céu acima da sua cabeça, desde aquele momento, sempre tinha que lhe parecer sujo, desbotado, mesmo quando, às vezes, o iluminava uma conflagração heróica?

Mais de um ano depois, quando Henryk já há muito não estava entre os vivos, o céu sobre a cidade ficou encoberto por completo, de ponta a ponta, de fumaça iluminada pelos incêndios. Nessa altura, Paweł não se lembrava da despedida de Henryk, nem do dia de ontem, nem da hora que passou. Estava na luta, na barricada do levante e pensava na carabina que fazia parte da sua existência. A parte mais importante, a parte de que tudo dependia. Mas também naquelas horas acompanhava-o a sensação de desesperança, estava se separando e se despedindo de novo. Afastavam-se dele casas e ruas, parques e praças, monumentos e pessoas. A cada hora do levante, ficava menor, encolhia-se, afundava-se e desaparecia como esta cidade. Depois chamaram isso de traição, mais tarde, uma bela loucura e, finalmente, uma tragédia em que Paweł foi envolvido sem culpa e sem direito de escolher. Mas ele nunca se sentia traidor, louco e muito menos figurante de um drama que não era seu. Não tinha por que censurar-se, pois só tentava cumprir o seu dever. Quanto aos outros, nunca chegou a ter certeza se o tinham cumprido ou se realmente o tinham desejado cumprir.

Mas recusava-se a ser o juiz dos seus próximos, mesmo que eles, muitas vezes, o julgassem.

O céu parecia-lhe sempre sujo e impiedoso. Talvez por ter duvidado, durante algum tempo, da existência de Deus. Mas, mesmo depois, quando recuperou a fé, não chegou a recuperar a esperança. Sempre o perseguia a sensação de que durante a guerra tinha perdido algo muito importante. Depois, sonhava com as cidades da Europa que não conhecia e nunca tinha visto. Sonhava com catedrais, castelos, pontes e ruas. Eram sonhos em que se sentia bem, mas ao acordar sentia de novo uma sensação de perda. Depois, viajou pela Europa. Um viajante estranho de um país distante. E perdeu os seus sonhos. As catedrais, os castelos e as pontes existiam sim, mas não lhe pertenciam, ali não se sentia em casa. A minha consciência européia já não existe, falava consigo mesmo, talvez nunca tivesse existido, talvez fosse apenas uma miragem, um desejo de uma identidade que nunca nos foi dada? Encontrava em si uma espécie de bárbaro trágico, talvez uma carência ou um excesso com que já não cabia nas catedrais da Europa nem nas pontes sobre os rios europeus. Voltava aliviado para ficar de novo com saudade. Sabia que isso era ridículo, mas isso também o confortava. Sem o ridículo só lhe restaria a condição de aleijado. Afinal, melhor ter orelhas de abano do que uma perna mais curta.

Teria Henryk lhe tirado toda a esperança? Paweł sabia como era absurda tal acusação. Se estivesse vivo, Henryk não seria com certeza muito diferente de Paweł. Os dois foram roubados do mesmo jeito. Henryk estava numa situação melhor porque não sabia nada disso. Ao morrer, devia ter acreditado que um dia as coisas iam mudar. E na verdade mudaram um pouco. Depois já não se matavam as pessoas, pelo menos na Europa e até nas suas periferias. Foi um progresso enorme, e Paweł abençoava o dia em que a guerra tinha terminado. Só os loucos não abençoavam esse dia. Só os estúpidos, cegamente apegados aos seus princípios, não notavam a diferença. Mesmo não sendo a Polônia bem como eles tinham desejado, mesmo não sendo nada assim, para os que se salvaram só o fato da salvação fazia uma grande diferença, suficiente para ser abençoada. De qualquer forma, Paweł estava vivo e Henryk morto. E Paweł sabia dessa diferença. Contudo, dez anos depois ficou cansado, e vinte anos depois sentia um tédio que o paralisava. Quanto tempo alguém pode comemorar o fato de não ter sido morto? — perguntava-se Paweł. Era uma pergunta oportuna porque em sua volta morriam pessoas de velhice, de doenças e de acidentes. Porém, para aqueles que morreram era indiferente como tinham passado para a eternidade. Não havia grande diferença entre um velho fuzilado numa rua de Varsóvia ocupada e uma pessoa da mesma idade morta de câncer alguns anos depois. Talvez o fuzilado sofresse menos e o seu sofrimento fosse mais curto. Também não havia grande diferença entre uma criança queimada nos incêndios da guerra e aquela atropelada por um motorista bêbado quando corria para a escola em tempo da paz. As mães choravam do mesmo jeito. O que em 1945 parecia milagre, alguns anos depois era natural e mais tarde tornou-se entediante e banal. Então já não era a guerra que era terrível, mas a paz. E para aqueles que não viveram a guerra por terem nascido depois, aquela paz banal, ou seja, a vida bem comum, ficava insuportável. Paweł envelhecia, mas lembrando-se do passado estava numa situação melhor. Sempre podia lembrar-se de um inferno mais perfeito. Mas não foi um consolo suficientemente forte e duradouro para viver com esperança. No fundo, Paweł sofria de sentimento de dignidade. Era como uma espinha no nariz. Não dava para sentir de onde vinha o vento nem aparecer em público com a cabeça erguida.

Felizmente o mundo já não era tão cruel como antes, nos tempos da juventude de Paweł, mas tornava-se insuportavelmente trivial. Era um mundo de penúria, de ordem e de segurança pública aparentes. Canteiros de flores bem cuidados, mas de lixeiras fedorentas; de autêntica liberdade, mas de passagem proibida.

O que afinal incomodava Paweł? Teria Henryk lhe tirado o direito de liberdade?

Uma noite discutia esse assunto com Gruszecki. Este lhe tinha oferecido uma carona. Encontraram-se por acaso na casa da irmã Weronika. Gruszecki já estava para sair quando Paweł entrou, visita rara, que há muito não vinha. O contato entre Paweł e a irmã Weronika era incerto e dependia dos caprichos da correspondência. Ambos recebiam cartas de Israel. "Cumprimentos para a irmã Weronika." "Minha querida, se você encontrar o senhor P. transmita-lhe as minhas saudações." Paweł tinha acabado de receber um postal convencional com a mensagem "Cumprimentos para a querida W.". Veio então para cumprimentar a velha freira, trazer os cumprimentos singulares, cuja sombra pálida estendia-se através dos continentes, de um *kibbutz* da Margem Ocidental até o bairro Powiśle em Varsóvia. Ficou pouco tempo. Achou a irmã meio apagada e fraca. Estava chegando aos oitenta. Ao beijar-lhe a mão, teve a sensação de tocar com os lábios uma folha seca.

No carro, Paweł disse:

— Me lembro dela quando era uma mulher alta e forte. Agora ficou tão pequenina. Não lhe parece que tudo está encolhendo? Como se a vida estivesse constantemente nos diminuindo.

Gruszecki olhava para frente. A luz do velocímetro iluminava o seu rosto magro, anglo-saxônico e polonês. Calado, segurava o cachimbo entre os dentes. Encolheu os ombros.

— Ela tem quase oitenta anos — disse, enfim, segurando o cachimbo com a mão esquerda, enquanto a mão direita segurava o volante. — É assim, estamos envelhecendo.

— O senhor ainda tem muito tempo — disse Paweł. — Eu nem tanto. O tempo está cada vez mais curto. É uma sensação desagradável. Algo foge e não volta mais. Perdas sem fim.

— Eu não seria tão pessimista. Quanto à idade não há diferença entre nós. Antes sim. Hoje não tem importância. Penso que a questão é a avaliação que se faz da realidade. Eu diria que o senhor tem idéias um pouco românticas.

— Românticas? — repetiu Paweł. — Nunca me passou pela cabeça. Estava sempre com os pés no chão.

— Ora, ora — disse Gruszecki e, de repente, virou para a direita, as rodas bateram no meio-fio, parou o carro e desligou o motor. — Eu não diria, meu caro senhor... Tenho ouvido algumas coisas sobre as suas aventuras nesses últimos tempos... O que foi, senão uma fantasia romântica?

A voz dele tinha um tom acusatório. Voltou a chupar o cachimbo. Paweł deu uma risada. Gruszecki pareceu-lhe engraçado.

— O senhor está rindo? Pode rir. Mas não se trata da sua pessoa, dos seus negócios, nem da sua vida. Com ela, vocês podem fazer o que bem quiserem. O que acontece é que vocês expõem esse país a um perigo! Sem sentido, sem a menor chance.

— E onde está o sentido e a chance, senhor engenheiro? Nós estamos na lama até ao pescoço, e quando alguém quer sair da lama o senhor diz que não tem sentido?!

Gruszecki acenou com a cabeça.

— Exato. Não tem sentido. É para se afogar, para afundar.

— Então é para ficar quieto e não se mexer? Nenhum gesto? Assim mesmo?

— Nenhum gesto! Qualquer movimento é perigoso. Afinal, se o senhor insiste nessa comparação não muito feliz, nós estamos atolados na lama sim, até o pescoço, mas pelo menos a cabeça está acima. Se começarmos a espernear, estamos perdidos! E o que houve foi um esperneio, simplesmente esperneio!

E deu no que deu. O senhor não notou? Estivemos atolados até o pescoço, mas agora só podemos respirar pelo nariz. Mais um movimento perigoso e será o nosso fim.

Acendeu o cachimbo. A chama do fósforo iluminou-lhe o rosto irritado.

— É questão de ponto de vista — disse Paweł com frieza. — Para dizer a verdade, aqui sempre foi assim... Há duzentos anos ou mais. A nação existe porque não parou de espernear. Se não tivesse esperneado, já não estaria existindo...

— Como é que o senhor sabe? De onde é que vem essa certeza de que devemos a nossa sobrevivência às nossas loucuras, de que a nossa identidade necessita de tais sacrifícios? Não deveríamos ter agido de outra forma?

— Eu penso, senhor engenheiro, que na história não existe modo condicional — disse Paweł. — O que aconteceu, aconteceu. Conta o que aconteceu... Os poloneses são como são porque a sua história foi assim. Acha que isso é romantismo? Mas precisamos pensar numa perspectiva histórica, pensar com a memória da nação. Aprender do passado. Nós já tivemos Wysocki[58]. Tivemos Mochnacki[59]. E Mickiewicz. E Traugutt, Okrzeja[60], Piłsudski, Grot[61], Anielewicz[62], e os homens do Levante[63]. Todos eles existiram, senhor engenheiro. Não sei o que seria se eles não tivessem existido. E nem sequer me interessa. É esse o

---

58. Piotr Wysocki (1797-1874): oficial polonês que desencadeou o Levante de Novembro de 1830 contra a ocupação russa.
59. Maurycy Mochnacki (1803-1834): escritor e político polonês.
60. Stefan Okrzeja (1886-1905): revolucionário polonês executado pelos russos.
61. Grot: a ponta de uma lança ou de uma flecha em polonês, pseudônimo do general Stefan Rowecki (1895-1944), comandante da resistência armada polonesa na Segunda Guerra. Assassinado num campo de concentração alemão.
62. Mordechai Anielewicz (1919-1943): comandante do levante do Gueto de Varsóvia em 1943.
63. Levante de Varsóvia de 1944 contra a ocupação alemã.

meu realismo. Eles existiram. É o que não pode ser riscado ou apagado. E somos como somos porque eles existiram!

— Existiram, e daí? — perguntou Gruszecki. — Será que cada geração precisa ser dizimada? Uma fantasia. Veja os tchecos. Quanto bom senso, quanta perspicácia. Desde os tempos da Montanha Branca[64] que não disparam um único tiro. Suportaram com calma e dignidade quatrocentos anos de dominação alemã. Sem um único tiro. E continuam, como você pode ver. Estão mais presentes no mundo do que nós!

— Outros tempos, outros métodos, outro poder. Os quatrocentos anos de domínio dos Habsburgos fizeram menos estragos do que quarenta anos de domínio soviético. Do que o senhor está falando, senhor engenheiro?! A velha Cracóvia até hoje lembra o imperador com simpatia. A Áustria, meu Deus! Do que o senhor está falando...

— Sob o domínio dos Habsburgos, os tchecos não estavam tão felizes assim. Nós tampouco! Só nas últimas décadas... Trata-se de uma opção. Assim ou assado. Como é que o senhor imagina a nossa existência sem o guarda-chuva da Rússia? O comunismo? Não me entusiasma. Mas talvez esteja na hora de percebermos que não somos o Ocidente. Somos o Leste católico!

Paweł voltou a rir.

— Não entendo. Que estranha invenção. O Leste católico? Uma andorinha ou uma águia no fundo do oceano. Uma criatura incapaz de viver.

— Por que uma andorinha no oceano? Poderia ser, por exemplo, um cavalo alado. Algo muito belo!

— Um fantasma, senhor! Primeiro é preciso responder à pergunta: quem é o homem? Qual é o sentido de sua vida nesta

---

64. Na batalha de Montanha Branca de 8 de novembro de 1620 um exército da Liga Católica venceu os protestantes da Boêmia.

Terra? E o catolicismo do senhor? E o seu apego à dignidade da pessoa humana, à sua singularidade e soberania perante o mundo? Como é que o senhor consegue conciliar isso com uma civilização coletivista, senhor engenheiro?

Gruszecki encolheu os ombros.

— A Rússia também é obra de Deus — respondeu. — Deus nunca abandonou a Rússia, a Rússia nunca abandonou Deus. Não julgue a Rússia considerando só o momento presente.

— Mas ela é como a gente vê — exclamou Paweł. — O senhor não está enxergando? Aliás, não se trata da Rússia. Ninguém aqui tinha pretensão de salvar o mundo, mas conquistar apenas um pouco de autenticidade, um pouco de verdade. Eis do que se tratava!

De repente, foi tomado por uma sensação de tremenda desesperança e de uma imensurável tristeza. Já é tarde, pensou. É ele, Gruszecki, quem tem razão. Algo acabou de vez, acabou há muito tempo, diante dos meus olhos, com a minha participação. Acabou mesmo. E não volta mais. Onde se pode então encontrar a autenticidade se já não há mais rua Krucza nem rua Marszałkowska, se já não existe rua Krochmalna nem Mariensztat? Que verdade própria pode reanimar esta cidade erguida das ruínas como um cenário teatral, se já não há ninguém, nenhuma pessoa na praça Kercelak, na rua Długa, na rua Koszykowa? Até as pedras que sobreviveram estão agora em outro lugar. Nem uma gota de água de outrora no Vístula, nem uma folha daqueles castanheiros no parque de Krasiński, nem um único olhar, nem um grito, nem um sorriso. Ele deveria saber disso, principalmente ele! O pequeno Hirschfeld deveria saber. Algo acabou de vez porque foi rompido um fio que antes ligava a história ao presente. Antigamente as gerações passavam um facho ardente, uma para a outra. Onde está o facho que eu segurava na mão, convencido de ser o mesmo, aceso há séculos? Onde é que se perdeu o facho com que um criado iluminava o caminho à frente dos reis Waza[65] e Poniatowski[66], o mesmo que ardia na oficina de Kiliński[67], sobre a cabeça de Nabielak[68], na cela de Traugutt, na praça do Castelo quando o avô[69] seguia num caixão para Cracóvia, nas trincheiras de setembro, no *bunker* da rua Gęsia[70], na barricada da rua Mostowa[71]? Onde está o facho apagado da verdade e da autenticidade que há pouco os trabalhadores dos estaleiros de Gdańsk queriam acender de novo? Será que desta vez perdemos definitivamente e para sempre? Será que os últimos quase quarenta anos representam uma nova qualidade, uma passagem para um estado de uma irremediável debilidade da nossa alma? Pela primeira vez a Polônia desonrou a própria Polônia e a colocou na lama!

— No que está pensando? — Gruszecki perguntou baixinho.

— Na minha internação — respondeu Paweł. — Uma história curta e trivial. Mas no sentido moral era pior do que o campo de concentração. Olhando os rostos típicos da Masóvia e da região da Pequena Polônia dos jovens milicianos, eu ficava abismado.

— Mas eles não eram violentos com você! — resmungou Gruszecki.

---

65. Zygmunt III Waza: da dinastia sueca dos Wasa, rei da Polônia entre 1587 e 1632.
66. Stanisław August Poniatowski: o último rei polonês (1764-1795).
67. Jan Kiliński (1760-1813): sapateiro, um dos comandantes do levante popular contra a ocupação russa de Varsóvia em 1794.
68. Ludwik Nabielak (1804-1883): poeta e historiador, participou do Levante de Novembro de 1830.
69. Avô: assim era chamado Józef Piłsudski.
70. No *bunker* da rua Gęsia os últimos combatentes do levante do gueto de Varsóvia cometeram suicídio em 8 de maio de 1943.
71. Barricadas erguidas durante o Levante de Varsóvia de 1944.

— Não eram violentos, mas estavam lá. Com a águia no boné. De pernas afastadas. Estavam até do lado do confessionário. Porque eles iam conosco à missa de domingo, quando vinha o capelão.

— Pois é — resmungou Gruszecki — então...

— Não brinque, senhor engenheiro. Não se trata desses garotos, que certamente tiveram os seus pesadelos. Trata-se de uma nova forma de Polônia, uma forma assustadora, desesperadora, porque...

Interrompeu. Não tem sentido, pensou. Ele não quer entender. Pobre polonês, descendente da República das Duas Nações.[72] Ele não quer entender, porque, se entender, o mundo dele desaba. E eu entendi do que realmente se trata? Em que consiste esta minha conjuração contra a história? Meu Deus, não é verdade que sempre houve um único facho, um objetivo comum e a solidariedade! Não é verdade, é uma eterna mentira polonesa. Ele deve ter razão dizendo que eu tenho uma alma romântica. Romântica sim, embora não do jeito que ele está imaginando. Eu sou ridículo! Esta última provação era necessária. Indispensável. Bendita. Finalmente morreu o mito de nossa excepcionalidade, desse sofrimento polonês sempre puro, justo e nobre. O facho não iluminou os rostos dos traidores enforcados? Não fugiam da sua luz os espiões de Konstantin[73]? Quem entregou Traugutt? Quem pagava as tropas dos cossacos para avançarem em 1905 contra os operários de Łódź, Sosnowiec, Varsóvia? Quem batia nos presos de Bereza e torturava os de Brześć? Quem perseguia Henio Fichtelbaum nas ruas de Varsóvia? Quem entregou Irma nas mãos dos alemães? Quem

---

72. República das Duas Nações: denominação da estrutura estatal que surgiu em conseqüência da união entre a Polônia e Lituânia no século XVI e que durou até o século XVIII.
73. Konstantin Pavlovitch (1779-1831): governador russo de Varsóvia.

a expulsou da Polônia? A santa Polônia, sofredora e corajosa. A polonidade santa dos bêbados, das putas, dos que se vendem, dos que tem a boca cheia de palavreado, a polonidade anti-semita, antigermânica, anti-russa, anti-humana. Sob a imagem da Virgem Santíssima. Sob os pés dos jovens militantes da ONR[74] e dos velhos coronéis. Sob o telhado do Belvedere.[75] Debaixo da ponte. A santa polonidade na frente dos botecos e das caixas. Os focinhos broncos dos policiais azuis. Os focinhos de raposa dos que entregavam judeus. As caras cruéis dos stalinistas. As caras grosseiras de Março.[76] As caras assustadas de Agosto.[77] As caras presunçosas de Dezembro.[78] A santa polonidade blasfema que tinha ousado autodenominar-se Cristo das Nações, mas que criava espiões e denunciantes, carreiristas e imbecis, torturadores e corruptos, que elevou a xenofobia a patriotismo, que se pendurava nas maçanetas alheias, que beijava a mão dos tiranos. Esta última provação era necessária! Indispensável. Bendita. Talvez agora a Polônia finalmente perceba que a velhacaria e a santidade moram na mesma casa, também aqui, às margens do Vístula, como em todo o mundo de Deus.

Olhou para o lado, para o perfil de Gruszecki. Não vou lhe dizer isso, pensava, ainda há um pouco de compaixão em meu coração. Chega de infortúnios que este meu Hirschfeld, o vice-chanceler da coroa, está carregando às costas. Deus deu abrigo a

---

74. ONR: Campo Nacional-Radical, organização de extrema direita fundada em 1934.
75. Belvedere: palácio em Varsóvia, sede do chefe de Estado.
76. Em março de 1968 houve manifestações antigovernamentais de estudantes reprimidas pela polícia.
77. Em agosto de 1980 houve uma greve nos estaleiros de Gdańsk que originou o surgimento do sindicato independente "Solidariedade".
78. Em dezembro de 1981 foi declarado na Polônia o estado de sítio, para impedir as transformações do "Solidariedade".

sua alma maltratada. Não vou perturbar o seu sossego obtido a custa do sofrimento das gerações. Eu gosto dele. Ele é o último que dança tão bem a polonesa! E o seu perfil lembra um pouco o de Henio. Mas será que eu ainda me lembro do perfil de Henio? Quis tanto lembrar, memorizava com tanto zelo naquela hora, na esquina da rua Książęca, e mesmo assim não me lembro! Como era o nariz de Henio? Como era o queixo? Nos sonhos, ele sempre aparece de frente. Com o gorro de esqui na cabeça. De sobretudo velho com um botão caindo. Mas do seu perfil não me lembro. Teria um nariz grande? Um nariz de judeu? Igual ao deste homem calado e preocupado que está fumando o seu cachimbo e, certamente, pensando que eu sou uma das poucas pessoas no mundo que conhece os seus santos segredos?

Onde é que está a nossa liberdade se não podemos ser nós mesmos? Onde fiquei quando me perdi?

XVII

O mundo mentia. Cada olhar era corrompido, cada gesto era vil, cada passo era infame. Deus segurava ainda a provação mais dura, o jugo da língua. Ele ainda não tinha soltado a incansável — e coberta da espuma de hipocrisia — matilha das palavras. As palavras ladravam aqui e acolá, mas ainda sem força, presas à trela. Não eram as palavras que matavam naquele tempo, só depois elas iam gerar um bando de assassinos. O jugo das palavras ainda não tinha chegado quando Bronek Blutman se encontrou cara a cara com Stuckler, que estava no meio do retângulo iluminado da janela. Do lado de fora da janela, um ramo verdejante tremia ao vento.

— Ela mentiu — disse Blutman. — Eu a conheço de antes da guerra.

Stuckler acenou com a cabeça.

— Um judeu não pode pôr em dúvida as palavras de um alemão — disse com calma. — O problema não é o engano, embora os enganos não devessem acontecer, o problema é a teimosia e muita convicção.

— Senhor Sturmführer, eu tenho certeza. Antes de chegarmos aqui ela não fingia que...

Stuckler deu-lhe uma bofetada. Bronek Blutman recuou, baixou a cabeça e ficou calado. O mundo mentia. Os seus alicerces estavam corroídos pela mentira, pela astúcia e pela vileza. O duplo significado da mentira, a sua ambigüidade e multiplicação levavam à loucura. Inúmeras traições e humilhações. A diversidade de modos, métodos e formas de traição. Eu traí essa judia, mas ela também me traiu. Nem Cristo tinha previsto uma coisa dessas. Ele era direto demais. A Judas dizia "Amigo!", e a Pedro gritava "Afasta-te de mim, Satanás!". Talvez o seu senso de humor fosse assim?

Bronek Blutman levou mais uma bofetada e recuou de novo. Mundo de mentira. Tudo às avessas. Até Cristo pronunciava frases que eram uma espécie de traição e de mentira. Ele disse a uma prostituta: "Vai e não peca mais!" E como ela podia não pecar se era prostituta e se Ele não lhe tinha ordenado abandonar essa profissão e tornar-se protetora dos atormentados?

Mas eu a conheço, essa judia, ainda de antes da guerra! Nenhum alemão, nenhum polonês possui uma centésima parte do meu instinto, eu tenho dentro de mim uma bússola que localiza judeus — eles nem imaginam. Um judeu sempre vai reconhecer outro judeu. Este bandido estúpido e ignorante deveria saber disso. Eu sou de confiança. Por quê? Se eu traí outros, posso também traí-lo! Posso trair a todos porque eu próprio fui traído.

Stuckler deu-lhe uma terceira bofetada. A mão dele era suada e quente. Desta vez Bronek Blutman não recuou. O golpe foi mais leve. Agora vai me matar, pensou ele.

— Então? — disse Stuckler. — Foi um engano, não foi?

Por que ele quer me humilhar também aqui, neste terreno em que me sinto cem vezes mais seguro do que todos eles juntos?! Ele olhou para dentro do ouvido dela, procurava sinais que nunca existiram. Talvez este ouvido judeu, feito uma concha do mar, rumoreje para ele com o som do deserto da Judéia? Não é o ouvido, Stuckler, é o olhar! Eu percebo, Stuckler, a mim não há judeu que engane. No raio da luz refletido na pupila do olho judeu vejo o velho Moisés, a festa da Páscoa e a festa dos Tabernáculos, vejo bem a Arca da Aliança, os rostos de todas as doze tribos de Israel, o monte Garizim, e Siquém, e Betel, e Hébron, vejo tudo isso num só olhar judeu, de Iduméia por sobre o monte Carmelo até o monte Tabor e o lago Genesaré, e mesmo mais longe, pois vejo o Dan e vejo ainda além, até o monte Hérmon. Por que ele quer me humilhar na minha própria terra? Não houve nenhum engano, foi ele quem caiu na arapuca da traição. Não foi preciso construir o mundo da traição, Stuckler, agora o mundo da traição engoliu você. Mas eu não me enganei não, eu sou rei na minha terra, nesta terra ninguém será mais forte do que eu.

— Senhor Sturmführer — disse Bronek Blutman. — Qualquer um pode se enganar. Isso não voltará a acontecer.

Mas para que estou falando isso? Mesmo assim eles vão me matar. É tudo mentira, tudo desonrado e pisado no chão. Por que eu teria que ser acima da média? Então eu digo que foi engano. Digo engano e mais uma vez cometo a traição, perco o meu valor, pois para que Stuckler vai querer um cara que se engana, um cara desses deve ser mandado logo para a Umschlagplatz[79], para enganos Stuckler tem seus próprios incompetentes de pescoço gordo e olhos de boi, tem também os poloneses para enganos, para que vai querer um judeu que se engana? Os judeus estão no mundo para serem mortos e para não cometerem erros. Eu não cometi erro nenhum e vão me matar. Como pode continuar um mundo desses?

— É a última vez que tolero um engano — disse Stuckler. — Fora!

Não gritou, disse tudo com calma, talvez até com delicadeza. Voltou para a mesa. O retângulo da janela ficou vazio.

---

79. No gueto de Varsóvia, local de onde os judeus eram deportados, geralmente para o campo de concentração de Treblinka.

Só com um ramo verde e um pedaço de céu. Bronek Blutman curvou-se respeitosamente, mas sem submissão. Saiu do gabinete fechando a porta atrás de si. Atravessou a secretaria, o corredor, a escada. Vão me matar de qualquer forma. Se não for hoje, será amanhã. Por não ter me matado hoje, ele cometeu um erro. Ambos cometemos um erro, é muito engraçado. Cometi um erro por não ter cometido erro nenhum, e ele cometeu um erro por ter esperado que eu não ia cometer um erro que fosse realmente um erro, porque se não fosse um erro, eu estaria cometendo um erro. É muito engraçado. Mentira, traição, humilhação, infâmia, delação, assassinato, crueldade, prostituição, engano grande e pequeno, falsidade, loucura...

Estava na rua. As árvores verdes, o céu azul. A traição verde, a mentira azul. O mundo não existe, pensou Bronek Blutman. O mundo morreu. Acabou. Nunca mais haverá mundo. Morreu agora e para sempre. Amém. Um erro, pensou ele. Se um judeu tão grande e tão sábio como Jesus Cristo se enganava e errava, quem você acha que é, pequeno Bronek! Você é um pequeno judeu, um metro e oitenta e quatro centímetros de altura, um judeu alto, pode-se dizer, mas mesmo assim um judeu pequeno, Bronek. Um engano? Que pense que foi um engano. A partir de hoje vou passar longe da senhora Seidenman. Vou passar longe de todas as putas de Varsóvia dos bares de antes da guerra, que fiquem longe do meu olho judeu. Vou atirar flechas mortíferas dos meus olhos aos judeus pobres, vagabundos, moribundos. Das putas judias vou passar longe, porque os seus ouvidos tocam música de salvação como as conchas dos mares do Sul. O mundo está fundado sobre a traição, a mentira e a humilhação. Não dá para esconder que Caim matou Abel. Não dá! No princípio era a traição, a mentira e a humilhação de Caim. O que então ele podia fazer se não levantar a pedra e matar Abel? O que podia fazer se Deus não lhe deixou alternativa?

Bronek Blutman subiu no riquixá e disse que queria ir até a praça Narutowicz. O homem do riquixá ofegava e tossia.
— O que você tem? — perguntou Bronek Blutman.
— A gripe me pegou.
— Devia ter ficado na cama.
— Uns podem, outros não — respondeu o homem do riquixá. Depois ficaram calados. Sobre o ouvido de Bronek continuavam ressoando aqueles ofegos pesados. Na praça Narutowicz, deu uma boa gorjeta ao homem do riquixá.
— Ponha umas ventosas — disse na despedida.
— Prefiro tomar um trago — respondeu o outro.

Mais um engano, pensou Bronek Blutman. Não dá para satisfazer ninguém. Entrou num botequim, sentou confortavelmente à mesa e pediu um prato. O pai de Bronek, o velho Blutman, costumava dizer: "Quando você tiver uma preocupação, não se preocupe, primeiro coma bem e depois se preocupe". Engano, pensou Bronek Blutman. O seu pai foi para a Umschlagplatz logo na primeira seleção. Há muito que não comia e preocupava-se como se isso tivesse algum sentido. O velho Blutman também cometia erros. Também Jesus Cristo os cometia. Todos cometiam, Deus inclusive. Então qual é o problema, Bronek?

Depois de ter almoçado voltou a pensar que ia ser morto. Se não for hoje, será amanhã. No princípio era o homicídio, pensou ele. Engano. No princípio era o verbo. Mas Deus ainda estava segurando esta terrível matilha. O mundo ainda não estava maduro para o jugo das palavras.

À noite, Bronek Blutman foi visitar sua amante. Tomou banho, vestiu o roupão. A amante observava Bronek. Estava sentada numa poltrona funda, só de calcinha colorida, meias de seda e ligas com um bordado azul. Estava sentada numa poltrona, os seus grandes peitos nus pareciam colinas, e os lábios pintados, uma ferida no meio do rosto. Olhava Bronek Blutman de pálpebras semicerradas porque achava que era assim que se devia olhar Bronek Blutman. O pai dela era bilheteiro de cinema, à noite levava-lhe o jantar numa caneca e depois ficava vendo o filme escondida por detrás da cortina junto à porta com o letreiro "Saída". Sempre assistia aos filmes numa perspectiva que deformava a imagem. Rostos alongados e olhares infinitos. Foi com um olhar desses, apaixonado e infinito, que ela agora tocou o rosto de Bronek Blutman. Desejava que a possuísse na poltrona como nunca tinha acontecido antes. Engano, pensou Bronek Blutman, nada dessas fantasias. Vou dormir. Engano, porque ela conseguiu o que queria. Bronek Blutman ofegava como aquele homem gripado do riquixá. Depois caiu no sono. Sonhava que era velho. Engano. Um ano depois seria fuzilado nas ruínas do gueto. Não se enganou pensando que, de qualquer forma, iria ser morto.

XVIII

O professor Winiar, um matemático que gozava de respeito e de simpatia de várias gerações de alunos, alimentados por ele com o zero e o infinito ao longo de quase meio século, estava na parada de bonde segurando na mão direita o guarda-chuva e na esquerda o *Nowy Kurier Warszawski*[80] enrolado, que ainda não tivera tempo de ler nesse dia. Ao lado do professor estava uma mulher gorda de sobretudo azul-escuro com um debrum de veludo. O bonde demorava a chegar. Era uma parada na praça Krasiński, outrora um ponto movimentado da cidade, onde se encontravam dois mundos. O professor Winiar lembrava-se bem da praça dos anos passados, porque morara na rua Świętojerska e o seu caminho para o liceu do centro da cidade, onde lecionava matemática, passava por ali. A praça naqueles velhos tempos era, para o professor, um lugar bem agradável e, num certo sentido, simbólico, porque o matemático era liberal, cristão, independentista e filossemita. Não era muito comum nesta parte da Europa uma composição dessas, uma mistura nobre e rara ao mesmo tempo. Mas a praça onde o professor esperava o bonde havia mudado de feições há algum

---

80. *Novo Correio de Varsóvia.*

tempo, e agora parecia ao pedagogo sombria e repugnante. Da parada, o professor podia ver, devido a sua alta estatura e ao pescoço flexível, com a cabeça pequena mas sábia no topo, um muro alto, vermelho, que separava o bairro ariano do gueto. Sempre ao ver o muro o professor sentia-se, sabe-se lá por quê, envergonhado, em vez de sentir-se orgulhoso por pertencer à raça humana melhor. Talvez a aflição e a humilhação que o professor sentia ao avistar o muro do gueto resultassem do fato de ele saber que do outro lado do muro seus alunos estavam sofrendo, entre eles o melhor aluno de matemática em várias gerações, de nome Fichtelbaum. A última vez que o professor Winiar tinha visto o aluno Fichtelbaum havia três anos, mas lembrava-se muito bem do seu rosto rosado com a boca meio caprichosa e os olhos escuros. O professor Winiar tinha uma excelente memória justamente para fisionomias. Os sobrenomes dos alunos, ele confundia com freqüência, quase sempre esquecia dos nomes, mas as feições deles estavam gravadas em sua memória com precisão fotográfica. Também lembrava-se dos gestos dos seus alunos. O aluno Kryński, por exemplo, um jovem de olhar sonhador e de talentos matemáticos moderados, costumava levantar a mão de modo muito característico quando queria falar, apertando o cotovelo contra o peito e apontando para cima com os dois dedos, o indicador e o médio, assim como determinava o regimento militar polonês. Este aluno tinha, ou pelo menos parecia ter, laços familiares com o exército, o que o professor Winiar não aprovava, porque depois da Grande Guerra tinha se tornado pacifista.

 O matemático sofria. Quando foi criado o bairro judeu, ele deixou o seu apartamento e mudou-se para outro bem perto, do lado sul da praça Krasiński, num prédio da rua Długa. Foi um erro que resultava da lógica matemática do professor. Ele quis ficar perto e observar a sua casa antiga nas imediações do gueto porque pensava que a guerra não ia durar muito. Devia ter tomado outra atitude, talvez menos racional, mas profética. Os vizinhos do professor Winiar, quando obrigados a deixarem suas casas na rua Świętojerska, mudaram-se para a mais distante periferia da cidade. Foi um pouco como se tivessem queimando pontes atrás de si, o que o professor Winiar considerava uma reação covarde ou até indigna. Por isso ficou. Daí o seu sofrimento. Dia e noite testemunhava o triunfo do mal. Quase por detrás da sua parede assassinavam seus vizinhos. Consolava-o o pensamento de que Deus e a Polônia estavam registrando escrupulosamente esses crimes, e quando chegar o dia do julgamento anunciarão as sentenças. Deus o fará mais tarde, porque na eternidade, e a Polônia, de imediato. Mas estava sofrendo porque sabia que nenhuma sentença, nem a mais severa, iria devolver a vida aos vizinhos assassinados, nem secar as lágrimas derramadas pelos judeus.

O bonde não vinha. Soprava um vento frio. A mulher que estava ao lado do professor fechou a gola do sobretudo debaixo do queixo. Longe, do outro lado do muro do gueto, ouvia-se tiros de armas de fogo. O professor Winiar já estava habituado a ouvi-los. Mas de repente, para espanto deste educador de muitas gerações de colegiais, também chegou aos seus ouvidos um outro som, um som muito singular. A melodia de um realejo gigante. Ouvia-se percussão, pratos e tambores, talvez violinos, contrabaixos, flautas, o que o professor Winiar não podia distinguir nem apreciar porque a sua cultura musical era fraca e porque ele era duro de ouvido. Mas não tinha dúvida de que na praça tocava-se uma música alegre, e o professor lembrou-se do carrossel que recentemente tinham montado ali. Estava bem perto do muro do gueto, colorido e alegre como todos os carrosséis do mundo. Tinha um cavalo branco de focinho vermelho, gôndolas de Veneza, coches, trenós e até uma magnífica carruagem. Tudo isso girava em ritmo de música, o mecanismo do carrossel gemia, os cavalos galopavam, as gôndolas flutuavam, os trenós deslizavam, os coches saltitavam, e tudo junto sussurrava, matraqueava, retumbava e girava por entre as gargalhadas e gritos das moças assustadas, exclamações dos moços, alegres gracejos, risotas e carícias. O professor Winiar olhou o carrossel e viu a roda colorida em movimento, os rostos sorridentes, os cabelos das moças soltos ao vento, as manchas brancas das barrigas da perna e das coxas, as cabeleiras, blusas, saias, calcinhas, gravatas, bandeirinhas, crinas de cavalo, lampiões, banquinhos, correntes, cisnes, borboletas. O professor viu este turbilhão lindo, musical, mecânico e assustador, ouviu a algazarra do realejo, o estalo das metralhadoras, o grito de um judeu, o estrépito do mecanismo do carrossel.

A mulher de sobretudo abotoado debaixo do queixo disse:

— Eu prefiro andar de bonde.

Olharam-se nos olhos. Se ela tivesse pronunciado essas palavras um pouco antes, talvez o professor tivesse se agarrado a elas como a última tábua de salvação, como a uma toa, e chegaria à praia da esperança. Mas ela falou tarde demais. O professor Winiar, o matemático, deixou cair o jornal que segurava na mão, fez uma pirueta como se estivesse no carrossel e caiu sem vida na calçada.

Não se sabe que pensamentos o acompanhavam no instante da queda fatal. A mulher de sobretudo abotoado debaixo do queixo informou mais tarde os parentes do professor que, quando já estava caído no chão, com as pálpebras fechadas, ainda com o guarda-chuva agarrado com força na mão, ele sussurrou com os lábios roxos palavras que podiam ser "Ó, Polônia!" ou "Ó, poloneses!", mas ficou por esclarecer o que realmente teria acontecido. Contudo, no enterro do professor Winiar, o orador, que foi um professor de física com quem o falecido mantinha relação de amizade há anos, anunciou aos reunidos que o matemático Winiar tinha "tombado no seu posto". O que era verdade. O caixão com o corpo do morto foi carregado nos ombros, do portão do cemitério até à sepultura, por antigos alunos do professor, entre eles Paweł Kryński, um aluno regular em matemática, mas de quem o falecido gostava. Entre os presentes no enterro faltavam o aluno Fichtelbaum e alguns outros estudantes da fé judaica, cujo destino tinha influenciado indiretamente o destino do professor Winiar. Porém, estes ausentes, como era de se supor, deviam ter precedido o professor no caminho da eternidade.

Durante o enterro caía uma chuva miúda e penetrante. As senhoras escondiam-se debaixo dos guarda-chuvas. Os homens arrastavam os sapatos de borracha sobre o chão de saibro das avenidas do cemitério. Quando o túmulo ficou coberto com os modestos ramos de flores, as pessoas se dispersaram. Apesar da chuva, algumas pessoas ainda passearam por algum tempo entre os túmulos; liam os nomes dos mortos e as datas gravados nas lápides de pedra ou de mármore, comentavam a vida daqueles que conheciam pessoalmente ou dos que lembravam a história da Polônia. Durante este passeio os mais idosos familiarizavam-se com a idéia de sua própria partida, enquanto os jovens reforçavam o seu patriotismo, o que para todos eles era muito oportuno. Poucos iriam sobreviver à guerra e chegar aos tempos em que o professor Winiar já não seria mais lembrado por ninguém e que ninguém diria que ele tinha tombado no seu posto. Nos tempos que viriam depois da guerra, um liberal, cristão e pacifista como o professor Winiar não deveria contar com simpatias. Também não havia dúvida de que o matemático tinha tombado na parada, e não na barricada, e que ao cair não segurava na mão uma carabina, mas um guarda-chuva, que ainda por cima estava remendado porque o matemático era um homem pobre.

No dia do enterro do professor Winiar, o carrossel na praça Krasiński continuou a girar: os cavalinhos galopavam, os coches saltitavam, os trenós deslizavam, as gôndolas flutuavam, as bandeirinhas farfalhavam, as senhoritas gritavam, os moços bradavam, o realejo rangia, o mecanismo do carrossel ribombava, os tiros das metralhadoras soavam cada vez mais alto, os projéteis de artilharia explodiam, as chamas crepitavam e só não se ouviam os gemidos dos judeus do outro lado do muro porque os judeus morriam em silêncio, respondiam com granadas de mão e com armas de fogo, mas as suas bocas calavam porque eles já estavam mortos, mais do que nunca, porque corajosamente escolhiam a morte antes dela chegar, iam ao seu encontro, em seus olhos orgulhosos havia todo o sublime da história da humanidade, espelhavam-se neles as chamas do gueto, as caras assustadas dos SS, as caras estupefatas do povo polonês à volta do carrossel, o rosto triste do defunto professor Winiar, portanto nos seus olhos espelhavam-se todos os destinos próximos e distantes do mundo, todo o mal do mundo e as migalhas do bem, também o rosto do Criador, um rosto aflito e irado, triste e um pouco humilhado, porque o Criador voltava os olhos para as outras galáxias para não ver o que Ele tinha preparado não só ao seu povo bem-amado, mas a todos os homens da Terra, homens desonrados, culpados, vis, impotentes, envergonhados, e entre todos os homens da Terra também aquele que estava na parada, exatamente no lugar onde o professor Winiar tinha tombado no seu posto havia poucos dias, e que disse alegre:

— Estão assando judeus. Até estala!

Mas do céu coberto de fumaça não caiu nenhum raio para fulminar este homem, porque assim estava escrito nos livros da Criação havia milhares e milhares de anos. E também lá estava escrito que o professor Winiar morreria um pouco antes para não ter que ouvir as palavras desse homem, que deu uma gargalhada e foi em direção ao carrossel.

XIX

A sela o apertava um pouco. Certamente a cilha estava de novo mal ajustada. Era cada vez mais freqüente se deparar com um serviço malfeito. Como se a aura deste país hospedasse um bacilo que se introduzia até nos organismos dos seus subordinados. O cavalo levantou a cabeça, o casco retiniu sobre a pedra. Adorava sentir esta harmonia com o animal. Era em momentos como este que mais sentia a ligação da sua humanidade com a natureza. As árvores estavam reverdecendo aos poucos, no ar sentia-se a primavera, sobre o açude passou uma brisa enrugando a superfície lisa da água. Um dia isso acaba, pensou Stuckler. A Arcádia não dura eternamente. O cavalo seguia a passo na sombra dos castanheiros e tílias. Os ramos ainda estavam sem folhas e podia-se ver o palácio resplandecente e os pedaços das colunas antigas, que pareciam sair da água como as ruínas de um edifício afundado. Aqui tudo é falsificação, pensou, até o belo que criaram é falso. Bateu levemente com o chicote no traseiro do cavalo. O cavalo passou a trote. O vento assobiou, Stuckler ouviu o rumor das pedras saindo debaixo dos cascos e um tropel majestoso e forte. Isso tudo vai acabar um dia, pensou de novo. Um dia essa guerra terrível acaba e volta a banalidade. Mas se perdermos a guerra, pensava ele, não haverá para nós lugar ao sol. Sempre foi assim. Uma horda invadirá a Europa. O bárbaro triunfará sobre as ruínas. Parou o cavalo. O sol estava alto no céu, seus raios passavam por entre as copas das árvores ainda sem folhas. As sombras dos galhos estendiam-se sobre a relva. Os bárbaros vão nos declarar criminosos, dizer que somos a escória da espécie humana. Conduzimos esta guerra de uma forma cruel, mas todas as guerras são igualmente cruéis. Vão nos atribuir a maior infâmia desde a criação do mundo, como se tudo isso tivesse acontecido pela primeira vez na história da humanidade. Contudo, nós não fizemos nada que outros já não tivessem feito antes. Matamos os inimigos da nossa nação para vencer. Matamos em grande escala porque o mundo progrediu, e agora tudo acontece em grande escala. É ridículo e lamentável, mas se perdermos a guerra os vencedores vão nos declarar culpados de um assassinato em massa, como se um assassinato mais moderado fosse justificado. É essa a moral deles, em nome da qual fazem a guerra. Se perdermos, eles vão fazer um balanço das vítimas e chegar à conclusão que fomos criminosos sem escrúpulos. Mandei matar não mais de cem judeus. Se eu tivesse mandado matar só dez seria mais moral e mais digno de salvação? É um absurdo, mas é assim que vão falar se ganharem a guerra. Vão contar os mortos e nem lhes passará pela cabeça que eu matava para vencer. Se eu tivesse matado poucos, poupando os inimigos, seria traidor da minha própria causa, porque a compaixão na guerra só favorece o inimigo e reduz a chance da própria sobrevivência. Sempre foi assim. Judeus? Poloneses? Russos? Cada judeu ou polonês poupado pode causar nesta guerra a morte de um alemão, alguém da minha raça e do meu sangue. Mas se eles ganharem vão me acusar de impiedoso, vão esquecer que sempre foi assim, esquecer também da sua própria crueldade e de como foram impiedosos. Não fui eu quem inventou a guerra, nem Adolf Hitler. Foi o próprio Deus que fez os homens guerreiros. Sempre foi assim.

O cavalo parou. Stuckler sentia no pescoço o calor dos raios do sol. A água do açude estava levemente enrugada. O lugar era deserto, como se o cavalo o tivesse trazido até o fim do mundo.

As falsas colunas com a falsa água ao fundo pareciam bonitas. Stuckler suspirou profundamente. Olhou para o céu. Deus? Será que existe? Não é fácil acreditar em Deus no século XX. Tornamo-nos tão persistentes em desvendar os segredos da natureza que o espaço em que Deus pode se esconder com seus mistérios fica cada vez mais restrito. Se for verdade que Ele é a origem de tudo, então foi também Ele quem fez os homens guerrearem. Por isso somos bons guerreiros.

Mas a mente de Stuckler não era a de um filósofo. Nasceu numa família de moleiros que há cem anos chegaram a Saalfeld, na Turíngia. Ele próprio, ainda no início dos anos 20, era um jovem moleiro. Depois escolheu um outro caminho. A paixão dele era história. Roma antiga, migração dos povos, Reich alemão. Amava o passado. É no passado que encontrava a coragem e a determinação do ser humano, enquanto os seus contemporâneos eram frouxos. Na formação da SS reconhecia as feições romanas. As idéias de Stuckler não eram originais. Aos bolcheviques chamava de hunos. Hordas de Átila! Lembrava o estilo wagneriano. Gostava dos pensamentos patéticos e austeros. Gostava dos carvalhos, dos cavalos fortes, das rochas, dos cumes envoltos em nuvens parecendo fumaça de um incêndio invisível. Era um integrante típico das SS, sem aspirações intelectuais e sem remorsos. Fazia parte da maioria. Mais tarde foram os seus colegas hamletianos que se tornaram a maioria. Mas era uma falsidade. Se Stuckler tivesse chegado a esses tempos, iria considerá-los uma palhaçada. Pessoalmente só conhecia um colega das SS, Otto Staubert, que tinha sérias dúvidas e que passava por inquietações morais. Staubert tombou na frente oriental, no outono de 1941. Stuckler era uma pessoa equilibrada, amava uma Alemanha forte, desprezava os judeus e os eslavos e fazia a guerra procurando aumentar a chance de vitória. Mas acima de tudo cumpria as ordens dos seus superiores. Foram eles os responsáveis. Sempre foi assim. Não foi só Stuckler que tinha sucumbido ao conformismo. Afinal, vivia no século XX e tinha consciência disso. Não foi só ele que alimentava hostilidade aos judeus, aversão aos poloneses e desprezo pelos russos. Não é preciso ser um fascista alemão para pensar de forma semelhante. Na sua juventude, Stuckler vivia a sensação desagradável de estar cercado por um mundo estranho e hostil. Tinha sofrido humilhações porque foi menosprezado por ser uma pessoa sem instrução, de maneiras grosseiras e de comportamento bastante primitivo. Venceu graças à sua obstinação e às circunstâncias favoráveis. Era um autodidata que cultivava na solidão a sua paixão pela história de Roma e do Reich alemão. Muitas vezes renunciava às diversões para ler livros de história e mesmo para comprá-los. As pessoas não sabiam valorizar esse empenho. Era sempre tomado por um homem rude e sempre os outros eram melhores. O mundo não era favorável a Stuckler. Aos outros oferecia mais e com preço mais baixo. Segundo Adolf Hitler, a culpa era dos judeus, dos comunistas e da democracia. Quando Stuckler ingressou no partido e nas SS acabou a sua humilhação tão desagradável e desgastante. Agora já ninguém o tomava por um homem rude e as pessoas começaram até reconhecer as suas aspirações intelectuais. Stuckler não era bobo e aos poucos ia percebendo que devia ao NSDAP[81] a sua nova posição e que a hierarquia do movimento hitleriano era o seu maior alicerce. Nesse ponto, ele foi mais perspicaz do que a maioria dos seus contemporâneos, pois não se achava mais inteligente de uniforme do que à paisana. Lembrava-se quando era um jovem aprendiz no moinho e lia as histórias de Roma com o coração batendo forte.

---

81. NSDAP: sigla alemã do Partido Alemão Nacional-Socialista dos Trabalhadores.

Foi naquele tempo que começou o seu interesse pela história. O seu crescimento intelectual não começou com a sua adesão ao movimento, mas ao contrário, foi na época em que já lhe faltava tempo para estudar e meditar sobre a vida. Às vezes, chegava à conclusão de que era um oportunista que fez carreira aproveitando-se da nova realidade. Mas a nova realidade não era pior do que a anterior, simplesmente as pessoas trocaram os papéis, quem estava em cima passou para baixo e quem estava embaixo acabou subindo e tomando conta de tudo. Na sua juventude, Stuckler trabalhava no moinho do seu pai e foi explorado pelos ricos atacadistas judeus. Depois ele foi morar numa casa boa e confortável e os judeus foram limpar as ruas. Num certo sentido isso era justo e de acordo com o espírito dos tempos e com as aspirações das pessoas, porque as pessoas querem mudanças, transformações e anseiam por uma ordem nova. O mundo está vivo e em constante transformação. Sempre foi assim.

Em certo momento o movimento nacional-socialista começou a perseguir violentamente os seus adversários políticos e também os judeus. Stuckler não tinha nascido assassino sem escrúpulos porque os assassinos sem escrúpulos não nascem nunca e em lugar nenhum. E nenhum criminoso começa a sua carreira incendiando o mundo ou participando de assassinatos em massa. Stuckler fazia parte dos grupos que quebravam os vidros das lojas dos judeus, o que talvez não fosse uma ocupação digna e mesmo a seus olhos parecia bastante disparatada, mas não chegava a causar prejuízos tão grandes a essa gente. Os judeus eram suficientemente ricos e influentes para mandar pôr vidros novos. Uma lição dessas certamente não lhes fazia mal, ensinava-lhes a serem humildes e educados. Tinham que entender qual era o verdadeiro lugar deles! Mais tarde Stuckler espancou alguns judeus. Um deles tinha dormido com uma moça alemã, que também levou uma surra, porque mesmo sendo a sua empregada ela devia saber que estava infringindo a lei e prejudicando a raça alemã. A raça alemã era melhor que as outras, quanto a isso Stuckler não tinha dúvida, assim como muitos ingleses não tinham dúvida de que eram a mais brilhante nação da terra, como os judeus que observavam a Lei não duvidavam de que eram o povo eleito por Deus, como os poloneses não duvidavam de que estavam sob a proteção especial de Nossa Senhora, enquanto os alemães para eles eram os maus cruzados, os russos, almas escravas, os franceses, comedores de rãs, os italianos, tocadores de bandolim, os ingleses, comerciantes e os tchecos, covardes. Nesse ponto Stuckler não era muito diferente dos outros habitantes da Terra, a não ser pelo fato de ter vestido o uniforme, sentido a força da comunidade e percebido a eficácia do chicote bem cedo. As pessoas são fracas por natureza, por isso a violência lhes atrai, e Stuckler era um homem comum como a maioria dos homens.

Ele matou o primeiro homem depois de já ter batido, pisado e ferido muitos. Pode-se dizer que o primeiro assassinato não foi premeditado, mas acidental. Stuckler bateu forte demais, o médico chegou tarde. Foi um acidente desagradável, e é possível que Stuckler não gostasse de recordá-lo e até tentasse apagá-lo da memória. No entanto, casos como esses se tornaram cada vez mais freqüentes até que começou a guerra, e na guerra uns matam os outros porque se não o fizerem serão mortos. Um dia Stuckler constatou que tinha matado muita gente, mas podia dizer mais uma vez, sem correr o risco de se enganar, que sempre foi assim.

Stuckler deu uma chicotada no cavalo. Voltaram a prosseguir a trote largo, na sombra das árvores ramalhudas em volta às águas lisas do açude, no meio dos sussurros da natureza. Stuckler sentia-se cansado e nada feliz, porque a vida nos últimos meses não lhe tinha proporcionado nenhuma alegria nem satisfação, e a possibilidade da derrota na guerra deixava-o deprimido. Não tinha medo do futuro porque era uma pessoa corajosa por natureza e não muito inteligente nem sensível, e então, sabendo que como todo ser mortal tinha de morrer, não ficava imaginando o momento da morte e, portanto, ela não o assustava; tampouco tinha medo de Deus, porque considerava os seus pecados comuns, pecados que na guerra todos cometem, e a guerra não era obra de Stuckler. Se dependesse dele, não teria participado dessa guerra. Perseguir judeus e manter essa cidade furiosa sob controle não lhe dava satisfação. A guerra tinha privado Stuckler do conforto a que estava habituado naqueles anos em que o movimento governava o Terceiro Reich, e a Europa respeitava a Alemanha e esforçava-se para satisfazer as suas exigências. Sem a guerra Stuckler vivia melhor e mais tranqüilo quanto ao futuro. Mas aconteceu. E agora achava que devia cumprir até o fim suas obrigações de alemão, de cidadão do Reich, de membro do partido e de oficial da polícia. Era seu dever e uma questão de honra.

Agora o trote do cavalo passou a galope. Os torrões de terra e as pedras saltavam para os lados debaixo dos cascos. Stuckler já não pensava na cilha que, aliás, estava bem apertada. Pensava que se os alemães perdessem a guerra, a Europa provavelmente nunca mais se levantaria do colapso. A herança seria destruída. Viria uma era bárbara. Stuckler não se imaginava num cenário como esse. Não se imaginava a caminhar, com a espada partida e com a corda no pescoço, atrás do cavalo peludo de um huno rumo a leste. Porém, algo semelhante o esperava. Não calçava sandálias nem usava escudo, nem sentia uma corda no pescoço, mas caminhava num grupo de prisioneiros de guerra alemães em direção a leste, e ao seu lado galopavam os soldados do Exército Vermelho sobre seus cavalos pequenos e ágeis. Caminhou assim várias semanas e depois foi transportado num vagão através de uma estepe interminável até chegar a um campo de concentração às margens do rio Ob.

Durante anos desmatou as florestas da Sibéria, cada vez mais fraco e mais selvagem, até que morreu e o seu cadáver foi jogado num fosso fundo que pouco depois ficou coberto de terra que ficaria eternamente gelada. Ao morrer não se arrependia dos seus pecados, porque já não acreditava em Deus. Talvez até nem se lembrasse que era alemão, membro de NSDAP, oficial dos serviços de segurança do Reich. Muitas semanas antes de sua morte, só pensava em comida.

Também naquele tempo pôde dizer que sempre foi assim. Se não disse foi talvez por falta de forças físicas e espirituais necessárias para que se possa tirar alguma conclusão. E ele estava morrendo de fome e de esgotamento, fora de qualquer moral e de qualquer juízo ético, que precisam, com certeza, de uma certa quantidade de calorias. No fundo, o destino lhe foi mais misericordioso do que a todos aqueles que morriam como ele, mas um pouco antes e por culpa dele mesmo. Os antecessores de Stuckler não chegaram a ter tanta fome nem a ser tão degradados até esquecer os séculos de cultura que carregaram nos ombros. Ainda eram capazes de tirar conclusões, avaliar a situação e julgar o mundo de acordo com as normas e com os princípios que lhes foram inoculados nos tempos melhores. Às vezes, a morte era para eles uma libertação dos sofrimentos físicos, mas geralmente morriam cientes de que tinham sido vítimas da tirania, do crime e da vileza do mundo. Stuckler passou tanta fome que no fim não era capaz de entender nada. Os últimos meses da sua vida só em parte passou acordado e em parte no sono de um animal doente e mudo. Certamente já nem se lembrava do seu nome, então nem pôde lembrar-se dos seus atos. Morreu sem arrependimento e sem consciência, portanto não soube que a sua morte era o castigo pelo mal que tinha feito aos outros homens. Neste sentido, a educação à margem do rio Ob falhou, pelo menos no caso de Stuckler. Se tivesse sido posto diante do tribunal, se tivessem sido ouvidos os seus argumentos, se tivesse sido confrontado com testemunhas e, em seguida, punido como aconteceu com alguns dos seus companheiros de guerra, teria tido, talvez, a chance de se arrepender dos pecados que teria percebido ou pelo menos lembrado. Atirado para fora da civilização em que tinha nascido e na qual tinha formado a sua mentalidade e o seu caráter, condenado a uma vida miserável meio humana, meio animal, tornou-se um fantasma fora da esfera das decisões e dos julgamentos morais. Mesmo nesse aspecto a humanidade não tinha dele proveito. Mas ele poderia dizer mais uma vez que sempre foi assim.

Obediente à mão do cavaleiro, o cavalo parou. Uma nuvem branca encobriu o sol. A relva verde virou violeta. À volta de Stuckler não tinha ninguém. Só o presente, pensou. Ele não gostava da memória. Talvez nem sequer da vida. Gostava era do passado bem distante. Aí é que encontrava a si mesmo como um símbolo, um sinal. Até algo mais, porque a história lhe dava a convicção de que estava participando de um processo e de que tinha nascido havia muito tempo, não no sentido físico, como filho e neto de moleiros da região de Saalfeld, militante do movimento, oficial e cavaleiro montando um belo cavalo baio sobre a relva violeta, debaixo das copas de árvores sem folhas, portanto não foi no sentido físico que tinha nascido há tanto tempo atrás, mas no sentido da missão espiritual, do dever de uma certa parte da humanidade. Sempre foi assim. Sempre houve conquistadores, homens cruéis que pisavam a terra para torná-la mais submissa, e houve também vítimas do saque, da conquista, da tirania, cujos ossos fertilizavam a terra. Era esse o destino dos homens e não eram eles que o escolhiam, mas uma força superior que ordenava a história e determinava quem ia ser escravo e quem senhor. Stuckler tinha certeza de que o seu destino era mandar. O seu dever era pisar a terra, e não fertilizá-la com o seu corpo. Sempre foi assim.

A grande Roma não fora construída sobre as costas de milhares de escravos? Quem lembra hoje seus nomes? Quem se lembra da sua existência? Mas foram eles que carregaram o poderio do império, todos os edifícios e conquistas de Roma, toda a cultura romana e a sua civilização que até hoje continua sagrada. O sofrimento dos escravos não deixou nenhum rastro na história, enquanto os romanos fizeram a história de grande parte do mundo. Onde quer que a sandália do legionário tivesse pisado, desabrochava a história do homem. Quantos escravos fertilizaram esta terra com as suas cinzas? Roma já aplicava o princípio de responsabilidade coletiva, o que colocava a comunidade dos cidadãos romanos acima de todos os outros habitantes da Terra. Só eles gozavam de liberdade, só eles tinham direitos e privilégios. Sempre foi assim. E graças a isso o mundo podia existir. Se perdermos a guerra, pensava Stuckler, será cortado o fio da história. Nascerá um monstro sem cordão umbilical, a humanidade sem guerreiros e por isso fraca, preguiçosa e condenada a perecer aos poucos. Os nossos inimigos falam da democracia. Em nome da democracia querem derrotar o Reich. Uma palhaçada! Afinal até a república romana tinha os seus escravos. E a célebre democracia ateniense baseava-se na escravatura desde seu princípio até os últimos momentos. Sempre foi assim. Nunca foi diferente. Sempre foi assim.

Stuckler olhou o relógio. Passava do meio-dia. Tinha que voltar para o trabalho. O sol voltou a brilhar. O cavalo passou a trote. Stuckler sentiu uma leveza e um frescor. É a vida do guerreiro, pensou. A vida simples do soldado. Mesmo se perdermos, vão nos invejar. Porque há uma beleza em nós, uma beleza austera, como que angélica. Também o corte dos nossos uniformes é único no gênero, inigualável. Um dia seremos invejados. Sempre foi assim.

XX

Ao acordar de manhã, ela se sentiu envolta de um sentimento de espanto e alegria. A janela dava para um pedaço de céu claro, os galhos escuros das árvores, os seus rebentos delicados e verdes. O espelho do toucador refletia a cama, o criado-mudo, a prega da capa de edredom recém-colocada, a forma de um pé descalço. Era o seu próprio pé que saía debaixo do edredom. Um pé gracioso e magro de mulher. Como é maravilhoso, pensava Irma Seidenman, acordar aqui! Só agora ela sentiu a alegria de viver e o apego a seu próprio corpo. Observava o seu pé no espelho mexendo os dedos. Então escapei, pensou com alegria, e estou aqui em minha própria casa. Mas, de repente, tomou um susto ao pensar que poderia morrer, não chegar até o fim da guerra, partilhar o destino dos outros judeus. Ao longo dos últimos anos, ela levava em conta essa possibilidade, mas sempre acompanhada da convicção de que iria sobreviver, escapar dessa rede. Na gaiola da avenida Schuch estava conformada com a morte, pensava na vida que passou, em tudo que tinha realizado. Estava calma, talvez mesmo serena. Estava aceitando com humildade a sentença do destino, uma sentença terrível, porém evidente, uma das milhões dessas sentenças proferidas a cada hora. Aconteceu o inevitável. Estava disposta a encarar o inevitável como uma espécie de dever, portanto a morte não provocava nela um protesto moral. Só agora, na cama, na manhã do dia seguinte, começou a perceber que tinha escapado de algo horrível, que um fim iminente estava tão próximo e... ficou assustada. Nunca antes ela tinha sentido um desejo tão forte de viver. Só de pensar que hoje ou amanhã podia voltar à gaiola da avenida Schuch, em Pawiak, ou ficar contra a parede de fuzilamento, lhe deu muito medo. Puxou o edredom para cobrir a cabeça e ficou imóvel, com os dentes batendo, sem fôlego, só agora assassinada, torturada com a mais refinada crueldade. Sentia o suor que lhe escorria pelo rosto, as suas costas estavam molhadas, o medo viscoso e escuro a sufocava como se só agora estivesse entrando na avenida Schuch, na gaiola, na sala de Stuckler, como se dentro de algumas horas fosse encontrar Bronek Blutman. Não, dizia a si mesma, isso eu não agüento! Isso já passou, isso não volta mais.

Tocaram à porta. Então vieram me buscar, pensou, ontem soltaram, agora vieram buscar. De repente, todo o medo desapareceu. Sim, pensou, é o fim. Agora vieram me matar.

Levantou-se da cama e vestiu o roupão. Voltaram a tocar. Por que não estão arrombando a porta, pensava, eu não mereço que percam tanto tempo comigo.

Aproximou-se da porta e olhou pelo olho mágico. Lá fora estava o doutor Adam Korda, o filólogo clássico. Está louco, pensou Irma friamente, por que vem tão cedo? Quando abriu a porta, o filólogo clássico sorriu timidamente e disse:

— Me perdoe, senhora, por ter vindo tão cedo, mas a vi ontem quando estava voltando da cidade e não preguei o olho... Meu Deus, deve ter vivido um horror. Venho para lhe oferecer a minha ajuda, se a senhora...

Interrompeu, tossiu. Estava na porta, de bombachas cinzas e paletó escuro, com a gola da camisa para fora, de sapatos bem engraxados e com a cara meio idiota. Segurava um tacho na mão.

Tinha vontade de dar um grito, de lhe dar uma bofetada ou de chorar de alívio e de desespero. Chorou, porque se lembrou de que esse homem a tinha salvado, pois foi ele que desencadeara a ação de ajuda de várias pessoas, foi o primeiro elo da cadeia, e o velho Müller o último. Chorou, e o doutor Korda disse com a voz embargada:

— Tomei a liberdade de lhe trazer um pouco de leite quente. O leite tem um efeito calmante...

Depois, estavam sentados na sala, nas cadeiras de freixo claro, forradas com veludo esverdeado, junto a uma mesa de freixo, onde o filólogo clássico, bem desajeitado, tinha colocado o tacho com o leite. Estavam calados naquela penumbra âmbar-amarelo, filtrada pelas cortinas pesadas das janelas. Ouviam-se pássaros. Irma Seidenman enxugou os olhos e disse:

— Não sei agradecer. Não consigo expressar...

— A senhora deve tomar o leite — respondeu ele. — Acho que vim cedo demais. Mas realmente estava muito preocupado.

Começou a falar da sua preocupação. Contou-lhe sobre a visita que tinha feito ao senhor Pawełek. Foi então que ela percebeu que a sua salvação foi a soma de esforços e de medo de várias pessoas. Se um elo dessa cadeia tivesse se rompido, eu estaria perdida. Meu Deus, pensava ela, e eu achava que era uma mulher sozinha, sem amor. Estava enganada. Não estou sozinha. Aqui ninguém está sozinho.

Ao tomar o leite sob o olhar do doutor Korda, descalça, com o rosto molhado de lágrimas, tremendo com o frio matinal, ela havia percebido pela primeira vez na vida que este era o seu país, as pessoas próximas e queridas a quem devia não só a gratidão por ter escapado da morte, mas também por todo o seu futuro. Nunca tinha sentido de forma tão profunda e tão dolorosa a sua nacionalidade polonesa, nunca tinha pensado em sua identidade polonesa com tanta alegria, amargura e entrega. Polônia, pensava, minha Polônia. Essa gente é que é a Polônia. Este senhor virtuoso, desajeitado, de bombachas é a Polônia, a coisa mais sagrada que tenho neste mundo. O seu coração transbordava de gratidão para com o destino por ter-lhe designado ser polonesa e aqui, nesta cidade, entre essa gente, viver e sofrer. Nunca, no passado, sentira-se ligada à sua origem judaica, foi educada no meio da velha *intelligentsia* há décadas assimilada, o seu pai era um oftalmologista de judeus pobres e que incansável percorria os pátios abafados, raquíticos, subia as escadas escuras e úmidas das casas de judeus, tratava das crianças judias, sujas e catarrentas de um bairro de miséria e humilhação, mas ele era um homem culto, formado e bem situado, para quem a própria identidade era tão óbvia que não precisava quebrar a cabeça com pensamentos incertos e angustiantes, precisamente como o seu marido, o doutor Ignacy Seidenman, um excelente radiologista de aspirações científicas, aluno das melhores escolas, formado pelas universidades de Montpellier e de Paris, um homem do mundo, o mais europeu de todos os que ela tinha conhecido, e foram justamente esses dois homens, pai e marido, que a tinham formado, moldado como menina, depois uma moça casadoira e finalmente mulher feita, livre de todas as dúvidas e angústias que as questões de raça e de religião podem provocar, distante do mundo judaico, do qual guardava apenas a vaga recordação de um velho barbudo que lhe falava, quando era criança, numa língua incompreensível, passando a mão nodosa no seu rosto, uma recordação do avô que morrera quando tinha cinco ou seis anos, um judeu de uma época há muito passada que a ligava, sem que precisasse sofrer ou se engajar em suas origens misteriosas, com a aura exótica do mundo judaico, a qual, é verdade, a envolvia na rua, às vezes manifestava-se na dissonância do anti-semitismo, mas isso se passava só à margem de sua vida, porque ela era uma loura de olhos azuis, uma mulher bonita com um sorriso encantador, esbelta, portanto o mundo judaico não tinha nada a ver com ela, existia à parte, sem ela e fora dela, fora do sentido da sua existência, um mundo presente, mas estranho. Nunca no passado sentira-se ligada ao mundo dos judeus, quanto a isso ela tinha certeza absoluta! Mas talvez por essa mesma razão não se sentisse muito ligada à Polônia, pois a Polônia era para ela o ar que respirava, algo muito óbvio e natural. E só agora, tomando leite sob o olhar vigilante desse homem engraçado de bombachas e sapatos com cadarços, só agora tinha percebido o valor que a Polônia representava em sua vida, e que era polonesa e pertencia à Polônia. Nem na gaiola da avenida Schuch pensava assim. Ali só tinha pensado na maldita cigarreira, naquela coincidência infeliz que ia custar-lhe a vida. Na avenida Schuch não se sentia judia nem polonesa, talvez tivesse se sentido mais do que isso, uma pessoa condenada à morte e ao mesmo tempo indefinida e inacabada pelo destino, ou antes indefinida e inacabada na sua própria consciência, porque sofria por causa de uma caixinha de metal, um objeto que — como pensava — representava ameaça mortal, só esse objeto e nada mais! Ela não iria morrer como judia nem como polonesa por causa da sua nacionalidade ou sua raça problemática, mas como vítima de uma coincidência infeliz e uma série de erros idiotas, esmagada por um pequeno objeto, por seu apego a uma lembrança do marido morto. E somente agora, na presença do doutor Korda, ouvindo o canto dos pássaros de fora da janela, tomando leite quente, vivia a sua libertação, definia-se a si mesma, encontrava a sua nacionalidade.

O futuro iria mostrar que a escolha que tinha feito naquele dia, sob o olhar carinhoso e atento do amante de Cícero e Tácito, estava errada ou pelo menos problemática. Não para ela. Para os outros. Quando estava deixando Varsóvia não se lembrava do doutor Korda nem do tacho com leite. Mas, se Deus lhe tivesse permitido voltar naquela hora às recordações do passado, iria ter certeza de que estava saindo de Varsóvia contra a vontade e o desejo do doutor Korda, que o espírito do doutor Korda, que habitava a eternidade, ficou a chorar lágrimas amargas e foi fazer queixa ao seu Criador. Mas não eram os mortos que estavam decidindo sobre o destino dela.

Muitos anos depois, perdida no estrangeiro, um pouco ridícula como a maioria das mulheres velhas e solitárias, evocava, às vezes, as recordações da Polônia. Agora, já não observava os seus pés pequenos ao espelho. Estavam deformados e causavam-lhe nojo, bem como a pele das mãos cheias de manchas escuras, os anéis de gordura no pescoço tão magro outrora e, acima de tudo, o cheiro do seu corpo, um cheiro insípido e forte, um cheiro estranho de velhice com a qual ela não queria se conformar. Às vezes, pensava na Polônia, porque as pessoas idosas lembram-se muito bem do passado distante, aonde costumam retornar em busca da força vital, da juventude, da beleza e do amor. Procurava então o seu passado, ou seja, procurava a Polônia e os laços de ligação com ela. Mas o resultado era triste e muito desagradável. A Polônia bonita, alegre e cordial associava-se ao que já havia muito não existia, aos móveis do apartamento de Irma Seidenman e seu marido de antes da guerra, à escadaria onde se estendia uma passadeira cor de cereja, e que era enfeitada com a estátua de uma mulher com o facho na mão. A Polônia alegre e cordial era a vista da janela da sua sala para a rua bem movimentada, por onde passavam bondes e os cavalos suados nas ancas puxavam carroças, por onde deslizavam os automóveis retangulares seguidos de garotos que tentavam pegar com as mãos a fumaça que saía dos escapamentos. Era também o rosto do doutor Ignacy Seidenman à luz do candeeiro, as suas mãos na escrivaninha no meio de inúmeros diagramas, fotografias e folhas de apontamentos. Era o sabor dos doces da confeitaria de Lardelli, dos bombons da Casa Wedel ou da Casa Fuchs, a vitrina da loja Old England, os casacos de peles na loja de Apfelbaum, o perfume dos excelentes produtos de beleza da marca Elizabeth Arden na perfumaria da rua Krakowskie Przedmieście, também o cheiro bem perto dos livros da sala de leitura de Kozłowski, os cafés, os coches, as belas mulheres, os homens amáveis, as crianças bem comportadas.

    Irma sabia que este era um quadro incompleto e parcial, porque a Polônia do passado também era pobre, suja, subdesenvolvida, ignorante, rebelde. Ao longo de muitos anos, depois da guerra, Irma fazia parte de um grupo de pessoas que, com um enorme esforço, inteiramente dedicadas a sua missão, tentavam recuperar o atraso, educar este país, que construíam creches, escolas, universidades e que, seguindo as recomendações dos poetas do século passado, levavam instrução ao povo para tirar o país do atraso. Ela sabia que a imagem da Polônia de antes da guerra que evocava não correspondia à realidade histórica. Mas só aquela Polônia lhe era simpática e lhe parecia alegre e bonita. Essa foi a minha juventude, dizia a si mesma caminhando pelas ruas de Paris, batendo com a bengala na calçada parisiense, essa foi a minha juventude e a única Polônia que eu tinha de verdade.

    O tempo da guerra apagava-se em sua memória. No dia em que estourou a guerra, abriu-se em sua memória um abismo negro, sem luz e sem cores. Ela estava, sem dúvida, naquele abismo. Mas não se lembrava de si, do seu rosto, dos seus pensamentos, dos seus sentimentos, porque a escuridão apagava os traços. E a Polônia do pós-guerra, onde passara a maior parte da sua vida, lhe era simplesmente estranha. O meu violino deve estar quebrado, dizia a judia Irma Gostomska-Seidenman aquecendo os velhos ossos num banco do Jardim do Luxemburgo, o meu violino está desafinado. Na medida em que voltava ao passado queria tirar do seu violino um tom certo e profundo. Mas o violino deve mesmo ter se partido naquela primavera de 1968. Estava realmente partido e não havia como consertá-lo.

Lá fora voavam os pássaros. Um bonde passou numa rua distante. O filólogo clássico levantou-se, sorriu e abriu as cortinas. O sol matinal fumegava sobre os telhados. Irma sentiu que seus pés descalços estavam frios. Devo parecer ridícula, pensou, preciso me vestir. Mas o filólogo não estava prestes a ir embora.

— O senhor Pawełek ficou assustadíssimo — disse ele. — Me assegurou que logo ia tomar as providências. O seu marido deve ter sido amigo do pai dele, não é verdade?

— Sim — respondeu ela —, serviram no mesmo regimento. O senhor me dá licença, preciso pôr alguma coisa nas pernas...

Ele sorriu desajeitado. Mas não saía. Ela se levantou e foi se vestir. Ouvia-o pigarreando na sala. Pôs um vestido, umas meias e deu uma olhada no espelho. Não, não vou fazer maquiagem nenhuma, pensou, não é o momento. Tinha decidido também que ia mudar de apartamento o mais rápido possível. Os documentos também. Talvez sair de Varsóvia? Mas sair para onde? Não tem o menor sentido. Só em Varsóvia tenho apoio, aqui tenho pessoas amigas. Para que mudar de apartamento, de documentos? Não sou Maria Magdalena Gostomska, viúva de um oficial? Documentos melhores que esses nunca iria conseguir. Este pobre doutor Korda não sabe que sou judia. Sou judia? Que absurdo! Chamo-me Gostomska. Nunca fui outra.

Enquanto arrumava os cabelos em frente ao espelho, rápido e de qualquer jeito, sentiu-se, de repente, magoada com Pawełek por ele ter se lembrado dela como judia. Pawełek, eu sou Gostomska, o meu marido servia no mesmo regimento que o teu pai! Jogou com força o pente numa prateleira, virou o rosto do espelho. Estou ficando louca, tenho que me controlar, dominar a mim mesma, senão a minha cabeça estoura. Pawełek, me perdoe, eu sei que estou viva graças a você! Olhou de novo no espelho e sorriu. Sabia há muito que Pawełek estava apaixonado por ela.

Ainda antes da guerra, quando ele era um menino simpático e bem comportado, tinha se encontrado com ele por acaso na rua e o convidara para tomar um sorvete no café Europejska. Ele inclinava o seu rosto corado e envergonhado sobre a taça de sorvete. Sempre que depois beijava a mão de Irma ficava corado e arrastava os pés ruidosamente. Ela pôde observar como o menino se transformava rapidamente no homem. Com certeza, ele corria atrás das moças bonitas, beijava-as nos cantos escuros, sonhava com elas. Mas sonhava também com ela. Há um ano, tinham saído juntos de riquixá. Ele estava tenso, hirto, sentado numa posição incômoda, inclinado para o lado direito, para não tocar na perna dela. Quando o riquixá virou repentinamente à direita e Irma grudou-se nele com o corpo todo, ele disse com a voz rouca: "Desculpe, senhora!" A sua mão tocou no ombro dela. Retirou a mão. Estava pálido, seus olhos estavam sem brilho como o de um animal moribundo. Continua apaixonado por mim, pensou ela naquele momento, toda contente. Ele nem tinha ainda vinte anos e ela era quinze anos mais velha. É tão bonito, pensou ela. Mas, acima de tudo, ele era engraçado em seu sofrimento e seu jeito atrapalhado. Ela sabia que isso ia passar. Gostava de Paweɫek. Era um jovem simpático, bem educado, sensato, um elo de ligação com os tempos de antes da guerra, fazia parte das paisagens de seu marido falecido. Quando, às vezes, Paweɫek a visitava em seu apartamento em Mokotów, ela gostava de se lembrar dos tempos passados. O doutor Ignacy Seidenman também gostava de Paweɫek. Sempre que o encontrava perguntava como estava indo na escola e lhe oferecia balas. O doutor Seidenman gostava de crianças e sofria um pouco por não poder ter um filho. A presença de Paweɫek, o seu modo de ser cativante, seu jeito tímido, tinham um efeito calmante sobre Irma. Mas uma vez, durante uma de suas visitas, ela captou o olhar dele. Era o olhar de um homem que desejava uma mulher. Ele nem sabia disso, de tão tímido e sincero em seus sentimentos juvenis. Mas, desde aquele dia, Irma estava de sobreaviso. A inquietação de Pawełek passou para ela e deixou de ser espontânea. Talvez até chegasse a evitar as visitas de Pawełek. Nada mais aconteceu.

Ela só se arrependeria trinta anos depois, num café da avenida Kléber. Pawełek disse-lhe:

— A senhora foi a paixão da minha juventude.

Estava de terno cinza, camisa azul e uma gravata mal amarrada. Olhava para ela por detrás das lentes grossas de um aro escuro. O cabelo espesso, agora grisalho, continuava a cair-lhe sobre a fronte. Ela pôs sua mão velha e seca sobre a dele.

— Não diga isso. Não se deve zombar de uma mulher velha...

Mas ambos sabiam que ele falava a verdade. Porém, já era tarde. Ele sorriu e acenou com a cabeça.

— Quando é que o senhor volta? — perguntou, com voz suave, voltando a acariciar-lhe a mão.

— Depois de amanhã, senhora Irma. Mas vá pensando em nos fazer uma visita num futuro próximo. Não quero insistir, mas...

— É inútil — interrompeu ela. — Sabe muito bem que é inútil.

— Eu sei — disse, após um intervalo. — Eu compreendo. Mas não consigo me conformar.

— Eu já me conformei.

— A senhora tem esse direito — disse como que contrariado. — Eu não.

— Por que não? O que o senhor tem a ver com essa gente? De onde vem essa solidariedade com eles, esse sentimento de cumplicidade?! O que o senhor tem em comum com eles?

Ele encolheu os ombros.

— Aparentemente nada. A senhora tem razão. Eu próprio, às vezes, me surpreendo por reagir a certas coisas de forma disparatada. É verdade, não tenho nada em comum com eles! Nada, tirando um pequeno pormenor. Eu estou lá e eles também estão lá...

— Mas o senhor não é responsável pelo que eles fizeram e continuam fazendo... Por amor de Deus, senhor Pawełek, não se pode assumir uma responsabilidade dessas.

— Eu estou assumindo alguma responsabilidade?! — exclamou ele. — A questão não é tão simples assim. A senhora sabe muito bem que eu não sou responsável, mais cem mil pessoas sabem. E os outros? E os daqui? Eu sou de lá. Sou um deles. Não esqueça disso. É um estigma com que fui marcado. Aliás...

Interrompeu, tirou os óculos e começou a limpar as lentes com o lenço.

— Aliás o quê? — perguntou ela. Ele continuava a limpar as lentes. — Prossiga, Pawełek. De que "aliás" se trata?

— E a senhora, com toda a sinceridade, tomando Deus por testemunha, me diga se não sente da mesma forma? Que não foram eles que expulsaram a senhora, mas que foi a Polônia. É assim que a senhora pensa.

— De forma alguma! — respondeu, mas sabia que não estava dizendo a verdade. Porque ele pôs o dedo no seu violino quebrado, na sua ferida, tocou uma corda que estava rompida. Se naquela hora, na avenida Kléber, ouvindo o seu violino quebrado e olhando atentamente nos olhos de Pawełek, ela tivesse se lembrado do dia do grande medo, um dia depois de ter saído da gaiola de Stuckler, se ela tivesse se lembrado do vôo daqueles pássaros, do rosto do doutor Korda, das cortinas âmbar-amarelo na sala, do sabor do leite que bebera, se naquela hora ela tivesse se lembrado de tudo que tinha acontecido quando, já vestida e penteada, voltou apressadamente à sala, dirigindo-se ao filólogo clássico com as palavras: "Não vá ainda, é muito gentil de sua parte ter cuidado de mim num momento desses!", e ele, obviamente, sentou-se de novo numa cadeira de freixo, forrada com veludo esverdeado, para falar ainda mais por uns quinze minutos sobre a visita do homem do riquixá que lhe tinha trazido a notícia da detenção da senhora Gostomska sob a acusação absurda de que ela seria de origem semita, portanto, se naquela hora, no café da avenida Kléber, ela tivesse se lembrado de tudo isso iria certamente entender esta verdade simples, porém nunca conscientemente absorvida, uma vez que do passado não se lembrava de nada, a não ser de algumas migalhas, alguns fragmentos, como as manchas da luz filtrada pelas densas copas das árvores, então ela iria entender esta verdade banal, que Stuckler de modo algum a tinha humilhado, que sequer por um momento ela se sentiu humilhada, rebaixada, privada de sua dignidade, desonrada, porque Stuckler apenas queria matá-la, enquanto aqueles outros que anos depois entraram em seu gabinete e nem lhe permitiram levar a pasta com os documentos, tinham lhe tirado algo mais do que a vida, aqueles então tinham lhe tirado o direito de ser ela própria, o direito de autodeterminação.

Quando voltou para a sala, do lado de fora da janela arrulhava um pombo. Igual aos do terraço do café da avenida Kléber. Mas ela não ligava para pássaros. Gostava de cachorros, de gatos e, acima de tudo, de cavalos. Os pássaros estavam no ar e ela andava na terra. Não ligava para pássaros. Quinze minutos depois, o doutor Korda finalmente foi embora e ela voltou para a cama. Despiu-se rapidamente atirando o vestido e a *lingerie* para a cadeira e meteu-se debaixo do edredom. Adormeceu logo, agoniada e com medo de nunca mais acordar. Sonhou com Stuckler acompanhando o caixão do doutor Ignacy Seidenman. No enterro havia muita gente. Ela não reconhecia os rostos. Procurava a si mesma no enterro, mas não achava. Procurava cada vez mais nervosa, horrorizada por não participar do enterro de seu próprio marido a quem tanto amava. Até que enfim encontrou a Irma. Stuckler a segurava pelo braço. E ela dizia a Stuckler: "Eu me chamo Gostomska, Maria Magdalena Gostomska, viúva de um oficial do exército polonês!" Stuckler respondeu: "Eu sei muito bem, este é o enterro do seu marido... a senhora acha que eu viria ao funeral de um judeu?!" Mas era mesmo o funeral do doutor Ignacy Seidenman. Depois estava de novo na gaiola e Stuckler gritava: "A senhora me enganou. Esta cigarreira explica tudo. Mostre-me a orelha direita, por favor!" Ela não tinha orelha. No lugar da orelha, tinha uma ferida que sangrava.

Era meio-dia quando finalmente acordou. Ficou ainda um bom tempo na cama olhando para o teto. De novo voltou a persegui-la o mesmo sonho. Será que nunca vou me livrar?, pensava. — Será que nunca vou ter paz?

XXI

O juiz Romnicki sorriu e disse:
— Que frio agradável vocês têm aqui.
A irmã Weronika respondeu que do lado da horta às vezes faz muito calor, mas que os muros do mosteiro são grossos, lembram tempos muito antigos, o que faz com que dentro costume ser fresco.
— Trouxe esta criança — disse o juiz, acariciando os cabelos escuros de Joasia. — Assim como foi combinado.
— Entendi, senhor juiz — disse a irmã observando a menina.
— Ela é um pouco morena demais — acrescentou em seguida.
— Hoje a gente não escolhe, irmã.
— Eu não estou reclamando, mas o senhor juiz compreende.
— Hoje a gente compreende mais do que deveria — disse o juiz sentenciosamente e acariciou novamente o cabelo de Joasia. — É uma menininha encantadora.
— Nunca se pode perder a esperança, senhor juiz.
— Conforme o combinado, a madre superiora já recebeu certos meios — disse o juiz. — A guerra não vai durar eternamente. Aliás, se for preciso, estou sempre à disposição.

— A questão não é essa — retorquiu a irmã Weronika.
— Nós conhecemos os nossos deveres, senhor juiz.
Agora ela acariciou os cabelos da criança.
— Então se chama Joasia — disse. — Ainda hoje lhe ensinaremos uma oração.
— Pode ser útil — disse o juiz.
A irmã Weronika olhou-o desconfiada.
— Ela será uma criança católica, senhor juiz. O senhor nos trouxe não só o seu corpo ameaçado de terríveis sofrimentos, mas também sua alma perdida.
— A irmã acha que ela teve tempo para se perder? Tem só quatro aninhos. Quem é que está perdido aqui?
— Não é óbvio que lhe daremos uma educação católica? É nosso dever para com essa criança. O senhor juiz é católico, então não preciso lhe explicar...
— Pois não — disse o juiz Romnicki querendo terminar a conversa, mas repentinamente sentiu um duplo desgosto. Porque tinha de se separar dessa criança tão querida e tão calada, e porque o afligia algo muito grave, uma inquietação, uma amargura ou mesmo uma desilusão. Disse então:
— Faça o que achar certo, irmã. Mas não vai dar em nada.
— O que não vai dar em nada?
— Esse catolicismo, irmã — disse o juiz, e ele próprio se surpreendeu com a raiva ou até mesmo com o rancor presente em sua voz.
— O que é que o senhor juiz está falando?! — perguntou irmã Weronika com a voz severa.
— Vou lhe dizer uma coisa, irmã! Pense um pouco. Há vários deuses? E este, que nos levou para fora das terras do Egito, da casa da servidão, é Deus único, indizível e onipotente?! É o mesmo, irmã, o nosso Deus misericordioso, o mesmo que se revelou a Moisés na sarça ardente, que chamou

Jacó, que segurou a faca de Abraão contra o pescoço de Isaac. Esse é o nosso Deus, o criador de todos...

— Senhor juiz, o senhor não pode esquecer do nosso Salvador! — gritou a irmã.

— Vou lhe dizer uma coisa, irmã, vou lhe dizer uma coisa! Eu sou católico, católico romano como foram meu avô e meu bisavô, sou nobre e polonês. Acredito no Senhor Jesus, na proteção da Santíssima Virgem Maria, acredito em tudo o que a minha religião e a minha Polônia amada me deram. E não me interrompa, irmã, por favor, a mim ninguém interrompe, nem o presidente da Polônia, Ignacy Mościcki, me interrompia, embora nem tudo que falasse lhe era agradável. Então, como é, irmã?! Porque foi o Senhor Deus que guiou esta criança através de cinco mil anos, foi Senhor Deus que a levou pela mãozinha da cidade de Ur para a terra de Canaã e, em seguida, para o Egito, depois para Jerusalém, depois à servidão da Babilônia e de volta à Terra Santa e por todo vasto mundo, para Roma, para Alexandria, para Toledo, para Mogúncia até aqui, às margens do Vístula. Foi Deus que mandou essa criança atravessar a Terra toda, de ponta a ponta, para que, finalmente, parasse aqui, entre nós, nessa conflagração, nesse fim de todos os fins, onde já não existe possibilidade de escolha, de onde já não há para onde fugir, a não ser para essa toca do nosso catolicismo, da nossa nacionalidade, onde há chance de salvação para esta criança. Como fica então a vontade de Deus, irmã!? Deus fez Joasia atravessar milhares de anos, fazendo com que os outros O conhecessem, O entendessem, para que pudesse vir o Salvador, o nosso Senhor Jesus, em que nós cremos, a quem nós glorificamos na Santa Cruz, porque morreu por nós, é para a nossa salvação que morreu, sob Pôncio Pilatos, portanto, o Senhor a guiou tantos milhares de anos para que agora, no final, ela se transformasse, se renegasse a si própria, só porque Adolf Hitler quer assim? Batize-a, irmã, por favor, ensine-lhe o Pai Nosso e o catecismo, que se chame Joasia Bogucka ou Joasia Kowalczykówna, eu posso tratar disso, em dois ou no máximo três dias estará pronta a certidão de batismo, uma certidão impecável. Impecável, porque de uma menina católica que morreu. Assim tudo será resolvido da melhor forma. Por favor. Trabalhe esta criança, irmã. De forma cristã, católica e também polonesa! Penso que é isso que tem que fazer. É necessário para o futuro dela, para que ela possa sobreviver. Mas vou lhe dizer, irmã, o que eu penso disso tudo. Nós aqui somos uma coisa. Deus é outra. Deus não vai deixar! E eu acredito, irmã, acredito muito que Ele não vai permitir que essa história termine assim. Ela vai ser uma mulher judia, um dia vai despertar nela a mulher judia e vai sacudir a poeira estranha e voltar para o lugar de onde veio. E o seu ventre será fértil e dará ao mundo os novos macabeus. Porque o Senhor não extinguirá o povo dela! É o que lhe digo, irmã. E, agora, leve a menina para que ela acredite em Nosso Senhor Jesus Cristo, porque é isso, como sabe, o pão da vida. Mas um dia há de despertar nela Judite, que puxará a espada para cortar a cabeça de Holofernes.

— Não chore, senhor juiz — disse a irmã Weronika.

Conforme dissera o juiz, um dia despertou em Joasia a mulher judia, mas não do jeito como ele tinha desejado. Talvez o juiz não tivesse entendido até o fim os desígnios de Deus, talvez a razão fosse bem trivial. Joasia chegou até o fim da guerra como Marysia Wiewióra, menina católica, órfã da região de Sanok, cujos pais, camponeses pobres, tinham morrido. Depois da guerra, ela vivia como a grande maioria das jovens da sua idade, dedicava-se aos estudos e pensava na carreira de dentista, porque tinha as mãos habilidosas e o seu jeito de ser tinha um efeito calmante sobre as pessoas. Mas quando completou vinte anos, ouviu uma voz que a chamava. E foi seguindo-a com humildade e obediência. Emigrou para Israel, onde já não se chamava Marysia Wiewióra, mas Miriam Wewer. E não chegou a ser dentista. Um pouco depois da chegada a sua nova pátria, onde o povo eleito construía o seu Estado para nunca mais sofrer perseguições nem humilhações, ela encontrou judeus estranhos que talvez tivessem saído dos seus sonhos e pressentimentos ou talvez tivessem vindo por motivos bem triviais, como vieram antes tantos outros bem parecidos com eles. Estes judeus usavam boinas, jaquetas de camuflagem e botas. Tinham quase sempre uma metralhadora debaixo do braço, pronta para disparar. Tinham rostos bronzeados e usavam a linguagem lacônica dos homens armados. Miriam via como arrombavam as portas das casas palestinas com um só pontapé, e como depois conduziam sob os canos das metralhadoras os fedains apavorados, suas mulheres e crianças no sol forte do deserto. Foi aí que uma alegria selvagem, gritante, despontou em seu coração como se finalmente algo tivesse se cumprido, uma expectativa de milênios, como se um sonho amordaçado nas gerações de Israel se tornasse realidade, sonho que ardia nos corpos de milhões de judeus torturados da Europa e da Ásia, que ao longo dos séculos animava multidões desses eternos peregrinos, sombrios, amedrontados, zelosos, amaldiçoados e, ao mesmo tempo, eleitos. Quando Miriam viu pela primeira vez um homem forte que, com um pontapé, arrombava portas palestinas, parecia-lhe que o próprio Deus estava presente e acenava condescendente com a cabeça. Naquele momento, Miriam não pensava nos fedains assustados e desamparados, mas em toda a humanidade raivosa que um pontapé judeu colocava em ordem. Os seus olhos estavam cheios de lágrimas e o seu coração transbordava de orgulho, fé e gratidão. Perdoava todo o mal ao mundo, porque chegara a hora da compensação de todas as injustiças, e os judeus nunca mais iam ser desprezados, humilhados e perseguidos. Mas a exaltação durou pouco. Miriam era uma moça sensível e de bom senso. Mas talvez a sensibilidade e o bom senso não seriam suficientes se ela não tivesse presenciado uma outra cena, muito banal e comum no mundo, mas sempre instrutiva. Os soldados israelenses ficaram frente a frente com os fedains, numa posição própria a soldados, mas os fedains estavam encurvados, com os braços cruzados na nuca, suas crianças gritavam, embora nada acontecesse, suas mulheres gritavam, embora ninguém se interessasse por elas, e os soldados estavam de pernas afastadas, seus rostos eram de pedra, bastante obtusos e presunçosos, e tinham o dedo no gatilho das pistolas. Assim permaneciam, imóveis, aguardando as novas ordens do oficial, que com uma caninha desenhava linhas e círculos na areia do deserto, tão concentrado perante a decisão histórica que ia tomar que parecia um palhaço bronco, no que não diferia de tantos outros oficiais da superfície da Terra. Mas para Miriam era uma cena chocante, porque ela tinha percebido que o que presenciava era um absurdo, uma vez que nenhum pontapé aplicado no fedaim palestino podia apagar séculos de história nem reparar injustiças. Ela não era suficientemente culta para perceber que, naquele momento, estava assistindo a uma imitação secular, e que nem estes soldados israelitas nem a pose dominadora com as pernas afastadas eles tinham inventado, porque foi assim que o homem armado e convencido de sua força ficava sempre diante do homem vencido e indefeso. Assim ficavam o legionário romano diante de Macabeu e de Odoacro derrubados nas ruínas do Coliseu, o cavaleiro francês diante dos saxões acorrentados, Malyuta Skuratov diante dos boiardos ajoelhados, Bismarck em Versalhes, Stroop nas ruas do gueto em chamas, o guerrilheiro vietnamita em Dien-Bien-Phu. E assim iam ficar diante dos vencidos todos os vencedores até o fim do mundo. Portanto, isso não valia muito e Miriam foi-se embora para esquecer aquela cena estúpida o quanto antes. Porém, não conseguia se livrar dos grilhões assim como os outros não o conseguem. Mais tarde se acostumou e já não sentia satisfação nem mal-estar.

Só algum tempo depois, quando percebeu que estava grávida e seu marido israelita comemorava todo orgulhoso, como se fazer filho na própria esposa fosse uma façanha invulgar neste melhor dos mundos, Miriam viveu uma noite de grande medo. Estava muito quente. A lua brilhava por sobre as colinas e as oliveiras, e os tamarindos lançavam sombras azuladas. Miriam estava à janela de sua casa. Olhava o céu, a lua e as colinas. Nunca tinha sentido antes tanto medo só de pensar que ia dar à luz um ser humano. Estava apavorada e quis amaldiçoar o seu próprio ventre. Vieram-lhe à memória umas palavras estranhas do tempo de sua infância passada no convento, palavras do Evangelho, que a irmã Weronika lia com voz suave. Miriam repetiu essas palavras, mas em voz alta e com força, dirigindo-as ao céu: "Meu Deus, por que me abandonaste?!" Nesse momento, entrou no quarto o marido de Miriam. Tinha quarenta anos e ouvia mal. Disse com a voz suave: "Eu não te abandonei, eu estou no quarto do lado. Você quer que eu traga alguma coisa para beber?". Ao ouvir essas palavras, Miriam ficou conformada com o seu destino. Mas quando deu à luz uma filha sentiu um grande alívio.

Talvez tivesse sentido o mesmo alívio se tivesse dado à luz um filho.

ESTE LIVRO FOI COMPOSTO EM GARAMOND CORPO 12
POR 14 E IMPRESSO SOBRE PAPEL OFF-SET 75 g/m²
NAS OFICINAS DA BARTIRA GRÁFICA, SÃO BERNARDO DO
CAMPO – SP, EM JULHO DE 2007